데미안

헤르만 헤세 지음 | **변학수** 옮김

에밀 싱클레어의 젊은 날의 이야기

미래지식

데미안

Demian

초판 1쇄 인쇄 2023년 2월 15일
초판 1쇄 발행 2023년 2월 20일

지은이 헤르만 헤세
옮긴이 변학수
펴낸이 박수길
펴낸곳 (주)도서출판 미래지식
디자인 (주)프리즘씨

주소 경기도 고양시 덕양구 통일로 140 삼송테크노밸리 A동 3층 333호
전화 02)389-0152
팩스 02)389-0156
홈페이지 www.miraejisig.co.kr
전자우편 miraejisig@naver.com
등록번호 제2018-000205호

ISBN 979-11-91349-69-6 04800
    979-11-91349-33-7 (세트)

* 미래지식은 좋은 원고와 책에 관한 빛나는 아이디어를 기다립니다.
  이메일(miraejisig@naver.com)로 간단한 개요와 연락처 등을 보내주시면
  정성으로 고견을 참고하겠습니다. 많은 응모바랍니다.

차례

나는 나의 마음에서 저절로 우러나오는
그런 삶을 살려 했을 뿐이다.
그런데 그게 왜 그렇게 어려웠을까?

내 삶을 이야기하려면 아주 오래전으로 거슬러 올라가야 한다. 가능하다면 내 유년 시절의 초기, 아니 그보다 훨씬 더 먼 옛날로 거슬러 올라가야 한다. 어쩌면 내 혈통의 멀고 먼 근원까지 거슬러 올라가야 할지도 모른다.

소설을 쓸 때 작가들은 마치 자신들이 신이라도 된 것처럼, 한 인간의 삶을 내려다보며 완전히 이해하는 것 같은 태도를 보인다. 그러고는 마치 신이 그것들을 자신들에게 직접 말한 듯 조금의 숨김도 없이, 어떤 것이라도 아주 철저하게 묘사할 수 있을 것 같이 군다. 나는 작가들이 하듯이 그렇게 할 수 없다. 내 삶의 이야기는, 다른 작가에게 그 작가의 삶이 중요한 것처럼, 아니 그보다 훨씬 더 중요하다. 그 이유는 이 이야기가 나의 구체적인 삶이며 실제 한 인간의 삶이기 때문이다. 그 삶은 작가가 만들어 낸 가공의 삶, 어떤 이상적이거나 존재하지 않는 사람의 삶이 아니라 실재하는 인간의 단 한 번뿐인 삶이다. 물론 오늘날 사람들은 실제로 살아있는 인간이 무엇인지에 대해 과거의 사람들처럼 잘 알지 못한다. 오늘날 우리는 그 귀중하고 단 하나밖에 없는 자연의 작품을 대량으로 학살하지 않는가. 만약 우리가 유일무이한 인간이 아니라면, 그래서 총알 하나로 이 세계에서 완전히 사라지게 해도 아무 상관이 없다면, 삶을 이야기할 아무 의미가 없다. 그러나 모든 사람은 그 사람 자신일 뿐만 아니라, 유일하고도 아주 특별한, 어떤 경우에서든 중요하고 특이한 지점이기도 하다. 이 지점에서 세계의 다양한 현상들이 서로 교차한다. 그것은 단 한 번뿐이며, 다시 반복할 수 없는 지점이기도 하다. 그렇기에 모든 인간의 삶은 중요하고, 영원하며, 숭고하다. 그런 이유로 자기 나름대로 살아가면서 자연의 의지를 실현하는 한, 모든 인간은 경이로운 존재이며 주목할 만한 가치가 있다. 모든 개인에게서 정신은 형상이 되고, 개인에게서 신의 피조물은 고통을 당하고, 개인에게서 한 사람의 구세주가 십자가에 못 박힌다.

오늘날 인간이 무엇인지를 아는 사람은 적다. 그것을 느끼는 이들은 그 때문에 쉽게 죽을 수 있다. 나도 내 삶의 이야기를 다 쓰고 나면 그처럼 편안하게 죽을 수 있을 것이다.

나는 스스로 지식인이라고 말할 수는 없다. 나는 구도자였고, 아직도 구도자이다. 그러나 별이나 책 속에서 길을 찾지 않는다. 나는 이제 내 안의 피가 속삭이는 그 가르침에 귀 기울이기 시작한다. 내 삶의 이야기가 재미있다고 말할 수는 없다. 꾸며 낸 이야기처럼 달콤하거나 조화롭지도 않다. 단지 자신을 속이고 싶지 않은 모든 사람의 삶처럼 무의미와 혼란, 광기와 환상의 맛이 날 뿐이다.

모든 개인의 삶은 자기 자신을 향해 나아가는 길이다. 어떤 길을 만들고, 어떤 오솔길을 찾아내는 과정이다. 누구도 삶을 사는 순간에는 온전히 자신일 수 없다. 그런데도 누구나 자신이 되려고 노력한다. 어떤 이는 서툴게, 어떤 이는 가뿐하게 하되 다만 저마다 최선을 다한다. 사람들은 자기 출생의 잔여물을, 태고의 점액과 껍질을 죽을 때까지 지고 간다. 많은 사람은 인간이 되지 못하고, 개구리로 살아가거나, 도마뱀으로 살아가거나, 개미로 살아간다. 많은 사람이 상체만 사람이고 하체는 물고기로 살아간다. 그러나 모든 개인은 인간에게 보낸 자연의 선물이다. 우리는 모두 어머니라는 같은 혈통을 가지고 있다. 우리는 모두 같은 분화구에서 나온 것이다. 그러나 깊은 곳에서 나온 작품이자 선물인 우리 각자는 모두 자신만의 목표를 향해 나아가고자 한다. 우리가 서로를 이해할 수는 있다. 그러나 길을 찾는 것은 오롯이 자신의 몫이다.

1장
두 세계

　열 살 때의 체험으로 내 삶의 이야기를 시작하고자 한다. 그때 나는 우리가 사는 작은 도시의 라틴어 학교에 다니고 있었다. 그때의 기억이 아련히 밀려오면 마음 깊은 곳에서 아픔과 잔잔한 전율이 느껴진다. 어두컴컴한 골목, 밝게 빛나는 집과 종탑들, 종소리와 사람들의 얼굴들, 살냄새가 나고 따스한 대화가 오가는 방들 그리고 비밀과 유령의 공포로 가득 찬 방들. 그곳은 따스하고 비좁은 방 냄새, 토끼와 가정부들 냄새, 약초와 말린 과일 냄새로 가득하다. 그곳에서 두 세계가 교차하고 있었고, 이 두 극단으로부터 낮과 밤이 생겼다.

　한 세계는 아버지의 집이었다. 그러나 사실 이 세계는 훨씬 더 비좁은 곳으로, 사실상 나의 부모님만 있는 세계였다. 이 세계는 내가 대체로 잘 알고 있는 세계였으며 어머니와 아버지, 사랑과 엄격함, 모범과 학교라는 이름을 붙일 수 있는 곳이었다. 이곳은 유순한 광채, 맑음과 깨끗함이 있는 세계였고 부드럽고 다정한 대화, 깨끗이 씻은 손, 단정한 옷, 경건한 행실이 있는 세계였다. 여기서 우리는 아침에 찬송가를 불렀고, 가족이 모여 성탄절을 즐겁게 보냈다. 이 세계에는 올곧은 원칙과 방법들이 있었는데, 이것이 우리의 앞날을 정했다. 이곳에는 의무와 죄, 양심의 가책과 회개, 용서와 선한 결단, 사랑과 예배, 말씀과 지혜가 있었다. 이 세계에 있으려면 말과 행동을 조심해야 했다. 그래야 삶이 맑고, 순전하고, 아름답고, 단정할 수 있었다.

한편, 다른 세계도 우리 집 한가운데서 시작되었다. 그런데 이것은 완전히 다른 세계였다. 냄새가 달랐고, 사용하는 말이 달랐으며, 약속과 요구가 달랐다. 이 두 번째 세계에는 어린 가정부들과 직공들, 유령 이야기와 추문들이 있었다. 정신을 앗아가는 끔찍하고 비밀에 싸인 무시무시한 일들이 너무나도 많았다. 그곳에는 도살장과 감옥, 주정뱅이들과 싸움하는 여자들, 분만하는 암소와 쓰러진 말이 있었고, 도둑질과 살인과 자살에 관한 이야기가 넘쳐났다. 아름답고 무섭고, 거칠고, 소름 끼치는 일들은 사방에서 벌어졌다. 바로 옆 골목, 바로 옆집으로 경찰들과 불량배들이 돌아다녔다. 주정뱅이들은 자기 아내를 팼고, 무리의 소녀들이 저녁이면 공장에서 쏟아져 나왔고, 노파들은 한 남자를 주술로 병들게 했다. 도적 떼가 숲에서 살았고, 경찰은 방화범들을 잡았다. 어디서나 이런 폭력적인 두 번째 세계의 이야기가 쏟아져 나왔고, 악취를 풍겼다. 그것은 어디에든 있었으나, 어머니와 아버지가 있던 우리 방에는 없었다. 참으로 다행한 일이었다. 여기 우리 집에 평화와 질서와 안식, 의무와 양심, 용서와 사랑이 있다는 것은 멋진 일이었다. 그리고 또 멋진 것은 여기에 다른 것도 많았다는 점이다. 여기에는 욕설과 비명, 우울과 폭력도 있었지만 나는 한 걸음만 뛰면 어머니의 품으로 도망갈 수 있었다.

가장 이상한 것은 이 두 세계의 경계가 서로 맞닿아 있었다는 점이다. 이 두 세계는 정말이지 얼마나 가까이 있었던가! 예를 들면, 우리 집 가정부 리나가 저녁 예배 시간에 거실 문가에 앉아 깨끗하게 씻은 손을 다림질한 치마 위에 가지런히 올려놓고 우리와 같이 밝은 소리로 찬송가를 부를 때면, 리나는 온전히 아버지와 어머니, 우리의 밝고도 바른 세계에 속했다. 하지만 예배가 끝나고 부엌이나 나뭇간에서 머리 없는 난쟁이 이야기를 하거나, 작은 정육점에서 이웃집 여자들과 싸울 때면 그녀는 전혀 다른 사람이 되어 있었다. 다른 세계에 속했고, 비밀에 싸인 사람이 되었다.

사실은 모든 것이 그랬고, 무엇보다도 나 자신부터 그랬다. 말할 것도 없이 나는 밝고 바른 세계의 사람이었다. 나는 당연히 부모님의 자식이었으니까. 그러나 내가 눈과 귀를 옮기는 곳이면 어디든 다른 세계가 있었다. 나는 그 다른 곳에서도 살았다. 그곳이 종종 낯설고 섬뜩하고, 그곳에 있을 때면 항상 양심의 가책과 불안을 느끼기도 했지만, 나는 그곳에서도 살았다. 심지어 어떨 때는 그 금지된 세계야말로 가장 살고 싶은 곳이라고 생각했다. 그리고 밝은 세계로 귀환할 때면 이곳이 오히려(그게 지극히 당연하고 옳은 일일지언정) 다른 세계만큼 아름답지 않을 뿐만 아니라 더 지겹고 더 황량하게 느껴졌다. 물론 나는 인생의 목표가 나의 아버지와 어머니처럼 되는 것, 그렇게 밝고 순결하게 사는 것, 그들처럼 훌륭하고 질서 정연하게 사는 것임을 알고 있었다. 그러나 거기에 이르는 길은 멀었다. 거기까지 가려면 먼저 학교를 견뎌야 하고, 대학 공부를 해야 하고, 실습과 시험을 거쳐야 했다. 그 길은 항상 다른 어두운 세계를 지나쳐 가거나, 그곳을 관통해 지나가기 때문에 그곳에서 머물거나 거기에 눌러앉는 것도 불가능하지는 않았다. 그런 일을 겪은 탕자들 이야기도 많다. 나는 그런 이야기를 넋이 나간 채 읽었다. 그런 이야기에서는 항상 아버지에게로,

선한 자에게로 돌아가는 것이 구원이었고, 장한 일이었다. 나도 이것만이 바른 행동이고, 선한 행동이고, 바람직한 행동이라는 데 완전히 공감했다. 그렇지만 악한들과 탕자들 사이에서 벌어진 이야기가 전개되는 부분이 훨씬 더 재미있었다. 솔직히 말하자면, 탕자가 회개하고 다시 아버지에게 받아들여졌다는 결말은 정말 재미없었다. 그러나 이런 내 감상에 대해 말하지 않았고, 생각조차 하지 않았다. 이것은 어떻게든 예감과 가능성으로 감정의 밑바닥에 존재하고 있을 뿐이었다. 악마를 상상할 때마다 나는 그 악마가 저 아래 거리에, 또는 시장이나 술집에 변장하거나 직접 나타나면 나타났지 쉽사리 우리 집 안에서 나타날 거로는 절대로 생각하지 않았다.

내 누이들도 마찬가지로 밝은 세계에 속했다. 자주 그런 생각이 들었지만, 누이들은 근본적으로 아버지와 어머니 쪽에 더 가까웠다. 그들은 나보다 행실이 더 나았고, 부모님 말씀을 더 잘 따랐고, 결점이 없었다. 누이들도 물론 부족함이 있었고 나쁘게 행동할 때도 있었다. 하지만 내가 보기에 그것은 그렇게 심각하지 않았다. 충동의 세계를 너무 가까이했던 내가 악과의 대면에서 힘들어하고 고통스러워하는 것과는 달랐다. 누이들은 내가 부모님을 대하듯 아끼고 배려해야 했다. 이들과 싸움이라도 하고 나면, 나중에 양심 앞에서 되돌아보건대 내가 항상 나쁜 사람이고, 싸움 건 사람이고, 그래서 용서를 구해야 할 사람이었다. 내가 누이들을 모욕하는 것은 부모님, 즉 양선良善과 계명을 모욕하는 것이었기 때문이다. 내게는 누이들보다 불량배들과 더 마음을 터놓고 말할 수 있는 비밀이 있었다. 기분이 좋고 양심에 거리낌이 없는 좋은 날이면 종종 누이들과 같이 놀았는데, 착하고 점잖게 지내며 배려심 많고, 고상한 모습을 보이는 것이 너무 즐거웠다. 천사라면 당연히 그래야 했다! 그것은 우리가 알고 있었던 최고의 선이었다. 축복이 넘치는 성탄절에 그러하듯, 맑은 찬송가 소리와 그 분위기 속에서 천사가 되는 것은 달콤하고 멋진 일이었다. 아! 그런 시간, 그런 날은 얼마나 드물었던가! 나는 자주 놀이를 했다. 재미있고 전혀 싸울 일이 없는, 늘 하는 놀이였다. 그러나 놀이에 너무 빠져 내가 다소 과격하게 행동하고 이것이 누이들의 마음을 상하게 하면, 결국은 싸움으로 이어지고 좋지 않은 일이 벌어지곤 했다. 그렇게 되면 나는 화를 내면서 순간적으로 무섭게 돌변하여 아무 행동이나 말을 해 대고 말았다. 그런 행동, 그런 말을 하는 순간에도 그것이 얼마나 해서는 안 될 짓인지 나 스스로 깊이, 그리고 뼈저리게 느끼고 있었다. 그 후에는 후회하고 자책하는 불쾌하고도 암담한 시간이 찾아오고, 내가 사과하는 고통의 시간이 찾아왔다. 그러면 다시 밝은 빛줄기가 비치고, 다툼이 없는 고요하고 고마운 행복이 몇 시간 또는 잠깐씩 이어지곤 했다.

나는 라틴어 학교에 다녔다. 시장과 산림관의 아들이 같은 반이어서 이따금 나한테 놀러 오곤 했다. 그 아이들은 행동이 거칠지언정 선했으며 허용된 세계의 아이들이었다. 이런 상황임에도 나는 동네 아이들, 대개는 우리가 무시했던 공립학교 학생들과 가깝게 지냈다. 이제 그들 중 한 아이에 대한 이야기를 시작해야겠다.

수업이 없는 어느 날 오후에(열 번째 생일이 조금 지났을 무렵이었다.) 나는 동네에 사는 아이들 두 명과 여기저기를 쏘다니고 있었다. 그때 덩치 큰 아이 하나가 우리에게 끼어들었다. 힘도 세고 난폭한 그는 열세 살쯤 되었고 공립학교에 다녔으며, 아버지는 재단사였다. 그의 아버지는 주정뱅이였고 가족 모두가 소문이 좋지 않았다. 나는 프란츠 크로머라는 이 아이를 잘 알고 있었다. 그리고 그를 무서워했기에 이 순간 그 애가 우리 무리에 끼어드는 것이 꺼림칙했다. 이 아이는 제법 어른처럼 행동했고, 젊은 직공들의 걸음걸이와 말투를 흉내내고 있었다. 그가 가자는 대로 우리는 다리 옆 강가로 내려갔다. 그곳의 첫 번째 아치 교각 아래는 아무도 볼 수 없는 곳이자 세상과 절연된 곳이었다. 아치 교각과 천천히 흐르는 강물 사이의 좁은 강기슭에는 온갖 폐품, 유리 조각, 낡은 물건, 녹슨 철사 뭉치, 쓰레기가 널려 있었는데 가끔 쓸 만한 물건들도 있었다. 우리는 프란츠 크로머가 시키는 대로 그곳을 샅샅이 뒤졌고, 그렇게 해서 찾아낸 물건들을 그에게 보여 주어야 했다. 그러면 그는 물건을 호주머니에 꽂아 넣거나 아니면 물속으로 도로 던져 버렸다. 그는 납이나 놋쇠, 주석으로 된 물건들이 있는지 잘 살펴보라고 했고, 그런 물건들이 나오면 모조리 자기 호주머니에 넣었다. 뿔로 만든 낡은 빗까지도 챙겼다. 크로머와 함께 있으면 마음이 불안했다. 이 사실을 안 아버지가 이 애를 만나지 말라고 야단칠 거라는 생각보다는 프란츠에 대한 두려움 때문이었다. 그래서 프란츠가 나를 받아들이고 다른 애들과 똑같이 대해 주는 것이 기뻤다. 그는 명령했고, 우리는 복종했다. 이것은 마치 오래된 관습과도 같았다. 그와 함께 있는 것은 그날이 처음이었는데도 말이다.

마침내 우리는 땅바닥에 둘러앉았다. 프란츠는 강물을 향해 침을 뱉었는데 그 모습이 마치 어른 같았다. 그는 침을 뱉어서 원하는 곳을 맞힐 수도 있었다. 이야기가 시작되었다. 아이들은 학교에서 벌인 온갖 짓궂은 장난과 나쁜 짓들을 무슨 영웅담처럼 늘어놓았다. 나는 아무 말도 하지 않았지만, 내가 말을 하지 않는 것이 크로머의 눈에 띄면 그가 화를 낼 것 같아 덜컥 겁이 났다. 나하고 잘 놀던 아이 두 녀석은 처음부터 나한테 등을 돌린 채 프란츠에게 바싹 붙어 앉아 있었다. 그들 사이에서 나는 굴러온 돌이었다. 내 옷차림과 꼴이 그 애들에게 꼴불견이 아닐까 하는 생각이 들었다. 라틴어 학교에 다니는 상류층 집 아들인 나를 프란츠가 좋아할 리 만무했으며, 나머지 두 녀석도(그런 느낌이 물씬 들었지만) 상황이 바뀌면 나를 외면할 게 뻔했다.

이런 불안감 때문에 나는 결국 입을 열기 시작했다. 나는 내가 등장하는 멋진 도둑질 이야기를 꾸며 냈다. 어느 날 밤에 친구와 함께 방앗간 집 과수원에서 사과를, 그것도 보통 품종이 아니라 제일 좋은 품종인 라이네테와 골드파르메네만 골라 자루 가득 훔쳤다는 내용이었다. 순간의 위험을 모면하기 위해 그런 이야기를 만들어 냈지만, 이야기를 만들고 들려주는 것은 내가 잘하는 일이었다. 이야기가 금방 끝나면 다른 일을 시켜 더 힘들어질까 봐 나는 온갖 기술을 다 짜냈다. 그래서 계속해서 이야기했다. 우리 중 하나는 계속 망을 보고, 다른 사람은 나무에 올라가서 사과를 따서 던졌다. 사과 자루가 어찌나 무거웠는지 결국 우리는 자루를 다시 열고 절반을 덜어낼 수밖에 없었다. 그래서 삼십 분 후에 다시 돌아와 나머지 반도 가져갔다고 말이다.

이야기를 마쳤을 때 나는 박수가 조금이라도 나오지 않을까 기대했다. 마지막 부분에 이르러서는 꽤 열을 올렸고, 꾸민 이야기에 스스로 도취되었다. 어린 두 녀석은 눈치만 보며 상황을 지켜보고 있었다. 그러나 프란츠 크로머는 가늘게 뜬 눈으로 날카롭게 나를 째려보면서 위협적인 목소리로 이렇게 물었다.

"그게 사실이고 진실이야?"

"당연하지."

나는 대답했다.

"그러니까 사실이고 진실이란 말이지?"

"응, 사실이고 진실이야."

속으로는 불안해서 숨이 막힐 것 같았지만 고집스럽게 시인했다.

"맹세할 수 있어?"

나는 너무 놀랐지만 즉시 맹세할 수 있다고 대답했다.

"그럼 하나님과 하나님의 축복을 걸고 맹세한다고 말해 봐!"

"하나님과 하나님의 축복을 걸고 맹세해."

"좋아, 그럼."

프란츠는 이렇게 말하고 고개를 돌렸다. 나는 이제 괜찮으려니 생각했고, 그가 곧바로 일어나 돌아가려고 했을 때는 기뻤다. 우리는 다시 다리 위로 올라왔고, 눈치를 보며 나는 집에 가봐야 한다고 말했다.

"그렇게 서두를 것 없어. 어차피 같은 방향으로 갈 텐데."

프란츠는 웃었다. 그는 천천히 어정어정 걸었고, 나는 그에게서 빠져나올 엄두가 나지 않았다. 더구나 그가 정말로 우리 집을 향해 걸어가는 것이 아닌가. 우리 집에 다다랐을 때 집의 대문과 묵직한 놋쇠 손잡이, 창문을 비치는 햇빛과 어머니 방의 커튼을 보자 안도의 한숨이 나왔다. 아, 집에 왔구나! 집으로 돌아온다는 것은 얼마나 좋은 일인가! 밝은 곳으로, 평화로 돌아온다는 것은 얼마나 좋은 일인가!

내가 재빨리 대문을 열고 집으로 쏙 들어가 문을 닫으려는 순간, 프란츠 크로머가 갑자기 몸을 밀치며 따라 들어왔다. 안마당 쪽에서만 빛이 비치는, 서늘하고 침침한 타일이 깔린 통로에서 프란츠 크로머는 내 옆으로 바짝 붙어 섰다. 그리고 내 팔을 잡고 낮은 목소리로 이렇게 말했다.

"야, 그렇게 서둘지 말라니까!"

16

나는 너무 놀라 그를 쳐다보았다. 내 팔을 잡은 그의 힘이 쇠처럼 단단했다. 나는 이 악당이 무슨 생각을 할지 생각했다. '설마 나를 때리려는 건 아니겠지?' 내가 지금 소리친다면, 큰소리로 비명을 지른다면, 누군가가 나를 구하려고 위층에서 다급히 내려올 것이다. 이런 생각이 들었다. 그러나 나는 그런 생각을 접었다.

"무슨 일이야? 왜 그래?"

"별거 아냐. 그냥 너한테 조금 더 물어볼 게 있어. 다른 녀석들이 들으면 안 되는 얘기여서."

"그래? 좋아, 물어보고 싶은 게 뭔데? 난 지금 올라가 봐야 해. 너도 알잖아."

프란츠가 목소리를 낮춰 말했다.

"너도 알고 있지? 방앗간 옆 과수원이 누구 건지."

"아니, 난 몰라. 방앗간 주인 거겠지."

프란츠가 팔로 나를 감아 자기 곁으로 바짝 끌어당기는 바람에 나는 바로 코앞에서 그의 얼굴을 쳐다보아야 했다. 그의 눈은 악의로 번득였다. 그는 사악한 웃음을 지어 보였으며, 그의 얼굴은 잔혹함과 폭력성으로 가득했다.

"좋아, 그러면 그 과수원이 누구 건지 말해 주지. 누가 사과를 훔친다는 걸 안 지 오래되었거든. 그리고 그 사과를 훔쳐 간 게 누군지 알려주는 사람에게 그 주인이 2마르크[1]를 주겠다고 한 사실도 알고 있어."

"뭐라고?"

---

[1] 작품의 배경을 추론한다면 이 시기는 대략 1887년경으로, 당시 1마르크는 오늘날 약 7유로 정도로 환산할 수 있다. 2마르크라면 오늘날 우리 돈으로 약 2만 원 정도이다.

나는 소리쳤다.

"설마 너 그 주인한테 이르지는 않을 거지?"

그의 자존심에 호소해 봐야 아무 소용이 없을 것 같은 느낌이 들었다. 그는 다른 세계에서 온 인간이었고, 그에게 고발은 범죄가 아니었다. 나는 그것을 확실히 느꼈다. 이런 일에 있어서 '다른' 세계에서 온 사람은 우리와 달랐다.

"이르지 말라고?"

크로머는 웃음을 터뜨렸다.

"야, 내가 돈 찍어 내는 사람이라도 되는 줄 알아? 내가 무슨 2마르크짜리 은전이라도 만들 수 있을 것 같아? 나는 가난한 놈이라고. 나는 너처럼 아버지가 부자도 아냐. 2마르크를 벌 수 있다면 당연히 벌어야지. 주인이 더 줄지도 몰라."

그러더니 그는 갑자기 움켜쥔 팔을 놓았다. 우리 집 입구 통로는 이제 더는 평화롭고 안전한 곳이 아니었다. 내 주변에서 세계가 무너졌다. 이제 크로머는 내가 도둑놈이었다고 고발하겠지. 그러면 사람들이 아버지에게도 이를 것이고, 심지어는 경찰이 찾아올 수도 있었다. 온갖 복잡한 일에 대한 두려움이 몰려왔다. 온갖 추악하고 위험한 것들이 내 앞에 줄을 서 기다리고 있었다. 내가 훔치지 않았다는 사실은 전혀 중요하지 않았다. 게다가 나는 맹세까지 하지 않았나. 이 일을 어쩌지, 이 일을 어쩌지!

눈물이 핑 돌았다. 뭔가 대가를 치러야 여기서 빠져나올 수 있다는 걸 깨달은 나는 절망적인 마음으로 호주머니 이곳저곳을 뒤졌다. 주머니에는 사과도, 주머니칼도, 아무것도 없었다. 그 순간 내 시계가 생각났다. 낡은 은시계였는데, 고장 나서 작동하지는 않았다. 나는 그것을 '그냥' 가지고 다닐 뿐이었다. 할머니가 갖고 계시던 시계였다. 나는 얼른 시계를 꺼냈다.

"크로머, 제발 날 이르지 마. 내가 고맙게 생각할게. 대신 너한테 이 시계를 줄게. 한번 봐. 미안하지만 이 시계 말고는 줄 게 없어. 이 시계를 가져도 좋아. 이거 은시계야. 좋은 시계라고. 조금 고장 나긴 했는데 고치면 돼."

그는 웃더니 큰 손으로 시계를 건네받았다. 나는 그의 손을 쳐다보았다. 그 손이 얼마나 거칠고 악의로 가득 차 있는지, 그 손이 내 삶과 평화를 얼마나 움켜쥐고 있는지가 느껴졌다.

"은시계야……."

나는 기어드는 소리로 말했다.

"은이고 뭐고 고물딱지 시계는 집어치워!"

그가 아주 경멸하는 듯한 목소리로 말했다.

"너나 고쳐서 써!"

나는 그가 그대로 가 버릴까 봐 두려움에 떨며 큰 소리로 말했다.

"하지만 프란츠, 잠깐만 있어 봐! 이 시계를 가지라니까! 그거 정말로 은이라고, 정말이라니까. 그리고 난 다른 게 없어."

그는 싸늘하고도 경멸에 찬 눈으로 나를 바라보았다.

"그러니까 넌 내가 지금 누구한테 갈지 잘 알고 있다는 거네. 나는 경찰에 갈 수도 있어. 내가 잘 아는 경사가 한 명 있거든."

그는 가려고 몸을 돌렸고, 나는 그의 소맷자락을 잡아당겼다. 일이 벌어져서는 안 된다. 그가 이대로 가 버린 뒤 벌어질 일들을 감당하느니 차라리 죽는 편이 훨씬 더 나았다. 나는 흥분한 나머지 목멘 소리로 간청했다.

"프란츠, 설마 말도 안 되는 일을 하지는 않겠지? 그렇지? 괜히 장난으로 그러는 거지?"

"그래, 장난이다. 하지만 너는 비싼 값을 치러야 할 걸!"

"말해 봐, 프란츠, 내가 뭘 해야 할지! 뭐든 시키는 대로 할게."

그는 가늘게 뜬 눈으로 나를 훑어보더니 다시 웃었다.

"제발 멍청한 척하지 마!"

그는 선량한 척하며 말했다.

"너도 나처럼 잘 알고 있을 거야. 내가 이번에 2마르크를 벌 수 있었다는 걸. 나는 그 돈을 포기할 만큼 부자가 아니야. 너도 알 거야. 그런데 너는 부자야. 심지어 너는 시계도 있어. 너는 그냥 내게 2마르크만 주면 돼. 그러면 끝이야."

나는 그의 말을 알아들었다. 그러나 2마르크라니! 그 돈은 10마르크나 100마르크, 1000마르크처럼 내게는 큰돈이었고 내가 가질 수 없는 돈이었다. 나는 돈이 없었다. 작은 저금통이 있기는 했으나 어머니한테 맡겨 두었고, 삼촌이 찾아올 때 아니면 그 누가 와서 주고 간 10페니히[2]와 5페니히짜리 동전 몇 개만 들어 있을 뿐이었다. 그 외에는 내 돈이 따로 없었다. 당시 나는 용돈을 받고 있지 않았다.

나는 애처롭게 말했다.

"돈이 없어. 돈이 전혀 없다고. 하지만 다른 건 뭐든 줄게. 인디언 이야기책도 있고, 장난감 병정도 있고, 나침반도 있어. 나침반은 금방 가져올 수 있어."

프란츠는 그저 뻔뻔하고 사악한 입을 오물거리더니 땅에다 침을

---

2 1마르크는 100페니히이다.

뱉었다.

"쓸데없는 소리 하지 마!"

그는 명령하듯 말했다.

"그런 쓰레기는 너나 해. 나침반?! 내 성질을 건드리지 마. 잘 들어. 돈 가져오라고!"

"근데 난 돈이 없어, 돈을 받을 데가 없어. 내가 어떻게 할 수 있는 일이 아니야!"

"잔말 말고 내일까지 2마르크를 가져와. 내일 학교 수업이 끝나면 저 아래 장터에서 기다릴게. 그걸로 끝이야. 만약 돈을 가져오지 않으면 어떻게 되나 두고 보자!"

"알았어. 근데 어디서 돈을 구해 오라고? 진짜, 나한테는 한 푼도 없어……."

"너희 집에 돈은 많아. 어떻게 하든 그건 알아서 해. 그럼 내일 학교 끝나고 보자. 다시 한번 말하지만, 내일 돈을 안 가지고 오면……."

그는 무서운 눈길로 나를 쏘아보았다. 그러고는 다시 한번 침을 뱉더니 그림자처럼 사라져 버렸다.

나는 위층으로 올라갈 수 없었다. 내 인생은 산산조각이 났다. 그냥 멀리 달아나 다시는 집에 돌아오지 않을까 생각했다. 아니면 물에 빠져 죽을까도 생각했다. 그러나 그런 일을 구체적으로 어떻게 해야 할지 몰랐다. 나는 캄캄한 우리 집 층계의 맨 아래 계단에 앉아 몸을 잔뜩 웅크리고는 오로지 이 불행에 매달렸다. 리나가 바구니를 들고 땔감을 가지러 내려오다가 거기서 울고 있는 나를 보았다.

나는 리나에게 위에 가서 아무 말도 하지 말아 달라고 부탁하고는 위층으로 올라갔다. 유리문 옆 옷걸이에 아버지의 모자와 어머니의 양산이 걸려 있었다. 그 물건 모두에서 우리 집의 정겨움이 느껴졌다. 내 가슴은 마치 탕자가 그 옛날 자기 집에 돌아와 방을 보고 냄새 맡을 때와 같이 이것들을 간절하고 고마운 마음으로 반기고 있었다. 그러나 이제 이 모든 것이 더는 내 것이 아니었다. 그 모든 것은 아버지와 어머니가 속한 밝은 세계의 것이었으며, 나는 죄를 덮어쓰고 낯선 물속에 깊이 빠져 버렸다. 무모함과 죄악에 휩쓸려 원수에게서 위협을 당했고, 위험과 불안과 치욕이 나를 기다리고 있었다. 모자와 양산, 오랫동안 튼튼하게 버텨온 사암 바닥, 현관 장롱 위에 있는 큰 그림, 저 안쪽 거실에서 들려오는 누나의 목소리, 이 모든 게 이전보다 더 사랑스러웠고, 더 다정했고, 더 소중했다. 그러나 그것들은 아무런 위로가 되지 않았고 안전한 내 소유물도 없었으며, 단지 나를 비난만 하고 있었다. 이 모든 것이 이제 내 것이 아니었기에, 나는 그 맑음과 경건함을 함께할 수 없었다. 나는 발판에 아무리 털어도 떨어지지 않는 오물을 발에 묻혀 왔고, 영문도 모를 그림자를 집으로 달고 왔다. 과거에도 이미 얼마나 많은 비밀이 있었으며, 그 때문에 얼마나 가슴 졸였던가. 그러나 오늘 내가 집 안으로 들여온 것에 비하면 그것은 그저 놀이나 장난에 지나지 않았다. 운명이 나를 좇아와 마수를 뻗었으니, 어머니도 그 마수에서 나를 지켜 줄 수 없었고, 어머니가 그 마수에 대해 알아서도 안 되었다. 나의 범죄가 도둑질이든 거짓말이든(게다가 하나님과 하나님의 축복을 걸고 거짓 맹세까지 하지 않았던가?) 그것은 중요한 일이 아니었다. 나의 죄는 도둑질이나 거짓말이 아니었다. 나의 죄는 악마에게 손을 내민 것, 그 자체였다. 왜 나는 그를 따라갔던가? 왜 나는 크로머가 시키는 대로 했던가? 아버지가 시키는 것도 그렇게 고분고분하게 하지 않았는데, 왜 나는 그런 도둑질 이야기를 꾸며 냈던 걸까? 그게 무슨 영웅적 행위라도 되는 양 범죄 이야기를 잘난 척 떠벌렸을까? 이제 사탄이 내 손을 잡았고, 원수가 내 뒤를 따라왔다.

당장 내일 일어날 일에 대한 두려움을 넘어, 내 인생은 이제 계속 추락해서 암흑에 이를 거라는 끔찍한 확신이 잠시나마 나를 사로잡았다. 그리고 이미 지은 죄가 새로운 죄로 이어지는 것, 누이들을 만나는 일이나 부모님께 인사하고 입 맞추는 일이 거짓이라는 것, 그리고 이제 마음속 깊은 곳에 숨겨야 할 비밀과 운명이 생겼다는 점이 분명하게 느껴졌다.

아버지의 모자를 자세히 살펴보자 순간적으로 마음속에 믿음과 희망이 생겨났다. 아버지에게 모두 말해야지. 아버지의 심판과 처벌을 받아들이고, 아버지에게 모든 것을 알리고 나를 건져 달라고 해야지. 지금까지 잘 넘어갔던 대로 그저 한 번만 용서를 빌면 되잖아. 힘들고 괴로운 시간을 견디고, 뉘우치며 용서를 빌면 되잖아.

이런 생각이 얼마나 달콤하게 느껴졌던가! 이런 생각이 얼마나 아름답게 나를 유혹했던가! 그러나 그런 생각은 아무 쓸모가 없었다. 나는 내가 그렇게 하지 않으리라는 것을 알고 있었다. 이제 비밀이 생겼고, 스스로 해결해야 할 죄를 지었다는 것을 알고 있었다. 어쩌면 그때 나는 갈림길에 서 있었던 것인지도 모른다. 그 시간부터 영원히, 영원히 악의 편에 들어가 악한들과 비밀을 나누고, 그들을 따라다니고, 그들에게 복종하며, 그들과 한 무리가 되어야 할 수도 있었다. 남자 행세를, 영웅 행세를 했으니 이제 그에 따른 결과를 감당해야만 했다.

내가 방에 들어갔을 때 아버지는 신발이 다 젖도록 어딜 다녔냐고 나무랐지만, 그것이 오히려 다정한 느낌을 주었다. 젖은 신발이 아버지의 주의를 끄는 바람에 아버지는 더 나쁜 일을 눈치채지 못했다. 나는 슬그머니 다른 일을 둘러대며 아버지의 비난을 견딜 수 있었다. 이때 내 마음 깊이 기이하고도 새로운 감정이 일어났다. 갈고리가 달린 악하고 날카로운 감정이었다. 내가 아버지보다 우월하다는 느낌이 들었다! 잠깐이나마 아버지의 무지를 경멸하는 마음이 생겼다. 겨우 젖은 장화를 두고 꾸짖는 아버지가 쪼잔하다는 생각도 들었다. '당신이 만약 알고 있다면.' 이런 생각이 들면서, 사실은 살인했다고 고백해야 할 범죄자가 빵 하나 훔친 것 때문에 신문訊問을 받는 듯한 느낌이었다. 짜증 나고 거슬리는 감정이었지만, 거기에는 강렬하고 깊은 매력이 있었다. 그것은 다른 어떤 생각보다도 나를 비밀과 죄에 더 강하게 잡아맸다. '아마 지금쯤 프란츠 크로머가 경찰에 가서 나를 고발했을지도 몰라.' 천둥과 벼락이 내 머리 위로 몰려오고 있는데, 아버지는 나를 여기서 어린애처럼 다루고 있다니!

이 순간이 여태까지 이야기한 내 체험 중에서 가장 중요한 순간이자 기억에 남는 순간이었다. 아버지의 신성함에 최초로 금이 갔다. 내 유년을 지지하던 기둥에 처음으로 칼자국이 생겼다. 누구나 자기 자신을 찾기 전에 무너뜨려야만 하는 기둥에 말이다. 아무도 보지 못하는 이런 체험에서 우리 운명의 내적이고 본질적인 원칙이 결정된다. 이런 금과 칼자국은 다시 아문다. 그것들은 치유되고 잊히지만, 가장 내밀한 방에서 살아가면서 계속 피를 흘린다.

이 새로운 느낌 앞에서 나는 덜컥 섬뜩한 생각이 들었다. 나는 금방이라도 아버지의 발에 입이라도 맞추고 사죄했으면 좋았겠다고 생각했다. 그러나 어떤 본질적인 것은 사죄할 수 없는 법이다. 어떤 현자

못지않게 어린아이도 그 정도는 잘 알고 또 깊이 알고 있다.

내가 벌인 일에 대해 곰곰이 생각해 보고, 내일 어떻게 해 볼 방법을 궁리해 봐야겠다고 느꼈다. 그러나 나는 그렇게 하지 못했다. 저녁 내내 오로지 우리 집 거실의 달라진 분위기에 익숙해지는 데만 집중하고 있었다. 벽시계와 식탁, 성경과 거울, 서가와 그림들이 흡사 나에게 이별을 고하는 것 같았다. 나의 세계가, 나의 착하고 행복했던 삶이 이제는 과거가 되고, 내게서 떨어져 나가는 것을 얼어붙는 심정으로 지켜보고 있어야 했다. 그리고 내게 영양을 제공하는 새로운 뿌리가 저 바깥 어둡고 낯선 곳에 내려, 그곳에 단단히 고정되고 있음을 느껴야 했다. 처음으로 나는 죽음을 맛보았다. 쓰디쓴 맛이었다. 그것은 죽음의 탄생이며, 끔찍한 쇄신을 앞두고 생기는 불안이자 두려움이기 때문이다.

드디어 침대에 눕자 마음이 편해졌다! 그전의 저녁 예배는 마지막 지옥 불이 되어 내 머리 위를 지나갔다. 게다가 우리는 내가 제일 좋아하는 찬송 목록에 있는 찬송까지 불렀다. 그러나 젠장, 나는 함께 부르지 않았다. 음표 하나하나가 내게는 쓸개즙이자 독약이었다. 아버지가 축도할 때도 나는 함께하지 않았다. 아버지가 축도의 마지막 마디 "우리와 함께하여 주소서!"라는 말을 하는 순간, 경련이 일어나 나를 이들로부터 떼어 내 끌고 갔다. 결국 하나님의 은총이 우리 식구들과는 함께했지만, 나와는 함께하지 않았다. 나는 싸늘하고 아주 지친 마음으로 그 자리를 떴다.

한동안 침대 위에 누워 있자니 따뜻함과 아늑함이 나를 포근하게 감싸 안았다. 그러자 내 심장은 불안감에 조금 전처럼 다시 한번 길을 헤매었고, 지나간 것을 두려워하며 떨었다. 어머니는 늘 그렇듯 내게 잘 자라고 말하고 방을 나갔다. 그러나 어머니의 발소리가 아직도 내 방으로 들려오고, 어머니가 들고 온 촛불이 문틈 사이로 비치고 있었다. 나는 생각했다. 혹시 어머니가 다시 돌아올지도 몰라. 어머니는 어떤 느낌이 있었을 거야. 그러면 어머니는 내게 다시 와서 입맞춤하며 물어보겠지. 다정한 모습, 약속으로 가득 찬 모습으로 묻겠지. 그러면 나는 울 수 있을 거야. 그러면 이 목메던 기분도 풀리겠지. 그렇게 되면 나는 어머니에게 안겨 말하겠지. 그러면 될 거야. 그러면 해결되는 거야! 문틈에 비친 빛이 다시 어두워지고 난 후에도 나는 좀 더 오래 귀를 기울이고, 반드시, 반드시 어머니가 다시 돌아올 거라고 믿었다.

그러다가 다시 내가 벌인 오늘 일로 돌아와 내 원수의 눈을 들여다보았다. 나는 그의 모습을 똑똑히 보았다. 그는 한쪽 눈을 가늘게 뜨고 있었으며, 그의 입은 거칠게 웃고 있었다. 그를 쳐다보며 도저히 피할 수 없는 일을 꾹 참고 견디는 동안, 그는 더욱 큰 모습으로 변하고 더욱 일그러진 모습이 되었다. 그의 사악한 눈이 악마처럼 번득였다. 내가 잠들 때까지 그는 내 곁을 떠나지 않았다. 그러나 꿈에서는 그놈도, 오늘 겪은 일도 나오지 않았다. 그 대신 나는 부모님과 누이들과 함께 배를 타고 있었다. 오직 휴일의 평화와 밝은 풍경만이 우리를 둘러싸고 있었다. 한밤중에 나는 잠에서 깨어 꿈에서 맛보던 행복의 뒷맛을 보고 있었다. 누이들의 하얀 여름옷이 햇살 아래서 빛나는 모습을 보았다. 그 낙원에서 나는 다시 현실로 떨어져 사악한 눈을 가진 원수와 마주 보고 섰다.

이튿날 아침, 어머니가 급하게 내 방으로 와서는 학교 갈 시간이 늦었는데 아직도 자고 있느냐고 소리쳤을 때, 나는 상태가 좋지 않았다. 어머니가 몸이 안 좋으냐고 묻자마자 나는 구토를 했다. 그러자 좀 나

아진 것 같았다. 나는 몸이 조금 아플 때면 오전 내내 카모마일 차를 마시며 침대에 누워 있는 것을 좋아했다. 그리고 어머니가 옆방에서 청소하는 소리나 리나가 바깥 현관에서 푸줏간 주인을 맞이하는 소리를 듣고 있는 것 또한 너무 좋았다. 학교에 가지 않는 오전 시간은 왠지 마법 같고 동화 같은 분위기가 있다. 그럴 때면 햇빛은 방안으로 비쳐 들며 유희를 하였는데, 학교에서는 이 햇빛을 막으려고 초록색 커튼을 내리곤 했다. 그러나 오늘 그 햇빛은 제맛이 나지 않았고 다른 음조로 울리고 있었다.

그래, 차라리 죽어 버렸으면! 그러나 전에도 자주 그랬듯이 몸이 조금 아플 뿐이었고 그것으로는 문제가 해결되지 않았다. 아픈 게 학교 가는 일은 막아 주었지만, 결코 열한 시에 시장에서 나를 기다리는 크로머를 막아 주지는 못했다. 이번에는 어머니의 보살핌도 위로가 되지 못했다. 오히려 성가시고 마음만 아프게 했다. 나는 얼른 다시 잠든 척하며 생각해 보았다. 모든 게 허사였다. 열한 시에 나는 시장에 가야만 했다. 그래서 열 시에 조용히 일어나 다시 몸이 좋아졌다고 말했다. 몸이 다시 좋아졌다고 말하는 경우는 일반적으로 다시 침대에 가서 눕거나 아니면 오후에는 학교에 가야만 했다. 나는 학교에 가고 싶다고 말했다. 꿍꿍이가 있었던 것이다.

돈 없이 크로머에게 갈 수는 없었다. 그 작은 저금통을 가져와야 했다. 그것은 원래 내 것이었다. 저금통에 들어 있는 돈이 충분하지 않다는 것은 안다. 많이 모자랐지만, 그래도 얼마는 들어 있었다. 한 푼도 주지 않는 것보다는 조금이라도 주는 게 낫고, 그렇게 하면 최소한 크로머를 달랠 수는 있겠다는 생각이 들었다.

양말 바람으로 어머니 방에 살그머니 들어가 책상 위에 놓인 내 저금통을 가져왔을 때 마음이 불편했다. 그러나 어제만큼 그렇게 불편하지는 않았다. 가슴이 뛰면서 숨이 막히는 것 같았다. 계단실 아래로 내려와 저금통을 자세히 살펴볼 때까지도 가슴이 뛰었다. 저금통은 잠겨 있었다. 저금통을 여는 건 아주 쉬웠다. 얇은 양철 격자만 뜯어내면 되는 일이었다. 그러나 그걸 뜯고 나니 마음이 아팠다. 이제 도둑질이 시작된 것이다. 그때까지는 사탕이나 과일을 슬쩍하는 게 전부였다. 그런데 이것은 내 돈이기는 하지만 엄연한 도둑질이었다. 나는 크로머와 그의 세계를 향해 다시 한발 더 나아갔다는 것을 느꼈다. 너무나도 착실하게 재깍재깍 내리막길을 내려가고 있다는 것이 느껴졌다. 그리고 그에 대응할 마음의 힘도 키웠다. 내가 지옥으로 떨어진다 해도 이제는 돌아갈 길이 없었다. 나는 불안한 마음으로 돈을 셌다. 저금통이 거의 꽉 찬 것 같은 소리가 났는데 막상 손에 쥐고 보니 형편없이 적었다. 겨우 65페니히였다. 저금통을 아래층 복도에 숨겨 두고 돈을 손에 꼭 움켜쥐고는 집을 나섰다. 이전에 대문을 나서던 때와는 달랐다. 위에서 누가 나를 부르는 것 같았지만, 단지 느낌일 뿐이었다. 나는 재빨리 도망쳤다.

시간이 아직 많이 남아 있었다. 먼 길을 돌아 사람들의 눈을 피해서 갔다. 달라진 도시의 골목길들 사이로, 한 번도 본 적 없는 구름 아래를 지나, 나를 바라보는 집들을 지나고, 나를 이상하게 보는 사람들 곁을 지나쳐 갔다. 언젠가 반 친구 하나가 가축 시장에서 은화 한 개를 주웠다던 기억이 떠올랐다. 하나님이 기적을 보이셔서 내게도 그런 돈을 찾게 해 주소서 하고 진심으로 기도하고 싶었다. 그러나 내게는 이제 기도할 권리가 없었다. 그리고 그런 일이 일어난다 해도 저금통이 다시 온전하게 되돌려지지는 않는다.

프란츠 크로머는 멀리서 나를 보고도 아주 천천히 걸어왔다. 나를 쳐다보지도 않는 듯했다. 그러다 가까이 다가와서야 자기를 따라오라고 눈짓으로 명령했으며, 단 한 번도 뒤돌아보지 않고 느긋하게 계속 걸어만 갔다. 슈트로 거리를 걸어 내려가 오솔길을 지나, 집들이 끝나는 곳에 있는 어느 공사 중인 건물 앞에서 멈춰 섰다. 일하는 사람들이 없었고, 문이나 창문이 달리지 않은 벽들만 앙상한 모습으로 서 있었다. 크로머는 주위를 돌아보고 그 안으로 들어갔다. 나도 따라 들어갔다. 그는 벽 뒤로 가더니 자기한테로 오라고 눈짓하고는 손을 내밀었다.

"돈은?"

그는 냉정하게 물었다. 나는 꼭 쥔 손을 주머니에서 꺼내 돈을 그의 평평한 손바닥에 털어놓았다. 그는 마지막 5페니히짜리 동전이 떨어지는 소리가 채 사라지기도 전에 벌써 다 헤아렸다.

"65페니히밖에 안 되잖아!"

그러고서는 나를 쳐다보았다. 나는 기어드는 소리로 대답했다.

"응, 내가 가지고 있는 돈은 그게 다야. 너무 적다는 거 나도 알아. 하지만 그게 다야. 더는 없어……."

"똑똑한 줄 알았는데."

그는 거의 온화하다 할 정도의 어조로 나를 꾸짖었다.

"명예를 지키는 남자들끼리는 원칙이 있어. 나는 어떤 것도 너한테 부당하게 빼앗지는 않아. 너도 알고 있지? 그러니 이 동전들은 도로 가져가, 자! 다른 사람은(너도 그 사람이 누군지 알 거야.) 절대 에누리가 없어. 다 준다고."

"하지만 난, 난 더는 없어! 이게 저금한 돈 전부라고."

"그건 네 사정이지. 그렇지만 난 너를 힘들게 하고 싶지는 않아. 너 나한테 아직 1마르크 35페니히 더 줄 게 있다. 언제 가져올 거야?"

"그래, 확실히 줄게, 크로머! 하지만 돈이 언제 생길지 지금은 잘 몰라. 틀림없이 금방 돈이 생길 거야. 내일이나 모레쯤이면 말이야. 내가 아버지께 말씀드릴 수 없다는 건 너도 알고 있지?"

"그건 나하고 상관없는 일이지. 나는 너를 해칠 생각이 없어. 그리고 오늘 12시 전에 돈을 받을 수도 있어. 너도 알고 있지. 그리고 난 가난하단 말이야. 너는 옷도 잘 입고 다니고, 나보다 점심도 더 맛있는 걸 먹잖아. 그러나 다른 말은 하지 않겠어. 큰맘 먹고 조금 기다릴게. 모레 휘파람을 불겠어. 오후에. 그때 재깍 돈을 가지고 와. 내 휘파람 소리 알고 있지?"

그는 내 앞에서 휘파람을 불었다. 자주 듣던 소리였다.

"응, 알고 있어."

내가 그에게 잡혀 있는 사람이 아니라는 듯 그는 휙 가 버렸다. 우리 사이에는 거래만 있을 뿐, 그 이상은 아니란 듯 말이다.

오늘이라도 만약 크로머의 휘파람 소리가 갑자기 들린다면 깜짝 놀랄 것 같다. 그 이후로 그가 휘파람 부는 소리를 자주 들었고, 앞으로도 계속해서 이 소리를 듣게 되겠다고 생각했다. 어떤 장소든, 어떤 놀이든, 어떤 일이든, 어떤 생각이든, 그 휘파람 소리가 미치지 않는 데는 없었다. 그 소리는 나를 옭아맸고, 이제는 운명이 되었다.

날씨가 온화하고 단풍이 든 가을날 오후면 우리 집 화원에서 종종 놀았는데, 정말이지 나는 이 화원을 무척 좋아한다. 나는 이전 세대 사람들이 하던 남자애들 놀이를 다시 하고 싶은 이상한 충동에 휩싸였다. 그래서 나보다 몇 살 정도 어린 남자아이, 아직 착하고 자유롭고 보살핌을 받는 사내아이 역할을 하였다. 그러나 정신없이 놀고 있을 때면 어김없이, 항상, 깜짝 놀라게 하면서, 갑작스럽게 크로머의 휘파람 소리가 들려와 놀이의 맥이 끊어지고 상상은 무너졌다. 그러면 나는 가야 했다. 나를 괴롭히는 악당의 뒤를 따라 더럽고 지저분한 곳으로 가 계산을 하고 돈을 더 갚으라는 독촉을 받아야 했다. 그 일은 기껏 몇 주간 계속되었지만 내게는 몇 년, 아니 영원히 지속할 것만 같았다. 내가 집에서 돈을 받는 일은 드물었다. 리나가 주방 조리대 위에 올려 둔 장바구니에서 훔쳐낸 5페니히나 10페니히 동전이 전부였다. 매번 만날 때마다 크로머는 나에게 욕을 했고, 말끝마다 경멸하는 말을 들먹였다. 그를 기만한 사람이 나이고, 그의 정당한 권리를 빼앗은 사람도 나이며, 그의 돈을 훔친 사람도 나이고, 그를 불행하게 만든 사람도 나라며 욕을 해 댔다. 내 인생에서 그렇게 자주 절박한 궁지에 몰렸던 적은 없었다. 그보다 더 큰 절망, 더 큰 구속을 느껴 본 적도 없었다.

나는 장난감 동전으로 채운 저금통을 제자리에 갖다 놓았다. 아무도 그것에 관해 물어보지 않았다. 그러나 이 문제도 언제든 나에게 닥칠 수 있는 일이었다. 어머니가 조용히 내게 다가올 때면 크로머의 거친 휘파람 소리보다 훨씬 두려울 때가 많았다. 혹시 저금통 일을 물어보려고 온 것은 아닐까?

내가 여러 번 빈손으로 그 악당 앞에 나타나자, 그는 다른 방법으로 나를 괴롭히고 이용하기 시작했다. 나는 그를 위해 일을 해야 했다. 크로머는 자기 아버지를 위해 여러 가지 심부름을 했는데, 이제 내가 그를 대신해 그 심부름을 해야 했다. 또는 나를 골탕 먹이기도 했다.

이를테면 십 분 동안 한 다리로 서서 뛰거나, 지나가는 사람의 윗옷에 종이 딱지를 붙여야 했다. 수많은 밤 꿈속에서 그런 괴롭힘을 겪으며 악몽으로 땀을 흘리기도 했다. 한동안 아팠다. 자주 토하고 몸이 으스스했으며, 밤에는 땀이 나고 열이 났다. 어머니는 무엇인가 정상이 아니라고 느끼고 나를 자주 돌봐 주었지만, 그럴수록 더 괴로웠다. 그런 어머니를 신뢰로 대할 수 없었기 때문이다.

하루는 저녁이 되어 이미 잠자리에 누워 있는데, 어머니가 초콜릿 한 개를 가져왔다. 예전에 착한 행동을 하면 종종 저녁에 상으로 주전부리를 받곤 했는데 그 생각이 났다. 어머니는 가만히 서서 내게 초콜릿을 내밀었다. 나는 너무나 마음이 아파 그저 고개만 내저을 뿐이었다. 어머니는 어디가 아프냐고 물으며 머리를 쓰다듬어 주었다. 나는 밀쳐 낼 수밖에 없었다.

"안 먹어! 안 먹어! 아무것도 안 먹을 거야."

어머니는 초콜릿을 작은 탁자 위에 두고 나갔다. 그리고 이튿날 어머니가 어젯밤에 도대체 왜 그랬는지 물어보려 했을 때, 나는 지금 무슨 말을 하는지 모르겠다는 식으로 대했다. 한번은 어머니가 의사를 불렀다. 의사는 나를 진찰하고 아침에 찬물로 목욕을 하라는 처방을 내렸다. 그 무렵 나는 일종의 정신 착란 상태에 있었다. 우리 집의 질서 잡힌 평화 속에서 나는 유령처럼 겁에 질린 채 고통 속에서 살았다. 다른 식구들의 삶에는 관심도 없었고, 마음을 놓고 살았던 적도 없었다. 화가 나서 나를 자주 나무라던 아버지에 대해 아무런 반응을 보이지 않았고 냉담했다.

2장
카인

　나를 고통으로부터 건져 준 구원은 전혀 기대하지 않은 곳에서 왔다. 그 구원과 함께 새로운 일이 생겼으며, 그것은 지금까지도 꾸준히 영향을 미치고 있다.

　얼마 전 우리 라틴어 학교에 새로운 학생이 왔다. 그 학생은 우리 도시로 이사 온 부유한 홀어머니의 아들이었는데 소매에 검은 띠를 두르고 있었다. 그는 나보다 몇 학년 위였고, 그래서 나이도 몇 살 더 많았다. 그는 다른 아이들에게 그랬듯이 내 눈에도 금방 띄었다. 이 특이한 학생은 외모보다 훨씬 더 나이 들어 보였고, 누구에게도 소년 같다는 인상을 주지 않았다. 유치한 우리 소년들 사이에서 그는 어른처럼 낯설고 성숙하게 행동했다. 아니 군주처럼 행동했다고 말하는 것이 옳다. 그러나 그가 인기가 있었던 것도, 우리와 같이 놀았던 것도 아니었고, 싸움에 낀 것은 더더욱 아니었다. 오직 아이들은 선생님들 앞에서 자신감 있고 단호한 목소리를 낸다는 이유로 그를 좋아했다. 그의 이름은 막스 데미안이었다.

　어느 날 우리 학교에서 종종 벌어졌던 일이긴 하지만, 어떤 이유에

선가 매우 넓은 우리 교실에 상급 학년들이 들어와 함께 수업하는 일이 생겼다. 그것은 데미안의 반이었다. 우리 학년은 성경 공부 시간이었고, 상급 학년은 작문 시간이었다. 선생님이 카인과 아벨의 이야기를 우리에게 주입하는 동안 나는 데미안을 자주 건너다보았다. 그의 얼굴을 보고 있으면 이상한 매력을 느꼈다. 나는 그 똑똑하고, 밝고, 아주 단호해 보이는 얼굴을 바라보았다. 그는 정신을 집중하여 자기 일에 몰입하고 있었다. 마치 과제를 하는 학생이 아니라, 자기의 문제를 추적해가는 연구자 같이 보였다. 사실 호감이 가는 편은 아니었다. 오히려 무엇인가가 거슬리는 데가 있었다. 내게는 그가 너무 우월하고 냉정해 보였다. 그의 본질 자체가 나에겐 너무나도 도전적일 만큼 당당하였다. 그리고 그의 눈은(아이들이 절대 좋아하지 않을) 어른의 표정을 띠고 있었는데 그마저도 조소가 어린 약간 슬픈 표정이었다. 그런데도 그를 향한 내 눈길은 떨어질 줄 몰랐다. 그가 좋은지 싫은지 그건 상관없는 일이었다. 그러다가 그가 힐끗 나를 쳐다보는 순간 깜짝 놀라 눈길을 돌렸다. 그가 학생이었을 때 어떤 모습이었던가를 지금 회상해 본다면 이렇게 말할 수 있다. 그는 여러 가지 면에서 다른 아이들과 달랐고, 아주 독특했고, 개성이 뚜렷했고, 그 때문에 눈에 띄었다. 그래서인지 그는 눈에 띄지 않으려고 갖은 노력을 다했다. 그는 농부의 아이들 사이에서 그들처럼 보이려고 갖은 노력을 다하는 변장한 왕자티를 내고 그렇게 행동했다.

　학교가 끝나고 집으로 가는 길에 그는 내 뒤를 따라왔다. 다른 아이들이 제각기 자기 길로 가고 나자 그는 나를 따라와서 인사를 했다. 어린 학생들의 말투를 흉내 내기는 했으나 이 역시 어른스럽고 정중했다.

"조금 같이 걸을까?"

그는 친근하게 물었다. 나는 기분이 좋아서 고개를 끄덕였다. 그러고는 우리 집이 어디 있는지 그에게 자세하게 말했다.

"아, 그 집?"

그는 웃음기를 띠며 말했다.

"그 집 나 벌써 알고 있어. 너희 집 대문 위에 특이한 것이 있지. 난 그게 보자마자 마음에 들었어."

그가 무슨 말을 하는지 선뜻 알아듣지 못했다. 그리고 그가 나보다 우리 집에 대해 더 잘 아는 듯해서 깜짝 놀랐다. 우리 집 대문 아치의 종석[3]에는 어떤 문장紋章이 있었는데, 시간이 지나면서 닳아 버려 자주 페인트로 덧칠을 했다. 그러나 내가 알고 있는 한 이 문장은 우리 가족이나 우리 가문과는 아무런 관계가 없었다. 나는 부끄러워하며 말했다.

"난 그게 뭔지 몰라. 그건 새나 뭐 그런 걸 거야. 오래된 것만큼은 틀림없어. 우리 집이 예전에 수도원에 속했었다나 봐."

"그럴 수도 있겠구나."

그가 고개를 끄덕였다.

"근데 한번 잘 살펴봐! 그런 것들은 눈길을 끌 거든. 내 생각에는 그게 매 같은데."

우리는 더 걸어갔고, 나는 매우 어색했다. 무슨 재미있는 생각이 떠올랐는지 데미안이 갑자기 웃었다.

---

3 독일어 'Schlusstein'은 건축에서 키스톤, 즉 종석(宗石)을 의미한다. 집 대문의 대리석 아치 중앙이나 다리 아치 중앙에 있는 돌을 말한다. 아래는 좁고 위로 갈수록 넓어진다.

"저기, 내가 너희 수업 시간에 같이 있었잖아."

그는 활발하게 말했다.

"이마에 표식[4]을 가진 사람, 카인 이야기를 했어. 맞지, 그렇지? 그 이야기 괜찮았어?"

아니었다. 우리가 배워야 하는 것들이 마음에 드는 경우는 거의 없었다. 그러나 그런 마음을 굳이 말할 필요는 없었다. 더구나 그 상황이 마치 어른이 나에게 말하는 것 같았다. 그래서 나는 그냥 이야기가 아주 마음에 든다고 둘러댔다. 데미안은 내 어깨를 토닥였다.

"친구야, 내 앞에서 굳이 속마음을 감출 필요는 없어. 그러나 이 이야기가 정말 특이하긴 해. 수업에서 다루는 다른 성경 이야기들보다 훨씬 특이해. 선생님은 그에 대해 많은 이야기를 안 하셨어. 늘 평범하게 하나님이나 죄나 뭐 그런 것밖에는. 그러나 내 생각은……."

그는 말을 잠시 멈추더니 웃으면서 다시 물었다.

"근데 너도 관심이 있기는 한 거니?"

데미안은 혼자 계속 말을 이어 나갔다.

"그래, 내 생각으론, 그러니까 우리가 카인의 이야기를 완전히 다르게 해석할 수도 있을 것 같아. 물론 선생님이 가르치는 거의 모든 것은 분명 진실이고 올바르긴 해. 하지만 우리는 이 모든 것을 선생님이 가르치는 것과 다르게 볼 수도 있어. 그러면 대개는 훨씬 더 나은 의미를 찾게 되지. 예를 들어 카인과 그의 이마에 받은 표식 이야기도 우리가 들은 설명만으로는 충분하지 않아. 그렇게 생각하지 않

---

4 '표식(標識)'은 '표(標, Zeichen)'와 같은 뜻으로, 실제로 개신교 성경의 번역을 따르면 '표'가 정확하다.

아? 물론 어떤 사람이 동생과 싸우다가 동생을 때려죽이는 일이 일어날 수는 있어. 그래서 그가 나중에 불안에 사로잡혀 항복하는 것도 가능한 일이지. 그러나 그가 저지른 잘못에 대해 휘장을 붙여서 그를 보호해 주고 다른 사람들에게 두려움을 불러일으킨다는 건 정말 이상하지 않아?"

"그건 그래."

나는 관심을 보이며 말했다. 그때부터 이야기가 나를 옭아매기 시작했다.

"그럼 이 이야기를 어떻게 다르게 설명할 수 있는데?"

데미안은 내 어깨를 툭 쳤다.

"아주 간단해! 그 표식은 사실 처음부터 있었던 거고, 그 표식과 더불어 이야기가 시작된 거지. 한 남자가 있었는데 그 남자의 얼굴에는 뭔가가 있었고, 이것이 다른 사람들을 두렵게 했어. 사람들은 감히 그 남자를 건드리지 못했어. 그의 모습이 위대해 보였거든. 그 남자뿐 아니라 그의 자녀들도 마찬가지였어. 아마 그랬을 것 같아. 아니 확실해. 우편 소인 같은 표식이 이마에 있었다는 것은 사실이 아닐 수도 있어. 삶에서 일이 그렇게 허술하게 만들어지는 경우는 드문 일이야. 그보다 그에게 눈에 잘 띄지 않는 뭔가 섬뜩한 것이 있었고, 눈빛에 사람들이 익숙하게 보던 것과는 다른, 좀 더 많은 영성과 용맹함이 있었겠지. 이 남자에게는 강력한 힘이 있었어. 그래서 사람들이 이 사람을 보고 겁이 나서 도망갔겠지. 그 남자는 '표식'을 가지고 있던 거야. 사람들은 이 표식을 제 마음대로 설명했어. 사실 '사람들'이라는 게 늘 자기 편한 것과 옳은 것만 원하거든. 사람들은 카인의 자녀들도 두려워했어. 그들에게도 '표식'이 있었으니까. 그래서 사람들은 그 표식을 원래의 의미대로, 그러니까 휘장으로 해석하지 않고 그와 반대로 해석했지. 사람들은 그 표식을 지닌 놈들은 섬뜩하다고 말했어. 사실 섬뜩했을 거야. 용기와 개성을 지닌 사람들은 다른 사람들 눈에 섬뜩해 보이기 마련이야. 두려움을 모르고 섬뜩하게 생긴 종족들이 여기저기 돌아다니면 정말 마음이 불안하지 않겠어? 그래서 그 종족에게 별명을 붙여 주고 허황한 이야기를 지어낸 거야. 그 종족에게 복수하고, 두려움을 이겨 낸 것에 대해 스스로 보상을 받고 싶었겠지. 내 말이 이해가 가?"

"응, 그러니까 카인은 전혀 나쁜 사람은 아니었다, 이 말이지? 그리고 성경에 있는 이야기는 전혀 진실이 아닌 거고?"

"그렇기도 하고 아니기도 해. 그렇게 오래된, 태고의 이야기들은 항상 진실해. 하지만 항상 사실대로 올바르게 기록되는 것도 아니고, 항상 올바르게 설명되지도 않아. 간단히 말해서 카인은 멋진 남자였어. 다만 사람들이 카인을 두려워한 나머지 그런 이야기를 갖다 붙인 거지. 그 이야기는 그냥 소문이었어. 그런 이야기가 있잖아. 사람들이 생각나는 대로 아무 데서나 떠드는 이야기 말이야. 카인과 그의 후손들에게 실제로 일종의 표식이 있었고, 그들이 대부분의 다른 사람들과 달랐다는 것만은 사실이야."

나는 깜짝 놀랐다.

"그렇다면 동생을 죽였다는 것도 진실이 아니라고?"

나는 어이가 없다는 듯 물었다.

"아니, 그건 틀림없는 진실이야. 강자가 약자를 때려죽였어. 실제로 친동생이었는지는 의심의 여지가 있지만, 그건 중요하지 않아. 결국 모든 인간은 형제니까. 그러니까 강한 자가 약한 자를 때려죽였어. 그것은 영웅적인 행위였을 수도 있고 아닐 수도 있어. 어쨌든 이제 다른 약자들은 두려움에 벌벌 떨며 신세를 한탄했어. 그러자 누가 물었지. '왜 너희는 그를 때려죽이지 않나?' 그렇다고 그들이 '우리는 겁쟁이 니까.'라고 대답하지는 않았겠지. '때려죽일 수 없어. 그에게는 표식이 있어. 하나님이 그에게 표식을 주었다니까!'라고 대답했을 거야. 틀림없이 이런 식으로 근거 없는 이야기가 생겨났다고 봐. 이런! 내가 너무 오래 붙잡고 있었네. 그럼, 어서 가 봐!"

그는 알트 거리로 걸어갔고, 혼자 남은 나는 이제껏 한 번도 경험해 본 적이 없는 혼란에 빠졌다. 그가 말한 것이 말도 안 된다는 생각이 들었다! 카인은 고귀한 사람이고 아벨은 비겁한 자라니! 카인의 표식 이 휘장이라니! 말도 안 되는 소리였다. 신성모독의 불경한 소리였다. 그렇다면 사랑의 하나님은 어디에 있단 말인가? 하나님이 분명 아벨 의 제물을 반기지 않았던가? 하나님이 아벨을 사랑하지 않았던가? 아냐, 멍청한 소리야! 데미안이 나를 가지고 논다는 생각이 들었다. 나를 골릴 생각으로 그랬겠지. 그래, 빌어먹게 머리를 잘 굴리는 놈이 었어. 말재간도 좋고. 그러나 그건 아닌 것 같다.

여하튼 지금까지 한 번도 성경 이야기나 다른 어떤 이야기에 대해 그렇게 곰곰이 생각해 본 적이 없었다. 그리고 프란츠 크로머 생각을 그렇게 까맣게 잊고 있었던 적도 없었다. 몇 시간 동안이나, 아니 저녁 내내. 나는 집에 와서 카인과 아벨의 이야기가 성경에 어떻게 쓰여 있는지 한 번 더 자세히 읽었다. 그 이야기는 짧고 분명했다. 여기서 특별하고 비밀스러운 의미를 찾는다는 것은 완전히 미친 짓이었다. 그렇게 해석한다면 남을 때려죽인 사람들이 모두 자기를 하나님이 사랑한 자라고 선언할 판이다! 아니, 그건 말도 안 된다. 그렇지만 데미안이 그런 이야기를 한 방식만은 그런대로 괜찮았다. 마치 모든 게 당연히 그런 것처럼 아주 쉽고도 멋있게 설명하지 않았던가. 그리고 그 설명을 하면서 보인 그의 눈빛!

사실 나도 어느 정도 정상이 아니긴 했다. 아니 많이 비정상이었다. 나는 밝고도 깨끗한 세계에서 살아왔다. 나 자신이 아벨과 같은 사람이었다. 그런데 이제 나는 '다른' 세계에 아주 깊이 빠져 있었다. 너무 많이 추락하고 가라앉아 근본적으로 어떻게 해 볼 도리가 없었다! 이제 어떻게 될 것인가? 그래, 그제야 기억 하나가 번개처럼 떠오르며 한순간 거의 숨이 멎을 것만 같았다. 지금의 불행이 시작된 힘들었던 그날 저녁 아버지와 함께 있을 때, 나는 아버지와 그의 밝은 세계와 가르침을 대번에 꿰뚫어 보고 경멸한 적이 있었다! 그렇다. 그때 나는 스스로 카인이 되어 그 표식을 받았고, 그 표식이 낙인이 아니라 휘장이라고 착각한 것이다. 그리고 나의 악행과 불행을 통해 아버지보다 더 높은 곳에, 선하고 경건한 사람들보다 더 높은 곳에 있다고 착각한 것이다.

당시 내가 나의 체험을 이렇게 명료한 생각의 형태로 정리한 것은 아니었다. 그러나 이 모든 것이 그 안에 내포되어 있었다. 그것은 그냥 감정의 불길이었고, 나를 고통스럽게 했으나 나를 자부심으로 채워 주기도 했던, 마음의 동요가 빚은 기이한 불길이었다.

곰곰이 생각해 보면 데미안은 용감한 사람들과 비겁한 사람들에 대해 얼마나 독특하게 말했던가! 카인의 이마에 있는 표식을 얼마나 독특하게 해석했던가! 그의 눈, 어른의 눈 같은 독특한 눈은 그 이야기를 할 때 얼마나 멋있게 반짝였던가! 그 순간 어렴풋한 생각이 스쳐 갔다. 바로 데미안 자신이 일종의 카인이 아닐까? 그 자신이 카인과 비슷하다고 느끼지 않았다면 왜 그가 카인을 옹호했을까? 왜 눈에 그런 힘을 가지고 있을까? 그리고 왜 '다른' 사람들, 비겁한 사람들에 대해 그렇듯 조롱을 늘어놓았을까? 그들이야말로 사실 경건하고 하나님의 마음에 드는 자들인데.

이런 생각들은 꼬리에 꼬리를 물고 이어졌다. 우물 안에 돌이 떨어졌고, 그 우물은 내 어린 마음이었다. 내가 뭔가를 인식하고, 회의하고, 비판하려 할 때마다 카인의 일, 즉 동생 살해와 이마의 표식에 관한 일은 아주 오랫동안 생각의 시작 지점이 되었다.

다른 학생들도 데미안과 자주 교제한다는 것을 알 수 있었다. 나는 카인 관련 이야기를 아무에게도 하지 않았지만, 다른 아이들도 데미안에게 관심을 가지는 것 같았다. 적어도 '새로 온 학생'에 대한 소문이 많이 돌고 있었다. 내가 그 떠도는 소문을 다 기억하고 있다면, 소문 하나하나가 그가 누군지를 밝혀 줄 것이고, 또 그 소문들을 해석해 볼 수도 있었을 것이다. 하지만 내가 아는 것은 처음에 돌았던 소문, 즉 데미안의 어머니가 아주 부자라는 소문뿐이었다. 그녀가 교회에 나가지 않고, 그 아들도 마찬가지라는 소문이 있었다. 어머니와 아들이 혹시 유대인일지도 모른다는 애들도 있었고, 숨어 사는 이슬람교도라는 말도 있었다. 막스 데미안의 체력에 대한 전설 같은 이야기도 돌아다녔다. 데미안의 반에서 제일 힘센 아이가 그에게 싸움을 걸었다는데, 데미안이 이를 거절하자 겁쟁이라고 불렀다가 개망신을 당했다는 것은 확실했다. 그것을 직접 본 아이들 말로는, 데미안이 그 아이의 목덜미를 한 손으로 움켜잡고 세게 누르자 그 아이의 얼굴이 하얗게 질렸다는 것이다. 그 아이는 나중에 꽁무니를 빼고 달아났으나 며칠 동안 팔을 움직이지도 못했다는 소문이 나돌았다. 심지어 어느 날 저녁에는 이 아이가 죽었다는 소문까지 돌았다. 모든 걸 봤다는 주장이 한동안 있었고, 아이들은 그 추측들을 죄다 믿었으며, 그 모든 것이 흥분되는 일, 신기한 것들이었다. 그러다가 한동안은 모두 그런 소문에 시들해졌다. 그러나 얼마 되지 않아 학생들 사이에서 새로운 소문이 생겨났다. 아이들은 데미안이 여자애들과 잠자리를 같이 했으며 '알 건 다 안다'라고 말하고 다녔다.

그 사이에 프란츠 크로머와의 관계는 강박적으로 지속되고 있었다. 도저히 그에게서 벗어날 수 없었다. 그가 중간에 며칠씩 나를 조용히 내버려 둘 때조차도 그에게 매여 있었다. 그는 내 꿈속에서 그림자처럼 더불어 살았다. 내 환상은 그가 실제로 하지 않은 일까지도 내 꿈속에서 하게 했다. 그리고 그 꿈속에서 나는 완전히 그의 노예가 되었다. 내 삶은 현실이 차지하는 비중보다 그런 꿈들이(원래 나는 꿈을 많이 꾸었다.) 차지하는 비중이 더 많았다. 힘과 생기를 그 그림자에게 빼앗기고 말았다. 무엇보다도 크로머가 나를 학대하고, 내게 침을 뱉고, 무릎으로 나를 짓이기는 꿈을 자주 꾸었다. 더욱더 나빴던 것은 그가 무서운 죄를 짓도록 나를 사주하는 꿈이었다. 아니, 사주하는 것이 아니라 그의 완력을 사용하여 그저 강요했을 뿐이다. 그런 꿈 중에서도 가장 끔찍한 것은, 내가 반쯤 미친 사람처럼 깨게 만든 꿈으로, 그가 내게 아버지를 죽이라고 종용하는 꿈이었다. 크로머는 칼을 갈아 내게 쥐여 주었다. 우리는 길가에 있는 나무들 뒤에 숨어 누군가를 기다렸는데, 나는 그게 누구인지 몰랐다. 그 누군가가 가까이 다가왔을 때, 크로머가 내 팔을 밀며 내가 찔러야 할 사람이라고 말했다. 그런데 그 사람이 아버지였다. 그 순간 나는 잠을 깼다.

이런 꿈을 꾸자 나는 카인과 아벨 이야기와의 관련성은 생각해 봤으나 데미안에 대해서는 생각하지 않았다. 데미안이 다시 내게 다가온 것은 희한하게도 또 꿈속에서였다. 그러니까 다시 학대와 폭력을 당하는 꿈을 꾼 것이다. 그런데 무릎으로 나를 짓이기는 사람이 이번에는 크로머가 아니라 데미안이었다. 그런데(이것은 아주 신선해서 깊은 인상을 남겼는데) 나는 크로머에게 당하며 고통받고 저항했던 모든 일을, 데미안에게서는 즐겁게 겪었다. 이 순간 나는 쾌감과 불안이 묘하게 섞인 감정을 느꼈다. 나는 이런 꿈을 두 번 꾸었고, 그다음에는 크로머가 그 자리로 되돌아왔다.

꿈에서 겪은 이런 일들과 현실에서 겪은 일들을 더 이상 구분할 수 없게 된 지 이미 오래되었다. 어쨌든 크로머와의 불유쾌한 관계는 지속되었고, 내가 오직 훔친 푼돈만으로 빚진 돈을 모두 갚고 난 뒤에도 그 관계는 끝나지 않았다. 그렇다. 그는 이제 내가 그 돈을 집에서 훔쳤다는 사실을 알고 있었다. 돈이 어디서 났냐고 늘 캐물었기에 이 사실을 말하지 않을 수 없었다. 그래서 나는 그전보다 더욱 꼼짝없이 그의 마수에 걸렸다. 그가 툭하면 아버지에게 이르겠다고 위협했기 때문이다. 그럴 때마다 느끼는 불안보다 내가 왜 처음부터 아버지에게 직접 말하지 않았을까 하는 후회가 더 컸다. 이 과정에서 내 처지가 비참하기는 했지만, 모든 일을 다 후회하지는 않았다. 후회했다 해도 항상 후회하지는 않았다. 가끔 이 모든 것이 그렇게 흘러갈 수밖에 없었다는 느낌도 들었다. 숙명이 나를 지배했고, 그것을 깨려고 해 봤자 소용없었다.

추측하건대 이런 상황에서 우리 부모님도 적잖이 고통을 받았을 것 같다. 나는 이상한 악령에 사로잡혀 그렇게도 친밀하던 우리 가족에게 더 이상 적응하지 못했다. 마치 잃어버린 낙원을 그리워하듯 가족을 향한 그리움으로 미칠 것만 같았다. 가족들은, 특히 어머니가 그랬는데 나를 악동보다는 환자처럼 대했다. 그때 상황이 진짜로 어땠는지는 두 누이의 태도를 보면 가장 잘 알 수 있었다. 나를 안타깝게 여기는 누이들의 태도는 도리어 나를 한없이 비참하게 했다. 그들의 태도에서 그들이 나를 일종의 귀신 들린 사람으로 생각하고 있다는 것을 알 수 있었다. 누이들은 이 사람의 마음에 악령이 있으니 꾸짖어서는 안 되고 이 사람을 위해 하나님께 기도해야 한다고 생각했다. 가족들이 나를 위해 전과는 다르게 기도하고 있음을 느꼈고, 이런 기도가 부질없다는 것도 느꼈다.

나는 마음속에서 종종 무거운 짐을 벗고 진정 참회하고 싶은 갈망을 느꼈다. 그러나 동시에 아버지, 어머니 혹은 그 누구에게든 모든 걸 털어놓고 해명할 수 없다는 것을 처음부터 알고 있었다. 두 분이 그 일을 따뜻하게 받아들이고, 오로지 내 편을 들고, 힘들겠다고 나를 위로해 주었지만, 나를 완전히 다 이해하지는 못할 것을 알고 있었다. 그리고 두 분은 그 모든 것이 일종의 탈선이라고 여겼을 것이다. 그러나 그것은 운명이었다.

열한 살이 안 된 어린아이가 설마 그런 걸 느낄까 믿지 못하는 사람들도 종종 있다는 것을 안다. 그런 사람들에게 나의 일을 이야기하고 싶지 않다. 인간에 대해 더 잘 아는 사람들에게 이야기하고자 한다. 자신의 감정 일부를 사고로 전환하는 법을 배운 어른들은, 아이들은 그런 식으로 사고할 수 없으니 그런 체험도 아예 할 수 없다고 생각한다. 그러나 내 생애에서 그때처럼 깊이 체험하고 고통 받은 적이 없다.

어느 비 오는 날이었다. 나를 괴롭히는 인간으로부터 부르크 광장으로 나오라는 호출을 받았다. 나는 그 광장에 서서 기다리며, 빗물이 뚝뚝 듣는 검은 밤나무에서 끊임없이 떨어지는 젖은 나뭇잎들을 발로 헤집고 있었다. 돈은 없었지만, 크로머에게 최소한 뭐라도 줄 양으로 케이크 두 조각을 몰래 가지고 나와 들고 있었다. 어딘가 구석진 곳에서 그를 기다리는 일은 이미 오래전부터 익숙해져 있었다. 어떨 때는 아주 오래 기다렸다. 사람들이 바꿀 수 없는 것을 받아들이듯 나도 그 상황을 받아들였다.

드디어 크로머가 왔다. 그날은 그가 거기 오래 있지 않았다. 그는 내 갈비뼈를 몇 번 툭툭 치더니 웃고는 케이크를 빼앗았다. 게다가 그는 젖은 담배를 권하기까지 했다. 물론 그 담배를 받지 않았지만, 크로머는 평소보다 더 친절했다. 자리를 뜨려고 하면서 그가 말했다.

"아, 잊어버릴까 봐 말해 두는데 다음번엔 네 누이랑 함께 오는 게 어때? 여동생 말고 누나. 이름이 뭐더라?"

나는 무슨 말인지 몰라 대답도 하지 않았다. 놀라서 그저 그를 보기만 했을 뿐이다.

"못 알아먹었냐? 네 누나 데리고 오라고."

"응, 크로머, 근데 그건 안 돼. 난 그럴 수 없고, 말해 봐야 오지도 않을걸."

나는 그가 또 그냥 트집을 잡거나 구실을 만들려고 한다고 생각했다. 그는 종종 그런 짓을 했고, 어떤 할 수 없는 일을 요구하고, 그것으로 나를 놀라게 하고, 내가 사정하도록 만들고, 그런 다음에야 천천히 흥정하였다. 그러면 나는 약간의 돈이나 다른 선물을 주고 그 일에서 풀려나곤 했다.

이번에는 전혀 달랐다. 나의 거절에도 그는 거의 화를 내지 않았다.

"글쎄……."

그가 얼버무렸다.

"잘 생각해 봐. 난 네 누나와 알고 지내고 싶어. 어떤 방법이 있을 거야. 그냥 산책할 때 누나를 데리고 나와. 그러면 내가 따라갈게. 내일 내가 휘파람을 불면 나와서 우리 다시 한번 이야기하자."

크로머가 가고 나자 갑자기 그의 성적 욕망이 가진 의미에 대해 무언가가 뚜렷해지기 시작했다. 나는 아직 어린애였지만, 남자애들이나 여자애들이 좀 더 나이가 들면 어떤 비밀스럽고, 역겹고, 금지된 짓을 서로 해댄다는 것 정도는 소문으로 들어서 알고 있었다. 그러니까 나는 이런 일을 해서는 안 되었다(그게 얼마나 끔찍한 일인지 순간적으로 분명해졌다!). 절대 그런 짓은 하지 않겠다는 결심이 즉각 섰다. 그러나 그렇게 되면 무슨 일이 생길지, 크로머가 내게 어떤 복수를 할지, 그에 대해서는 생각해 볼 엄두도 내지 못했다. 나에게 새로운 고문이 시작되었다. 아직 끝난 게 아니었다.

두 손을 호주머니에 찔러 넣고는 절망적인 심정으로 텅 빈 광장을 가로질러 갔다. 새로운 고통, 새로운 종살이였다!

그때 어디선가 산뜻한 저음의 목소리가 나를 불렀다. 나는 놀라 달아나기 시작했다. 누군가가 나를 쫓아왔고, 손 하나가 뒤에서 나를 부드럽게 잡았다. 막스 데미안이었다. 순순히 잡은 손에 몸을 내맡겼다.

"난 또 누구라고."

나는 불안스레 말했다.

"깜짝 놀랐잖아!"

데미안은 나를 바라보았다. 그의 눈빛이 이 순간보다 더 어른의 눈빛, 우월한 사람의 눈빛, 통찰하는 사람의 눈빛이었던 적이 없었다. 우리가 서로 이야기를 한 지는 꽤 오래되었다.

그는 친절하면서도 매우 분명한 목소리로 말했다.

"미안해, 하지만 그렇게 놀랄 이유가 없잖아."

"그건 그래, 하지만 그럴 수도 있어."

"그렇긴 해. 그러나 들어 봐. 만약 누군가가 네게 아무 짓도 안 했는데도 네가 그 사람 앞에서 소스라치게 놀란다면, 그 누군가는 생각하기 시작하지. 놀라고 궁금해할 거야. 이제 그 누군가는 네가 이상하게 잘 놀라네, 하고 생각할 거야. 그리고 계속해서 생각해 보겠지. 그냥 불안하면 그럴 수 있다고. 겁쟁이들은 항상 불안해하니까. 그러나 너는 솔직히 말해 겁쟁이가 아니잖아. 안 그래? 아, 물론 넌 영웅도 아니야. 네가 무서워하는 일들이 있고, 또 무서워하는 사람들도 있겠지. 그러나 그런 게 있어서는 안 돼. 안 되고말고, 우리는 사람들을 결코 무서워해서는 안 돼. 설마 나를 무서워하는 건 아니겠지? 아니면 내가 무서운 거야?"

"아, 아냐. 하나도 안 무서워."

"거봐, 그렇지? 그러면 네가 무서워하는 사람들이 있긴 한 거야?"

"잘 모르겠어……. 귀찮게 하지 마. 나한테 원하는 게 뭐야?"

그는 나와 발을 맞추며 걸었다. 나는 빠져나가고 싶어서 더 빠른 걸음으로 걸으며, 그의 눈치를 살폈다.

"생각해 봐."

그가 다시 말을 이어 나갔다.

"내가 널 좋게 생각한다는 걸. 그러면 어쨌거나 넌 나를 무서워하지는 않겠지. 너랑 한 가지 실험을 해 보고 싶어. 이 실험은 재미있어. 그리고 넌 아주 필요한 걸 배울 수도 있고. 잘 들어 봐! 나는 관심법이라고 부르는 기술을 가끔 연마해. 주술은 아니야. 그 원리를 모르면 아주 이상하게 보일 수도 있어. 그걸로 사람들을 깜짝 놀라게 할 수도 있어. 자, 이제 한번 해 보자고. 그러니까, 나는 너를 좋아해. 혹은 나는 너에게 궁금한 게 많아. 그래서 네 마음이 어떤지 보고 싶어. 그렇게 하려고 나는 벌써 첫발을 내디뎠지. 나는 너를 놀라게 했고, 넌 잘 놀라는 사람이었어. 그렇다면 네가 두려워하는 일이나 사람이 있다는 거지. 어떻게 이런 생각을 할 수 있을까? 우리는 누구도 이유 없이 무서워하지 않아. 누군가를 무서워한다면, 그건 이 누군가에게 자신을 지배할 힘을 내주었기 때문이지. 예를 들어 네가 나쁜 짓을 했는데 상대가 그걸 알고 있어. 그러면 그는 너를 지배할 힘을 갖는 거야. 무슨 말인지 알아들었어? 아주 분명해, 그렇지?"

나는 어찌할 바를 모른 채 그의 얼굴을 바라보았다. 그의 얼굴은 늘 그렇듯 진지하고 총명하고 선량했지만 조금도 다정하지 않았다. 그보다는 차라리 엄격에 가까웠다. 그 안에 정의감 아니면 그 비슷한 것이 묻어나고 있었다. 내 마음속에 무슨 일이 벌어지는지 알 수 없었다. 그가 내 앞에 마법사처럼 서 있었다.

"내 말 이해했어?"

그가 다시 물었다. 나는 고개를 끄덕였다. 그러나 아무 말도 할 수 없었다.

"내가 말했지. 관심법이라는 것이 좀 웃기긴 하다고. 하지만 그 과정은 아주 자연스러워. 예를 들어 내가 전에 너한테 카인과 아벨 이야기를 들려주었을 때 네가 나를 어떻게 생각했는지 나는 거의 정확하게 말할 수 있어. 하기야 그건 지금 이 일과는 무관하지만. 그리고 네

50

가 한번은 내가 나오는 꿈을 꾸었을 거라고도 생각해. 그건 그냥 넘어가자! 너는 똑똑한 친구야. 다른 아이들은 아주 멍청하거든! 나는 이따금 내가 믿을 만한 똑똑한 아이들과 이야기를 해. 너랑 이야기해도 괜찮겠어?"

"응, 좋지. 근데 내가 전혀 이해가 안 되는 건……."

"우리 한번 재미있는 실험을 해 보자! 우리는 이제 알았어. S라는 소년이 잘 놀라. 그가 누군가를 두려워하고 있어. 그는 이 사람과 무슨 비밀이 있는 것 같아. 그리고 이것 때문에 힘들어하지. 대충 맞아 들어가?"

내가 꾼 꿈에서처럼 그의 목소리, 그의 영향력에 나는 굴복했다. 그저 고개만 끄덕였다. 내 마음속에서 저절로 우러난 어떤 목소리가 지금 말을 한 것인가? 모든 것을 알던 그 목소리가? 모든 것을 나 자신보다 더 잘 알고, 더 분명하게 아는 목소리가?

데미안이 내 어깨를 세게 쳤다.

"맞구나! 나도 그렇게 생각했어. 이제 하나만 더 물어볼게. 방금 저 앞에 간 아이의 이름을 알고 있어?"

나는 매우 놀랐다. 들켜 버린 내 비밀이 고통스럽게 몸을 비틀며 내 안으로 기어들었다. 빛으로 나오려 하지 않았다.

"어떤 아이 말인데? 아무도 없었어. 나 말고는."

그는 웃었다.

"그냥 말해! 그 아이 이름이 뭐야?"

나는 기어드는 소리로 말했다.

"프란츠 크로머 말이야?"

만족한 듯 그는 내게 고개를 끄덕였다.

"좋았어! 정말 똑똑해. 그럼 우리 서로 친구 하자. 이제 내가 너한테 이야기할 게 있어. 이 크로머인지 뭔지 하는 친구는 나쁜 놈이야. 얼굴을 보면 걔가 비열한 인간이라는 걸 알 수 있어. 안 그래?"

나는 한숨을 내쉬었다.

"그렇고말고, 걔는 나빠. 악마야! 근데 걔한테 이야기하진 마! 제발 말하지 말아 줘! 너 혹시 그 애 알아? 걔도 널 알고?"

"괜찮아! 그 아이는 갔어. 그리고 그 아이는 나를 잘 몰라. 아직은 그래. 하지만 난 그 애를 만나 봤으면 좋겠어. 걔 공립학교 다니지?"

"맞아."

"몇 학년이야?"

"5학년. 하지만 걔한테 말하지 마! 제발, 제발 말하지 말아 줘!"

"걱정하지 마. 너한테는 아무 일 없을 거야. 혹시 너 그 크로머란 놈에 대해 나한테 조금만 더 말해 줄 수 없을까?"

"말해 줄 수 없어. 안 돼, 그냥 둬!"

데미안은 한참 동안 침묵했다.

"할 수 없지 뭐."

그러더니 그는 이렇게 말했다.

"우리가 이 실험을 계속할 수 있었는데. 너를 괴롭힐 생각은 없어. 하지만 너도 잘 알 거야. 그 녀석을 두려워하는 게 옳지 않다는 것을. 그런 두려움은 우리를 완전히 망칠 수 있어. 그런 두려움에서 벗어나야 해. 올바른 사람으로 성장하려면 벗어나야 한다고. 이해할 수 있어?"

"그래, 네 말이 맞아……. 하지만 잘 안 돼, 네가 잘 모르는 건……."

"너도 봤지. 네가 생각하는 것보다 내가 여러 가지를 알고 있다는 사실을. 혹시 그 녀석한테 돈을 빚졌니?"

"응, 그렇기도 해. 하지만 그건 중요한 일이 아니야. 말할 수 없는 게 있어. 말할 수가 없어!"

"그렇다면 네가 그 애한테 빚진 돈을 내가 줘도 소용없다는 얘기야? 내가 그 돈을 줄 수도 있는데."

"아냐, 아냐. 그건 돈 문제가 아냐. 제발 부탁이야. 아무한테도 말하지 말아 줘! 한마디도 하지 말라고! 네가 나를 힘들게 하고 있어."

"날 믿어 줘, 싱클레어. 다음 기회에 너희의 비밀을 말해 줘."

"안 할 거야. 안 할 거라고!"

나는 크게 소리쳤다.

"그럼 네가 원하는 대로 해. 나는 그냥 네가 나중에 더 많이 이야기해 줄 것 같다는 뜻이야. 자발적으로 말이야, 당연하지! 너 혹시 내가 크로머처럼 굴 거라고 생각하진 않겠지?"

"아, 아냐. 넌 그 일을 전혀 모르잖아!"

"전혀 몰라. 그저 무슨 일일까 생각해 볼 뿐이지. 그리고 난 절대로 크로머가 한 것처럼 하지는 않아. 믿어 줘. 나한테 빚진 돈도 없잖아."

우리는 한동안 서로 말이 없었다. 나는 훨씬 차분해졌다. 그러나 데미안이 그 일을 어떻게 알았는지 더 궁금해졌다.

"나 이제 집에 갈게."

그가 말했다. 그리고 그는 빗속에서 모직 코트를 더 단단히 여몄다.

"우리 서로 알 만큼 알았으니, 하나만 더 말할게. 넌 그 애한테서 벗어나야 해! 더 이상 다른 방법이 없다면 때려죽여! 만약 네가 그렇게 한다면 난 감동할 거야. 그리고 기분도 좋아지고."

나는 다시 불안해지기 시작했다. 갑자기 카인의 이야기가 떠올랐다. 섬뜩했다. 나도 모르게 울기 시작했다. 내 주위에 섬뜩한 일이 너무 많았다.

"그럼 됐어."

막스 데미안은 웃었다.

"이제 집에 가 봐! 어떻게든 방법이 있겠지. 때려죽이는 방법이 가장 간단하긴 하지만 말이야. 언제나 가장 간단한 게 가장 좋은 거야. 크로머 같은 친구랑 같이 있으면 이로울 게 없어."

나는 집으로 돌아왔다. 마치 일 년은 밖에서 지낸 듯했다. 모든 게 다르게 보였다. 나와 크로머 사이에 미래 같은 그 무엇, 희망 같은 그 무엇이 생겼다. 나는 이제 더는 혼자가 아니었다! 그 길고 긴 몇 주간 혼자만의 비밀을 가지고 살았던 것이 얼마나 끔찍한 일이었는지 이제야 알게 되었다. 그러자 몇 번이나 생각하고 생각했던 것들이 떠올랐다. 그것은 부모님께 고백하면 일은 쉬워질지 모르지만, 완전한 구원을 받지는 못할 것 같다는 생각이었다. 그런데 이제 다른 사람에게, 모르는 사람에게 거의 고백한 것이나 다름없었다. 구원의 계시가 강렬한 향기처럼 나에게 날아왔다!

그러나 나의 불안은 이후로도 오랫동안 극복되지 못했다. 여전히 나는 길고도 끔찍한 원수와의 대결을 각오하고 있었다. 그런데 그럴수록 너무 이상하게도 모든 일이 아주 말없이, 완전히 비밀스럽고 조용하게 흘러갔다.

우리 집 앞에서 크로머의 휘파람 소리를 들을 수 없었다. 하루, 이틀, 사흘, 일주일이나 지나갔다. 그 현실을 믿을 수 없었다. 그래서 마음속으로는 그가 혹여나 갑자기 내가 전혀 예상하지 못한 바로 그 순간에 나타나지는 않을까 엿보며 기다렸다. 그런데 그는 나타나지도 않았고 나를 기다리지도 않았다! 나는 새로운 자유가 미심쩍었고 그 사실을 곧이곧대로 믿을 수도 없었다. 그러다가 드디어 크로머와 맞닥뜨렸다. 그는 자일러 거리에서 내가 있는 쪽으로 내려오고 있었다. 그는 나를 보고 깜짝 놀라더니 순간 얼굴이 일그러져 엉망이 되었다. 그러고는 나와 마주치고 싶지 않은 듯 즉시 되돌아가 버렸다.

내가 겪어 보지 못한 엄청난 순간이었다! 나의 원수가 내 앞에서 달아나다니! 악마가 나를 무서워하다니! 기쁨과 놀라움으로 온몸에 전율이 일었다.

그 무렵 데미안을 만났다. 그는 학교 앞에서 나를 기다리고 있었다.

"안녕." 나는 인사했다.

"안녕. 싱클레어. 네가 어떻게 지내나 소식을 듣고 싶었어. 크로머가 이제 널 힘들게 하지 않지, 그렇지?"

"네가 그랬어? 도대체 어떻게 했어? 어떻게 했어? 난 도무지 이해가 안 가. 그 애가 보이질 않아."

"잘됐구나. 그 애가 혹시라도 다시 오면, 내 생각에는 오지 않을 거야. 그러나 워낙 뻔뻔한 놈이라서. 그러면 데미안을 생각해 보라고만 말해."

"근데 도대체 그게 무슨 관계가 있어? 그 애한테 싸움을 걸어서 두들겨 패 준 거야?"

"아니, 난 그런 짓 안 해. 그냥 너하고 말하듯이 그 애와도 얘기했지. 그러면서 너를 건드리지 않는 것이 신상에 좋을 거라고 분명하게 해 두었어."

"오, 그렇다면 그 애한테 돈을 준 건 아니란 말이지?"

"그럼, 이 친구야. 그런 방법은 네가 한 번 써먹어 봤잖아."

내가 이것저것 자꾸 물어보려 하자 데미안은 가 버렸다. 나는 전처럼 그에 대해 답답한 마음을 안고 혼자 남았다. 그 마음에는 고마움과 부끄러움, 감탄과 불안, 헌신과 내적 거부감이 기이하게 뒤섞여 있었다.

나는 빨리 그를 다시 만날 작정이었다. 다시 만나서 일어난 모든 일에 대해서, 그리고 카인의 일에 대해서도 더 자세히 이야기하고 싶었다. 그러나 이 만남은 이루어지지 않았다.

감사는 내가 신뢰하는 미덕이 결코 아니다. 그리고 내가 보기에는 어린아이에게 감사를 요구하는 것은 잘못된 일이다. 그러므로 내가 막스 데미안에게 전혀 고마워하지 않은 것이 크게 놀라운 일도 아니다. 그가 크로머의 날카로운 발톱에서 나를 구해 주지 않았더라면 나는 평생 병들고 상했을 것이라고 지금도 확신한다. 그 당시에도 이미 얼마 살지 않은 내 인생에서 그 구원을 가장 큰 체험이라 느꼈다. 그러나 내 구원자가 그 기적을 이루자마자, 나는 그를 돌아보지도 않았다.

고마워하지 않는 것은 이미 말했듯이, 내게 별로 이상한 일이 아니었다. 이상한 것은 오직 내가 호기심을 보이지 않았다는 점뿐이다. 데미안을 만나게 했던 그 비밀들에 대해 더 자세히 알아보지 않은 채 어떻게 단 하루라도 조용히 지낼 수 있었을까? 카인 이야기를, 크로머 이야기를, 관심법 이야기를 더 듣고 싶다는 욕망을 어떻게 억누를 수 있었을까?

이해가 잘 안 되지만 사실이 그랬다. 나는 악마가 쳐 놓은 그물에서 내가 풀려난 것을 보았고, 밝고도 즐거운 모습의 세상을 다시 보게 되었다. 더는 불안에 시달리지 않았고, 숨이 차오르는 심장의 두근거림도 없었다. 저주가 풀렸고, 이제 저주받아 고통스러운 자가 아니라 다시 평범한 학생이 되었다. 내 본성은 가능한 한 빨리 균형과 안정을 되찾으려 했다. 그리고 무엇보다도 내 본성은 그 많은 추하고 두려운 것들을 털어 내고 잊으려 애쓰고 있었다. 내가 죄를 짓고 불안해하던 그 오랜 기간의 이야기 전체는 놀라울 정도로 빠르게 내 기억에서 빠져나갔다. 외형적으로는 어떤 흉터도 기억도 남지 않았다.

한편 나의 조력자이자 구원자를 빨리 잊으려 했다는 사실도 이제는 이해가 된다. 나는 상처 난 마음의 모든 충동과 힘을 다해서 내 저주의 눈물 골짜기에서, 크로머에게 당한 끔찍한 종살이에서 벗어나 예전의 행복하고 만족스러운 집으로 도망쳤다. 그곳은 한번 잃어버렸다가 다시 문이 열린 낙원이었고, 아버지와 어머니의 밝은 세계였으며, 누이들이 있는 곳, 순결함의 향기가 있는 곳이자 하나님이 반기시는 아벨이 있는 곳이었다.

데미안과 짧게 대화를 한 날, 내가 드디어 자유를 되찾았다고 확신하던 날, 그리고 그 일이 되돌아올까 더는 걱정하지 않게 된 날, 나는 이미 그동안 그토록 자주 애타게 소원하던 일을 행동에 옮겼다. 고백을 한 것이다. 나는 어머니에게 가서 자물쇠가 망가진, 돈 대신 장난감 동전이 들어 있는 저금통을 보여 주었다. 그리고 내 잘못으로 인해 얼마나 오랜 시간을 못된 아이에게 붙들려 괴롭힘을 당했는지 말했다. 어머니는 전부 다 이해하지는 못했지만 저금통을 보고, 변한 나의 눈빛을 보고, 변한 나의 목소리를 듣고는 내가 이제 나았다는 것을, 다시 어머니에게로 되돌아왔음을 느꼈다.

나는 기쁜 마음으로 가족에게 돌아와 탕자의 귀향을 위한 잔치를 즐겼다. 어머니는 나를 아버지에게 데려가서 그간의 이야기를 되풀

이해서 이야기했고, 묻고 놀라워하며 탄식하였다. 부모님은 내 머리를 쓰다듬으면서 오랜 답답한 마음을 떨치고 안도의 한숨을 내쉬었다. 모든 것이 대단했고, 모든 것이 마치 소설 속의 일 같았으며, 모든 것이 놀라운 평화 속에서 해결되었다.

나는 진정한 열정을 가지고 그 평화 속으로 도망쳤다. 평화와 부모님의 신뢰를 되찾은 것은 아무리 생각해도 좋은 일이었다. 나는 집안의 모범생이 되었으며 그전보다 누이들과 더 자주 어울렸고, 예배 시간에는 구원받고 회개한 사람처럼 함께 찬송가를 불렀다. 이것은 가슴에서 우러나오는 일이었고 거기에는 조금의 거짓도 없었다.

그런데도 무엇인가 켕기는 것이 있었다! 이게 바로 내가 데미안을 잊어버린 것을 진정으로 설명할 수 있는 유일한 지점이다. 나는 데미안에게 모든 것을 고백해야 했지만 그러질 못했다! 고백했더라면 그 고백이 장식적이거나 감동적이지는 못했을지라도 내게 더 많은 열매를 맺었을 것이다. 그런데 나는 그 이전에 속했던, 낙원 같은 세계에 다시 모든 뿌리를 내렸고, 집으로 돌아와 은총 가운데 받아들여졌다. 그러나 데미안은 결코 그 세계 사람도 아니었고, 그 세계에 적응하지도 않았다. 크로머와 다르긴 했지만, 그 역시 유혹하는 악마였다. 그 또한 나를 두 번째 세계, 사악하고도 나쁜 세계와 연결하였다. 그런데 이제 나는 영원히 그 세계에 대해서는 알고 싶지 않았다. 지금의 나는 아벨을 희생시키고 카인을 찬양하는 일을 도와줄 수도 없고 돕고 싶지도 않았다.

외적 상황은 그랬지만, 내적 실상은 이랬다. 나는 크로머의 손아귀에서, 악마의 손아귀에서 벗어났으나 나의 힘과 능력으로 벗어난 게 아니었다. 세상의 험한 길에서 살아가려 했지만, 그 길은 내가 가기에는 너무 속임수가 많았다. 이제 친절한 손길이 나를 구해 주었기에 더는 옆으로 눈길을 돌리지 않고 곧장 어머니 무릎 위로, 보살핌이 있는 경건한 유년의 세계로 되돌아갔던 것이다. 나는 내 나이보다 더 어리고, 더 종속적이고 유치하게 굴었다. 크로머에게 종속되었던 아이가 새로운 것에 종속되는 아이로 대체되었다. 혼자서는 길을 갈 수 없었기 때문이다. 그래서 맹목적으로 아버지와 어머니에게, 예전에 좋아하던 '밝은 세계'에 종속되는 길을 택했다. 그러나 동시에 그것이 유일한 세계가 아님을 이미 알고 있었다.

만약 그렇게 하지 않았더라면 데미안을 붙잡았을 것이다. 그리고 그에게 모든 것을 털어놓았을 것이다. 당시에 나는 내가 그렇게 하지 않는 것이 그의 특이한 사고에 대한 불신 때문이라고 생각했다. 그러나 사실은 불안에 지나지 않았다. 나는 부모님이 나에게 바랐던 것보다 데미안이 더 많은 것을 나에게 바랄지도 모른다고 생각했다. 훨씬 더 많이 바랄 것이었다. 아마도 데미안은 나를 독려하고, 훈계하고, 조롱하고, 비꼬며 나를 더 독립적으로 만들려 할 것이었다. 아, 이제야 알겠다. 자신에게 이르는 길을 가는 것보다 더 거부감이 드는 일은 이 세상에 결코 없다는 사실을!

그러나 그로부터 반년쯤 지났을 무렵, 어느 날 산책길에서 나는 마음의 유혹을 견디지 못하고 아버지에게 이렇게 묻고 말았다. 카인이 아벨보다 더 낫다고 설명하는 것에 대해 어떻게 생각하느냐고.

아버지는 매우 뜻밖이라고 생각하는 것 같았다. 그러면서 그게 별로 새로울 게 없는 견해라고 말했다. 더군다나 그 견해는 이미 초대 교회 시대에 나왔으며, 이단들이 그렇게 가르쳤고 그중 한 종파는 '카인파'를 자처했다는 것이다. 그러나 그 미친 교리는 당연히 우리의 신앙을 무너뜨리려는 사탄의 시험일뿐이라고 설명했다. 만약 우리가 카인이 옳고 아벨이 그르다고 믿는다면, 하나님이 오류라는 결론이 나오지 않겠느냐는 것이다. 그러니까 성경을 기록한 하나님이 옳고 유일한 분이 아니라 거짓된 자가 된다는 것이었다. 실제로 카인파들은 그와 비슷한 것을 교리로 가르치고 설교를 했다고 아버지는 설명했다. 그러나 그런 이단은 이미 오래전에 사라졌는데, 어떤 학교 친구가 그런 것을 알고 있는지 놀랍다는 것이었다.

아무튼 아버지는 절대 그런 생각은 하지 않는 게 좋겠다고 엄중하게 타일렀다.

3장

십자가에 못 박힌 강도

내가 지내온 유년의 삶, 어머니와 아버지의 품 안에서 자라나 두 분
의 사랑이 있는 부드럽고 밝은 환경에서 실컷 재밌게 놀았던 일들을
이야기한다면 그것도 아름답고, 정답고, 사랑스러운 일일 것이다. 그
러나 나는 자신에게 이르기 위해 내 삶에서 옮겼던 걸음들에만 관심
을 두겠다. 아름다운 휴양지, 행복의 섬과 낙원 등 마법 같은 장소가
내게도 없는 것은 아니지만, 그것들은 멀리서 멋있게 바라만 보도록
놔두려 한다. 또다시 그런 세계로 가고 싶다는 욕망도 없다.

　지금부터 나의 유년기 삶에 관해서 내게 새로웠던 일, 나를 성장하
게 하고 평온한 삶에서 나를 내몰고 낚아채 간 일들에 대해서만 말하
려 한다. 이런 유혹들은 항상 '다른 세계'로부터 와서는 그때마다 불
안과 강박, 양심의 가책을 동반했다. 이것들은 항상 갑작스럽게 왔으
며 내가 정말 머물고 싶었던 평화로운 삶을 위협했다.

　허용된 밝은 세계에서는 웅크리고 숨어 지냈던 원초적 본능이 내
안에도 살아 있음을 처음으로 알게 된 나이가 되었다. 누구나 겪을 테
지만 서서히 눈을 뜨는 이성에 대한 감정은 적이자 파괴자로, 금지된

것으로, 유혹이자 죄악으로 나를 엄습했다. 내 호기심이 갈구하는 것, 꿈과 쾌감과 불안이 창출한 것, 사춘기의 커다란 비밀은 평화로웠던 유소년기의 보호받은 축복과는 전혀 다른 것이었다. 나는 다른 아이들처럼 행동했다. 이제는 아이가 아닌 아이의 이중생활을 했다. 내 의식은 집에서 배운 허용된 것 속에 살며, 서서히 떠오르는 새로운 세계를 부정했다. 그러나 다른 한편으로는 꿈, 욕동, 숨어 있는 소원들 속에서 살았다. 이런 것들 위에서 나는 더욱 불안해하며 저 의식의 다리를 놓았다. 그것은 유년의 세계가 내 안에서 무너졌기 때문이다. 여느 부모가 그렇듯이 나의 부모 역시 눈뜨는 욕동을 보살피지 않았고, 그에 대해 마땅한 충고도 없었다. 다만 부모가 도와준 것이라고는 지칠 줄 모르는 배려로 내가 현실 세계를 부정하고, 아이의 세계에 머물러 점점 더 비현실적이 된 그 세계에서 자기기만의 삶을 살아가고자 희망 없는 노력을 하게 할 뿐이었다. 사실 부모라는 존재가 과연 이런 상황에 도움이 될 수 있을지에 대해 회의적이다. 그래서 부모님들을 비난하고 싶은 마음은 없다. 내 문제를 정리하고 길을 찾는 것은 내가 직접 해결해야 할 나의 일이었으며, 대부분 유복하게 자란 아이들이 그렇듯이 나도 내 일을 제대로 하지 못했다.

누구나 이런 어려움을 겪고 지나간다. 보통 사람들에게 이것은 삶에서의 한 지점이다. 이 지점에서 자신의 삶이 요구하는 것과 주변 세계는 가장 힘든 싸움을 한다. 그리고 이 지점에서 우리는 앞으로 나아갈 길을 가장 힘들게 쟁취해야 할 것이다. 많은 사람이 죽음과 거듭남을 체험하는데, 이것은 우리의 운명이다. 이것은 어린 시절이 썩어들며 천천히 붕괴할 때 평생 단 한 번 겪는 운명이다. 그때는 모든 정든 것이 우리 곁을 떠나고, 갑자기 고독과 세상의 살인적인 냉대에 둘러싸여 있다는 것을 느낀다. 그리고 아주 많은 사람이 영원히 이 절벽에 매달려 있게 된다. 돌이킬 수 없는 과거에, 모든 꿈 중에서 가장 나쁘고 가장 살인적인 꿈인 잃어버린 낙원에 대한 꿈에 평생 고통스럽게 매달려 있게 된다.

젊은 날의 이야기로 되돌아가자. 내 어린 시절의 종말을 고한 감정들과 꿈의 이미지들은 여기서 이야기해야 할 만큼 중요하지 않다. 중요한 이야기는 그 '알 수 없는 세계', '다른 세계'가 다시 다가왔다는 것이다. 한때 프란츠 크로머였던 것이 이제 내 안에 몸을 숨기고 있었다. 그와 더불어 외부에서도 그 '다른 세계'가 다시 나에 대한 지배력을 갖기 시작했다.

크로머 사건이 있고 난 후, 몇 년이 흘렀다. 내 인생의 그 극적이고 죄의식에 가득 찬 시기는 이미 멀리 가 버렸다. 그것은 잠깐의 가위눌린 꿈처럼 허공으로 사라진 것 같았다. 프란츠 크로머는 내 삶에서 사라졌고, 그 이후 몇 번 보기는 했으나 크게 신경 쓰지 않았다. 그러나 내 비극의 또 다른 등장인물인 막스 데미안은 내 삶 주변에서 완전히 사라지지 않았다. 그냥 오랫동안 먼발치에서 그를 볼 수 있었으나 크게 영향을 미치지는 않았다. 그런데 그가 이제 서서히 다시 내게로 다가왔다. 그리고 다시금 자기 힘을 행사하여 영향력을 미치기 시작했다.

지금 나는 그 시절 데미안에 대해 무엇을 알고 있었는지 곰곰이 생각해 보았다. 나는 일 년도 더 넘게 그와 단 한 번도 대화하지 않았던 것 같다. 내가 그를 피했고, 그는 결코 나에게 억지로 달라붙지 않았다. 언젠가 한 번 마주쳤을 때 그는 말없이 고개만 까딱했다. 가끔 그의 친절함에 미묘한 경멸이나 반어적 비난의 느낌이 있는 것 같기는 했으나, 그건 그냥 나의 망상이었던 것 같다. 내가 그와 함께 경험한 사건, 그리고 그가 당시 내게 미쳤던 그 기이한 영향력은 우리 모두 잊어버린 것 같았다.

다시 그의 외모를 떠올려 본다. 그가 서 있는 모습을 떠올리고 내 시선이 그에게로 가는 것을 본다. 나는 그가 학교 가는 모습을 본다. 혼자서 아니면 키가 비교적 큰 아이들 사이에서 그가 학교에 가고 있다. 그가 낯설고, 고독하고, 조용하게, 그들 사이에서 별자리처럼 걸어가는 것을 본다. 자신만의 하늘에 둘러싸여 자신만의 법칙에 따라 사는 별자리처럼 말이다. 아무도 그를 좋아하지 않았고 아무도 그와 친하지 않았다. 오직 그는 자기 어머니와만 가까이 지냈는데, 어머니와 아들이 아니라 어른끼리 지내는 것 같았다. 선생님들은 되도록 그를 조용히 내버려 두었다. 그는 착한 학생이었지만, 그 누구에게도 잘 보이려 하지 않았다. 이따금 소문을 통해 그가 선생님에게 했다는 말이나 그때 사용한 어휘, 반론에 대해 들었다. 그런 말들은 도전을 하거나 반어법을 씀에 있어서 이보다 더 좋을 게 없는 것들이었다.

눈을 감고 회상해 본다. 이제 그의 모습이 떠오른다. 그게 어디였더라? 그래, 다시 거기다. 우리 집 앞 골목이었다. 어느 날 그곳에 그가 서 있었다. 손에 공책을 들고 무엇을 그리고 있었다. 그는 우리 집 대문 위의 오래된 새 문장을 그리고 있었다. 나는 창가에 서 있었다. 커튼 뒤에 숨어 그가 하는 일을 바라보았다. 문장을 바라보며 집중하는, 차갑고도 밝은 그의 얼굴을 경탄의 마음으로 바라보았다. 그 얼굴은 남자의 얼굴이었고, 탐구자나 예술가의 얼굴이었다. 탁월함과 의지로 가득 차 있으며 기이할 만큼 밝고, 냉정하고, 지성으로 가득 찬 눈을 가지고 있었다.

다시 그를 기억해 본다. 시간이 얼마 지난 후였다. 그는 거리에 서 있었다. 우리는 학교에서 돌아오는 길에 쓰러진 말 한 마리를 보기 위해 둘러서 있었다. 말은 아직도 수레의 끌채에 매인 채 살려 달라고 애원하며 탄식하듯 열린 콧구멍을 하늘로 향한 채 숨을 헐떡이고 있었다. 말의 옆구리 쪽의 보이지 않는 상처에서 흘러나온 피로 인해 도로의 하얀 분진이 서서히 검게 물들었다. 비위가 상하여 눈길을 돌리는 그 순간 데미안의 얼굴이 보였다. 그는 앞으로 밀치고 가지도 않고 늘 그렇듯 맨 뒷줄에 아주 편안하고 우아한 자세로 서 있었다. 그의 눈길은 말의 머리를 향한 듯 보였다. 진중하고, 경건하고, 거의 광적이지만, 그러면서도 냉정을 잃지 않은 집중력을 가지고 있었다. 오랫동안 그에게서 눈을 떼지 못했다. 그 당시 나는 이미 의식과는 먼 곳에서 아주 독특한 무엇을 느꼈다. 나는 데미안의 얼굴을 보았다. 그의 얼굴은 소년의 얼굴이 아니라 어른의 얼굴이었다. 더 이상의 것도 보았다. 그의 얼굴이 어른의 얼굴도 아닌 전혀 다른 얼굴임을 보았거나 아니면 그렇게 느꼈다고 생각했다. 어떤 여자 얼굴 같은 무엇이 담겨 있는 듯했다. 어떤 순간에는 이 얼굴이 어른도 아이도 아니고, 늙은 사람도 젊은 사람도 아닌, 천 살쯤 되는 것 같은, 어딘지 시간을 초월한 듯, 우리가 사는 시간대와는 다른 시간대의 소인이 찍힌 것처럼 보였다. 짐승들은 그렇게 보일 수 있다. 그리고 나무나 별들도 그렇게 보일 수 있다. 지금 어른이 되어 말하는 그것이 뭔지 그 당시에는 몰랐고, 정확히 느낄 수도 없었으나 그와 비슷한 어떤 것을 느꼈다. 어쩌면 그가 잘생겼을 수도 있다. 어쩌면 내가 그를 좋아했을 수도 있다. 어쩌면 그가 거부감 드는 사람이었을 수도 있다. 그러나 그것조차도 판단할 수가 없었다. 내가 본 것은 다만 그가 우리와 달랐다는 사실이다. 그는 짐승 같기도 하고, 정신 같기도 하고, 어떤 조상彫像 같기도 하였다. 그가 어떤 모습이었는지 나는 모르겠으나 그는 우리와 달랐다. 상상할 수 없을 정도로 우리 모두와는 달랐다.

내 기억에 남은 것은 이게 전부이다. 이것도 어쩌면 일부분 후일의 인상에서 만들어 낸 것인지도 모른다.

나는 나이가 몇 살 더 들고 나서야 그와 가까이에서 만나게 되었다. 데미안은 일반적 관습과는 달리 교회에서 열리는 입교식[5]을 동갑내기들과 함께 치르지 않았다. 물론 이 점에 대해서도 곧바로 또 소문이 나돌았다. 그가 사실은 유대인이다, 그게 아니라 이교도다 하는 말이 학교에 떠돌고 있었다. 그리고 그와 그의 어머니 모두 종교가 없다, 이상하고 사악한 이교를 따른다고 말하는 학생들도 있었다. 이와 관련해서 그가 어머니와 마치 연인처럼 살고 있다는 말도 들은 것 같다. 짐작건대 데미안은 지금까지 학교에 다니며 종교가 없었던 것 같고, 이 사실이 그의 장래에 감당할 수 없는 일을 초래할지도 모른다고 느꼈던 듯하다. 어쨌든 그의 어머니는 동갑내기들보다 이년이나 늦었으나 지금이라도 그가 입교식을 치르게 하려고 결심했다. 이렇게 되어 그는 몇 달 동안 나와 함께 입교식 학습을 받게 되었다.

한동안 나는 그를 멀리했다. 그와 엮이고 싶지 않았다. 나의 관점에서 그는 너무 많은 소문과 비밀을 달고 다녔다. 그러나 크로머 사건 이후로 남아 있던 의무감이 마음에 걸렸다. 설상가상으로 당시에

---

5 입교식(入教式): 독일어로는 'Konfirmation'이라고 한다. 이 말은 '확신'이라는 뜻을 가지고 있다. 개신교에서만 행하는 일종의 성인식이자 세례식으로, 기존의 번역서에서 보는 가톨릭의 '견진성사'와는 다른 행사이다. 부모의 신앙에 따라 유아 세례를 받은 아이가 14세가 되면 교회에 신앙적 성인으로 입교하게 되는데 그것을 기념하는 예식이다. 이 예식을 하기 전 아이들은 학교에서 성경 공부를 하게 되는데, 개신교에서는 이를 '학습'이라고 한다.

는 나 자신의 비밀만도 감당하기 벅찼다. 입교식을 위한 학습이 내게는 성적인 문제에 눈뜨던 결정적 시기와 맞물렸다. 잘해 보려고 마음을 먹었지만, 경건한 가르침에 대한 내 관심은 성적인 문제 때문에 많은 해악을 입었다. 목사인 종교 선생님이 하는 이야기는 나와는 동떨어진 경건하고 성스러운 비현실 속의 일이었다. 그건 아마도 무척 아름답고 가치가 있는 일이겠지만, 지금 일어나는 일도 아니었고 흥미롭지도 않았다. 반면 성적인 문제들은 바로 흥미라는 면에서는 최고의 것이었다.

이런 상태에서 내가 그 수업에 무관심하면 할수록 나의 관심은 다시 막스 데미안을 향했다. 무엇인가가 우리를 연결해 주는 것 같았다. 나는 그 실마리를 가능한 한 정확하게 추적해 보려 한다. 잘 생각해 보면 그 첫발은 교실에 아직 불이 켜져 있던 이른 아침 시간으로 거슬러 올라간다. 목사인 선생님은 카인과 아벨의 이야기를 시작했다. 나는 그 이야기에 별로 큰 주의를 기울이지 않았다. 너무 졸렸기에 귀 기울여 듣지 않았다. 그때 목사님은 큰 목소리로 진지하게 카인의 표식 이야기를 했다. 그 순간 뭔가가 나를 건드리는 것 같고, 나를 깨우는 것 같은 느낌을 받았다. 눈을 번쩍 뜨고 보자 앞줄에서 데미안이 나를 돌아보고 있었다. 그 눈은 밝게 빛나며 무슨 말을 하는 것 같았고, 그 눈의 표현은 놀림과 진지함이 섞여 있었다. 그가 나를 잠깐 바라보았고, 나는 곧 정신을 차리고 목사님의 말씀에 집중하여 카인과 카인의 표식에 대한 설교를 들었다. 그리고 사실 이것은 목사님이 가르치는 그대로가 아니라 다르게 볼 수도 있고, 그의 설교에 대한 비판도 있을 수 있다는 생각이 내 마음 깊은 곳에서 감지되었다.

이 몇 분의 시간 동안 나는 데미안과 다시 연결되었다. 그리고 기이하게도 마음에 어떤 유대감 같은 것이 생기자마자 그 감정이 마치 마법과 같이 어떤 공간으로 이전되는 것을 보았다. 데미안이 그것을 의도한 일인지 아니면 우연이었는지는 모르겠으나(그 당시에는 우연이라고 굳게 믿고 있었다.) 며칠 뒤 종교 시간에 데미안은 갑자기 자리를 바꿔 내 바로 앞자리로 왔다(더러운 빈민가 냄새를 풍겨대는 콩나물시루 같은 교실의 한가운데서 그의 목에서 풍기는 상큼한 비누 냄새를 얼마나 즐겨 맡았는지 아직도 기억에 생생하다!). 그리고 다시 며칠 후에는 그가 또 자리를 바꿔 내 옆에 앉았다. 그는 겨우내 그리고 봄이 지나도록 그 자리를 지켰다.

이제 아침 시간은 완전히 달라졌다. 더는 졸리거나 지루하지 않았다. 나는 기쁜 마음으로 그 시간을 기다렸다. 우리는 목사님의 말씀에 주의를 집중할 때도 많았다. 옆자리에서 보내는 눈길 하나면 특이한 이야기, 기이한 구절에 주목하는 데 충분했다. 또 데미안이 보내는 다른 눈길, 아주 특정한 그 눈길을 받으면 내 주변의 공기가 바뀌며 내면에서 수업에 대한 비판과 의심을 불러일으키기에 충분했다.

이렇게 우리는 몹시 자주 불량 학생처럼 수업에 태만했다. 데미안은 선생님을 대할 때나 다른 학생들을 대할 때 항상 공손했다. 나는 데미안이 실없는 행동을 하는 것을 한 번도 본 적이 없다. 크게 웃거나 잡담을 하는 것을 본 적도 없다. 또 선생님들에게 야단맞는 것을 본 적도 없다. 그러나 그는 아주 조용하게, 속삭이는 말보다는 오히려 신호나 눈짓으로 자기가 하는 일에 나를 끌어들일 줄 알았다. 그 가운데는 아주 특이한 일들도 있었다.

예를 들면, 그는 학생들 가운데 누구에게 관심이 있는지, 그를 어떤 식으로 관찰하는지 말해 주었다. 몇몇 아이들에 대해서는 아주 정확히 알고 있었다. 수업 시간 전에 그는 이렇게 말했다. "내가 엄지손가락으로 신호를 하면 얘와 얘가 우리가 있는 쪽을 돌아보거나 아니면 목을 긁을 거야." 하는 식이었다. 수업이 시작되어 그 생각을 거의 잊을 때쯤 갑자기 데미안이 눈에 띄는 몸짓으로 내게 엄지를 돌리면, 나는 재빨리 그가 미리 지목한 학생을 건너다보았다. 그때마다 그 학생은 마치 조종당하는 마리오네트처럼 원하는 몸짓을 하는 것이었다. 나는 데미안에게 선생님한테도 그렇게 해 보라고 졸라댔으나 그는 하려고 들지 않았다. 그러나 한번은 내가 수업에 들어와서 오늘은 숙제를 못 했으니 목사님이 나한테 질문을 하지 않았으면 좋겠다고 말하자 들어 주었다. 목사님은 교리문답 한 장을 외우고 있는지 확인하기 위해 암송시킬 학생을 찾고 있었다. 이리저리 훑어보던 그의 눈길이 숙제를 안 해 와서 불안에 떨던 내 얼굴에 와서 멈췄다. 그가 천천히 내게 다가와 손가락으로 나를 지목하며 내 이름을 부르려는 순간이었다. 갑자기 목사님은 멀거니 있다가 불안한 듯 옷깃을 뒤로 젖혔다. 그는 자신의 얼굴을 빤히 쳐다보는 데미안에게 다가가 질문을 하려는 듯 보였다. 그러나 갑작스럽게 몸을 확 돌려 한동안 기침하더니 다른 학생에게 외워 보라고 했다.

이런 장난은 아주 재미있었는데, 점차 나의 친구가 나한테도 자주 같은 장난을 친다는 느낌이 들었다. 학교 가는 길에 갑자기 데미안이 조금 뒤에서 나를 따라오고 있다는 느낌이 들 때가 있었다. 내가 뒤돌아보면 틀림없이 데미안이 거기 있었다.

"다른 사람이 네가 원하는 대로 생각하게 할 수 있다는 거지?"

내가 물었다.

데미안은 기꺼이 차분하고도 조리 있게 상황을 알려 주었다.

"아니, 그렇게는 할 수 없어. 목사님은 있다고 말하지만, 사실 인간에게는 자유의지가 없어. 상대방도 자신이 원하는 대로 생각할 수 없지만, 나도 상대방에게 내가 원하는 대로 생각하게 할 수 없어. 하지만 누군가를 잘 관찰할 수는 있지. 그러면 그가 무엇을 생각하고 느끼는지 상당히 정확하게 말할 수 있을 때가 많아. 그 사람이 다음 순간에 무엇을 할지 대개는 예측할 수 있어. 아주 간단한 일인데 사람들이 모를 뿐이지. 물론 그렇게 하려면 훈련이 필요해. 이를테면 나비목에는 어떤 나방이 있는데, 암컷이 수컷보다 개체 수가 훨씬 적어. 그 나방들은 동물처럼 번식하고 있어. 수컷이 암컷을 수정시키면 암컷이 알을 낳는 거지. 만약 네가 이런 나방 중 암컷 한 마리를 가지고 있다면(이건 자연과학자들이 자주 하는 실험인데) 밤에 수컷들이 이 암컷을 향해 날아와. 그것도 몇 시간이나 떨어진 곳에서! 생각해봐! 몇 시간이나 떨어진 곳에서 날아온다니까! 수 킬로미터 밖에서 수컷들은 이곳에 있는 이 암컷 한 마리를 감지하는 거야! 그걸 설명하기란 쉽지 않아. 일종의 후각이나 그와 비슷한 것이 있는 게 틀림없어. 가령 훌륭한 사냥개가 눈에 띄지 않는 흔적을 찾아내 추적하듯이 말이야. 이해하겠어? 이게 말하자면 그런 것들이야. 자연에는 그런 것들이 넘쳐나지. 아무도 그걸 설명할 수 없어. 내가 말하고 싶은 것은 만약 암컷이 수컷만큼 많았다면, 수컷들은 그런 섬세한 후각을 갖지 못했으리라는 거야! 그런 상황에 길들어서 그런 후각을 갖게 된 거지. 동물이나 인간이나 모든 주의력과 의지를 특정한 일에 집중하면, 그들도 그 특정한 일을 이룰 수 있어. 그게 다야. 네가 방금 물어본 것도 이와 똑같은 거야. 네가 어떤 사람을 아주 유심히 살펴본다면 그 사람보다도 그를 더 잘 알게 돼."

하마터면 '관심법'이라는 단어가 입 밖으로 나와서 데미안에게 옛날 크로머와 있었던 일을 상기시킬 뻔했다. 이것도 우리 둘 사이에 있는 기이한 일 중 하나였다. 그가 몇 해 전에 아주 진지하게 내 삶에 개입했던 것을 조금이라도 암시하는 말은 그든 나든 단 한 번도 한 적이 없었다. 마치 우리 사이에 그 전에 어떤 일도 일어난 적이 없었던 것만 같았다. 그것이 아니라면 우리는 각기 상대방이 그 일을 잊어버렸다고 굳게 믿는 것 같았다. 심지어 함께 길을 걷다가 한두 번 프란츠 크로머와 마주친 적도 있었지만, 우리는 눈길 한번 주지 않았고 그에 대한 말을 한마디도 입에 올리지 않았다.

"그렇다면 의지라는 게 뭐야?"

내가 물었다.

"네 말에 따르면 인간은 자유의지가 없는 거잖아. 그래 놓고 어떤 것에 의지를 집중하면 뜻을 이룰 수 있다니. 그러면 말이 안 맞지! 내가 내 의지의 주인이 아니라면 어떻게 내가 내 의지를 여기저기에 집중할 수 있겠느냐고."

그는 내 어깨를 툭 건드렸다. 내가 그를 기쁘게 할 때면 늘 하는 행동이었다.

"이런 질문까지 하다니, 좋아!"

그가 웃으며 말했다.

"우리는 늘 질문을 해야 해. 언제나 의심을 해야 하지. 그러나 그 문제는 아주 간단해. 예를 들어 저 나방이 어떤 별이나 다른 곳에 가려고 의지를 집중한다면 그건 불가능하지. 나방은 그런 시도를 하지도 않겠지만 말이야. 나방은 자신에게 의의 있고 가치 있는 것, 자기에게 필요한 것, 무조건 가져야 하는 것만을 찾아. 그래서 믿기 어려운 일을 해내지. 나방은 자기만 가지고 있는, 마법과도 같은 제육감을 발달시킨 거야! 우리는 물론 동물보다 훨씬 활동 영역도 넓고 관심 분야도 더 많아. 그러나 우리도 비교적 좁은 범위에 묶여 있어서 거길 벗어나긴 어려워. 물론 이런저런 상상을 해 볼 수는 있지. 북극에 가겠다는 등의 공상도 할 수 있어. 그걸 강력히 원하고, 또 실천하려면 그 소원이 내 안에 온전히 들어 있고, 내 존재 자체가 그 소원으로 가득 차 있어야 해. 정말 그런 경우라면, 그러니까 네 내면으로부터 막을 수 없이 솟구쳐 올라오는 것을 시도한다면 뜻을 이룰 수 있어. 네 의지를 순한 말처럼 부릴 수 있는 거야. 가령 내가 지금 목사님이 앞으로는 안경을 쓰지 않도록 해야겠다고 생각해 봐야 그것은 이루어지지 않아. 그건 그냥 장난일 뿐이지. 그러나 내가 지난가을에 저 앞자리에서 다른 곳으로 자리를 옮겨야겠다고 굳게 마음을 먹었을 때는 아주 잘 되었어. 알파벳순으로 앉는데 내 앞 자리 아이가 그동안 아파서 못 나오다가 그때 갑자기 나타난 거야. 누군가는 자리를 내줘야 해서 내가 얼른 그렇게 했지. 내 의지는 기회가 오면 즉각 붙잡을 준비가 되어 있었으니까."

"그렇구나."

나는 말했다.

"그때도 참 이상하다는 생각이 들었어. 우리가 서로에게 관심을 가진 순간부터 너는 내게 점점 더 가까이 다가왔어. 그런데 어떻게 된 거지? 처음부터 바로 내 옆에 앉지는 않았잖아. 우선은 몇 번 내 앞자리에 앉았어. 그러지 않았어? 그럼 그건 어떻게 된 거지?"

"그건 이렇게 된 거야. 처음에 자리를 바꾸고 싶었을 때는 어디로 가고 싶은지 나도 잘 몰랐어. 그냥 훨씬 더 뒤쪽에 앉고 싶다는 것만 알았을 뿐이야. 네 옆에 가겠다는 것이 내 의지였지만, 나 자신도 그때까진 잘 의식하지 못했어. 그와 동시에 네 의지도 함께 나의 의지에 작용했어. 네 앞줄에 앉게 되니까 비로소 내 소원이 겨우 절반만 이루어졌다는 생각이 들더라고. 사실은 바로 네 옆자리에 앉고 싶었던 걸 깨달았지."

"하지만 그땐 새로 들어온 학생도 없었잖아."

"없었지. 하지만 그때는 내가 그냥 원하는 대로 해 버렸어. 재빨리 네 옆에 앉아 버렸어. 나하고 자리를 바꾼 아이는 놀라서 내가 하는 대로 내버려 두었어. 그리고 목사님은 뭔가 변화가 있다는 걸 단번에 알아채셨어. 나를 대할 때마다 무언가가 은연중 마음이 걸렸던 거야. 내 성은 데미안인데 D로 시작하는 성을 가진 내가 아주 뒤쪽인 싱클레어의 S자 줄에 앉아 있는 게 이상하다는 걸 알고 계셨지. 하지만 그 사실이 의식까지 올라오진 않았어. 내 의지가 그걸 가로막고, 방해하고 있었으니까. 목사님은 거듭 무언가가 잘못되었다고 느끼고 나를 보면서 궁리를 하고 있었지. 착한 목사님이야. 하지만 내게는 간단한 방법이 있었지. 그럴 때마다 그분의 눈을 똑바로 바라보거든. 대부분 사람은 그런 걸 잘 견디지 못해. 모두 불안해지지. 누구에게서 뭔가를 얻어 내고 싶을 때 아주 단호하게 그 사람의 눈을 빤히 쳐다봐. 그런데도 그 사람이 전혀 동요하지 않으면 포기해! 그 사람한테서는 절대로 얻어 내지 못하니까, 절대로! 하지만 그런 일은 극히 드물어. 그런 게 통하지 않는 사람을 딱 한 사람 알고 있지만."

"그게 누구야?"

나는 재빨리 물었다. 데미안은 눈을 약간 지긋하게 감고 나를 바라보았다. 그는 생각에 잠길 때면 그렇게 했다. 그러더니 시선을 먼 데로 돌리고선 아무 대답도 하지 않았다. 너무나 궁금했으나 다시 물어볼 수는 없었다.

그러나 지금은 당시에 그가 말한 사람이 자기 어머니였다고 생각한다. 어머니와 그는 내적인 삶을 사는 것 같았다. 그러나 그는 어머니이야기를 한 번도 한 적이 없었고, 나를 한 번도 자기 집으로 데려가지 않았다. 나는 그의 어머니가 어떻게 생겼는지도 몰랐다.

당시 나는 몇 번이나 데미안을 따라서 내 의지를 어떤 것에 집중하여 그것을 이루어 보려고 했다. 나한테 너무나 절실해 보이는 소원들이 있었으니까. 그러나 그것은 헛일이었고, 잘 되지도 않았다. 그렇다고 왜 안 되느냐고 데미안과 이야기할 엄두도 내지 못했다. 내가 소원하는 것을 그에게 털어놓을 수도 없는 노릇이었다. 그 또한 묻지 않았다.

그러는 사이 종교 문제에 대한 나의 믿음에 여기저기 균열이 생겼다. 그러나 나는 데미안의 영향을 받은 내 생각과 전적으로 불신앙을 내세우던 동급생들의 생각을 철저히 구분했다. 그런 애들이 몇이나 있었는데, 유일신을 믿는 일이 우습고 인간의 품위에 어울리지 않는다, 삼위일체나 예수의 동정녀 탄생 같은 이야기는 그냥 웃기는 일이다, 오늘날에도 그런 잡화를 들고 행상을 하며 다니는 것은 수치스러운 일이라는 식의 말들을 하고 다녔다. 나는 전혀 그렇게 생각하지 않았다. 나 역시 의심이 생기는 경우가 있었으나, 내 어린 시절의 모든 경험을 통해 부모님이 살았던 경건한 삶이 실재하며, 그것이 품위 없는 삶이나 위선적인 삶이 아니라는 것을 알고 있었다. 오히려 나는 종교적인 것 앞에서 변함없이 깊은 두려움을 갖고 있다. 다만 데미안의 영향을 받아 성경 이야기와 교리를 더 자유롭고, 더 개인적으로, 더 유희적이고, 더 환상적으로 바라보고 해석하는 데 익숙해졌을 뿐이다. 적어도 그가 밝혀 준 해석을 늘 기꺼이 즐기면서 따랐다. 물론 일부는 내게 지나쳤다. 카인 이야기가 그랬다. 한번은 그가 입교식 학습 중에 더욱 기발한 방식으로 나를 놀라게 한 적도 있었다. 선생님이 골고다 십자가 이야기를 했을 때였다. 그리스도의 고난과 죽음에 대한 성경 말씀은 아주 어린 시절부터 내게 깊은 인상을 남겼다. 어린 시절 가끔, 이를테면 고난의 금요일 같은 때에 아버지가 십자가 고난에 대한 구절을 읽어 준 다음이면, 나는 마음 깊이 감동하여 이 비통하게 아름다운, 창백한, 유령이 나올 것 같은, 그러면서도 엄청나게 생생하게 살아 있는 세계, 저 겟세마네 동산과 골고다 언덕에서 살았다. 그리고 바흐의 <마태 수난곡>을 들을 때면, 이 비밀스러운 세계가 지닌 음울하고도 강렬한 고난의 광채가 신비로운 전율을 간직한 채 내 마음에 차올랐다. 오늘날까지도 나는 <마태 수난곡>과 <애도 행사actus tragicus>[6]에서 모든 시문학과 예술 표현의 전형을 본다.

어쨌든 그 수업이 끝날 무렵 데미안이 성찰하듯이 이렇게 말했다.

"싱클레어, 여기엔 내 마음에 들지 않는 무엇인가가 있어. 그 이야기를 다시 한번 읽어 봐. 그리고 맛을 봐. 뭔가 간이 되지 않은 부분이 있어. 그러니까 그리스도의 십자가 좌우에 못 박힌 두 강도 이야기 말이야. 골고다 언덕 위에 십자가 세 개를 나란히 세우다니! 정말 대단하지! 그러나 무지한 강도가 등장하여 신학 논문 같은 이야기를 떠들고 있다고! 무엇보다 그는 범죄자로 뭐가 되었든 범죄를 저질렀

6 바흐의 <악투스 트라기쿠스>(BWV 106)는 우리말로 '장례식'이라는 뜻이다. 일반적으로는 노랫말의 첫 줄을 따 "하나님의 때가 최상의 때로다(Gottes Zeit ist die allerbeste Zeit)"로 불리기도 한다.

어. 그런 그가 이제 마음이 누그러져서 그토록 울며 개심하고 회개하는 향연을 벌이다니! 무덤을 두 걸음 앞두고 그런 회개를 하는 것이 대체 무슨 의미가 있지? 설명해 줄 수 있어? 이거야말로 성직자 이야기의 전형이라 할 수 있지. 입에 발린 듯, 충직하지 못한 이야기야. 버터 바른 감동이자 극히 교훈적인 배경이 깔린 이야기란 말이야. 만약 네가 이 순간 이 두 강도 중 하나를 친구로 선택해야 한다거나 아니면 둘 중에 어느 한쪽을 신뢰할지 생각해 본다면 이 울며 회개하는 자는 분명히 아닐 거야. 그렇고말고. 다른 쪽일 거야. 그는 남자답고 제 성격이 있어. 그는 자기 쪽에서 보면 그저 듣기 좋은 말에 불과한 이따위 회개를 비웃고 끝까지 자기 길을 가게 되지. 마지막 순간에 그때까지 그를 도와준 것이 틀림없는 악마한테서 등을 돌리지 않는다고. 그게 바로 자기 성격이야. 그리고 성격이 있는 사람은 성경에서 별로 언급을 안 해. 어쩌면 그도 카인의 후예일지 모르지. 그렇게 생각하지 않아?"

나는 어안이 벙벙했다. 십자가의 고난 이야기는 내가 잘 알고 있다고 믿었는데, 그제야 내가 그동안 이 이야기를 아무 생각 없이, 상상과 환상 없이 듣고 읽었는지 깨달았다. 그런데도 데미안의 새로운 생각은 내게 운명적이었고, 꾸준히 지켜야 한다고 믿었던 내 안의 신념들을 갈아엎으려 했다. 아니, 모든 것을 이렇게도 갈아엎을 수는 없었다. 가장 거룩한 이야기마저도 그럴 수는 없었다.

늘 그렇듯 그는 내가 무어라 말도 꺼내기 전에 곧바로 나의 저항을 알아챘다.

"알고 있어."

그가 체념하듯 말했다.

"그건 다 아는 이야기야. 너무 심각하게 고민할 건 없어! 너한테 말해 주고 싶은 게 있어. 그리스도교의 결함을 아주 분명히 볼 수 있는 것 중 하나가 여기 있어. 구약이나 신약에 통틀어 등장하는 이 온전한 하나님이 비록 뛰어난 분이긴 해. 하지만 원래 그분이 보여 주어야 할 모습 그대로는 아니라는 거야. '하나님은 선이자 고귀함이며 아버지 같고, 아름답고, 높고도 슬퍼하는 어떤 존재다.' 맞는 말이지! 그러나 세상에는 다른 것도 있어. 그런데 그런 건 모두 악마의 것이라고 해. 세계의 이 나머지 모든 부분, 이 나머지 절반은 은폐해 버리고 그에 대해 아무런 언급을 안 해. 그리스도교는 하나님이 모든 생명의 아버지라며 기리면서도 생명이 시작되는 전체 성생활에 대해서는 언급하지 않아. 여차하면 악마의 짓이라거나 죄악이라고 선포하고 있어! 난 사람들이 야훼 하나님을 섬기는 걸 반대하지 않아. 그럴 마음이 조금도 없어. 그러나 난 우리가 모든 걸 섬기고 성스럽게 여겨야 한다고 생각해. 전체 세계를 말이야. 인위적으로 반으로 나눈 다음 공식적으로 인정한 절반만이 아니라! 그러니까 하나님께 바치는 예배와 나란히 악마에게도 예배를 해야 해. 그게 옳을 거라고 봐. 아니면, 악마도 그 속에 포함하는 그런 신을 만들어야 할 거야. 그래서 세상에서 가장 자연스러운 일들이 일어날 때 그 신 앞에서 두 눈을 감지 않아도 되도록 말이지."

그는 평소의 모습과는 달리 상당히 격해져 있었다. 그러나 곧이어 다시 미소를 짓고는 나에게 더는 강변하지 않았다.

데미안의 말은 내가 소년 시절 가졌던 의문을 말해 주고 있었다. 이 의문은 내가 늘 마음속에 갖고 다녔으나 그 누구에게도 말하지 않은 것이었다. 데미안이 그때 신과 악마에 대해서, 교회에서 인정된 하나님의 세계와 아무도 언급하지 않는 악마의 세계에 대해서 한 말이야 말로 정확하게 나만의 생각, 나만의 신화였다. 두 세계, 또는 두 절반의 세계(밝은 세계와 어두운 세계)에 대한 나의 생각이었다. 나의 문제가 모든 인간의 문제이며 모든 삶과 사유의 문제라는 통찰이 갑자기 거룩한 그림자를 내게 드리웠다. 나의 극히 개인적인 삶과 생각이 위대한 이념들의 영원한 흐름에 얼마나 깊이 관여하고 있는지를 갑자기 보고 느꼈을 때, 불안과 경외심이 나를 엄습했다. 이 통찰은 어떤 면에서 인정받는 느낌과 행복감을 주긴 했지만, 즐겁지는 않았다. 그것은 단단했으며 거친 감촉을 남겼다. 그 안에는 책임의 분위기, 이제 더는 아이가 아니며 홀로 서야 한다는 분위기가 느껴졌기 때문이다.

나는 생애 처음으로 그렇게 깊은 비밀을 드러내면서, 나의 친구에게 아주 어린 시절부터 가지고 온 '두 세계'에 대한 나의 마음을 털어놓았다. 그러자 그는 나의 내밀한 감정이 그의 말에 동의하고, 그것이 옳다고 인정한다는 것을 곧바로 알아차렸다. 그러나 그는 이런 비밀 따위를 이용할 사람은 아니었다. 그는 그 어느 때보다 더 주의 깊게 내 말을 들었으며 내 눈을 들여다보았다. 그러자 결국 나는 시선을 돌리고 말았다. 그의 시선에서 저 기이하고, 짐승 같은 무시간성, 가늠할 수 없는 나이를 다시 보았기 때문이다.

"우리 그 이야기는 다음번에 하자."

그는 나를 배려하며 말했다.

"넌 누군가에게 말할 수 있는 것보다 더 많은 생각을 하고 있어. 만약 그렇다면, 네가 생각한 대로 전혀 살지 않았다는 것을 알고 있다는 뜻이기도 하지. 그건 좋지 못해. 우리의 삶을 담은 생각만이 가치가 있어. 너의 '허용된' 세계가 그저 세상의 절반이라는 사실을 넌 알고 있었어. 그리고 목사님이나 선생님이 그렇게 하듯이, 너도 그 두 번째 세계를 은폐하려 했지. 그렇게는 안 될걸! 그런 생각을 했다면 그 누구라도 은폐할 수 없을 거야."

그 말은 내 마음에 깊이 와닿았다. 나는 소리를 지르다시피 말했다.

"하지만 금지된 추악한 일들이 실제로 있어. 너도 그건 부정하지 못할 거야! 그것들은 금지되어 있고, 우린 그걸 단념해야 해. 세상에는 살인과 별별 죄악들이 있다는 걸 난 알아. 그래서 그것들이 있으니까 나보고 가서 범죄자가 되라는 거야?"

"오늘 우리가 결론을 낼 수 있을 것 같지 않아."

막스가 달래듯 말했다.

"너는 물론 누군가를 때려죽이거나 여자를 강간 살인해서는 안 돼. 그건 안 돼. 그러나 넌 '허용된' 것과 '금지된' 것이 무엇인지 통찰하는 경지에는 아직 도달하지 못했어. 그냥 진실의 한 조각을 보았을 뿐이야. 다른 것이 또 있다고. 내 말을 믿어! 예를 들면 넌 한 일 년 전부터 마음에 다른 무엇보다 강한 어떤 욕동을 느꼈을 거야. 그것도 '금지된' 것이야. 반대로 그리스 사람들과 다른 많은 민족은 이 욕동을 신성이라 보았어. 그래서 큰 축제를 열고 숭배했지. 그러니까 '금지된'이라는 말은 영원한 것이 아니야. 바뀔 수 있는 거지. 지금도 누구든 어떤 여자와 목사님 앞에서 결혼 서약만 하면 그 여자랑 잠을 자도 돼. 다른 민족들은 그렇지 않아. 오늘날까지도 그렇지. 그래서 우리는 모두 제각기 허용된 것이 무엇인지, 금지된 것이 무엇인지를 스스로 알아내야 해. 그 자신에게 금지된 것을 말이지. 금지된 것을 전혀 행하지 않았는데 큰 악당이 될 수도 있어. 그 반대의 경우도 가능하고. 그것은 원래 안일의 문제일 뿐이야! 너무 안일한 사람은 스스로 생각하고 판단하지 못하기에 그냥 금지된 것을 있는 그대로 따르지. 그게 편하거든. 어떤 이들은 자기 안에서 스스로 계명을 느껴. 그러면 모든 평범한 남자가 매일 행하는 일들이 금지되기도 하고, 또 보통은 욕을 먹는 다른 일들이 허용되기도 해. 누구든 제각기 알아서 해야 할 일이야."

그는 너무 많은 말을 했다고 후회라도 하는 듯 갑자기 말을 멈추었다. 그 당시에 나는 이미 그가 어떤 감정이었는지 어느 정도 알 수 있었다. 그토록 편안하게, 그리고 언뜻 보기에는 가볍게 자기 생각을 털어놓는 것 같았지만, 그는 언젠가 스스로 말했듯이 '말을 위한 말'의 대화를 죽도록 싫어했다. 그런데 진정한 관심 외에도 그는 내게서 세련된 수다에 대한 지나친 즐거움, 지나친 유희 혹은 그 비슷한 것을 감지했다. 간단히 말해서 내게 완벽한 진지함이 부족함을 느꼈던 것 같다.

방금 내가 마지막으로 한 말, 즉 이 이야기에 쓴 '완벽한 진지함'을 다시 읽자니 또 다른 장면이 갑자기 떠오른다. 내가 아직 반은 소년이던 시절에 막스 데미안을 통해 겪은 일 중 가장 충격적으로 남는 장면이다.

우리의 입교식이 다가왔다. 종교 수업의 마지막 몇 시간에는 성찬에 대해 다루었다. 이것은 목사님에게는 중요한 일이었기에, 목사님은 그 시간에 어떤 성스러움과 분위기를 만들려 애썼다. 그러나 하필이면 입교식을 위한 성경 강독의 마지막 몇 시간 동안 내 관심은 전혀다른 데로 가 있었다. 오직 나의 친구 데미안에게 가 있었다. 우리가교회 공동체에 기쁘게 받아들여졌다는 것을 선포하는 입교식을 앞두고서, 약 반년에 걸쳐 이루어진 이 종교 수업의 가치가 내게는 여기서 배운 성경이 아니라, 데미안을 가까이하며 그의 영향을 받은 데 있었다는 생각이 피할 수 없이 밀고 들어왔다. 나는 교회에 받아들여질 준비를 한 것이 아니라 전혀 다른 데, 즉 사색과 개성의 교단에 받아들여질 준비가 된 것이다. 그 교단은 지상 어딘가에 분명히 존재하고, 그 교단의 대표 또는 사자使者가 내 친구 데미안이라고 느꼈다.

나는 이런 생각이 드러나지 않도록 하려고 애썼다. 그 모든 것에도 불구하고 입교식을 어느 정도 품위 있게 보내려고 진지하게 생각했다. 그런데 그런 품위가 나의 새로운 생각과는 잘 맞지 않는 것 같았다. 그러나 나는 원하는 것을 하고 싶었다. 생각은 이미 섰고, 그 생각은 다가오는 입교식에 관한 생각과 차츰 연결되었다. 나는 이 입교식을 다른 아이들과는 다르게 치를 준비가 되어 있었다. 즉, 이 입교식은 데미안에게서 배운 사유의 세계에 입장하는 것을 뜻했다.

입교식을 전후해서 그와 다시 한번 활발하게 논쟁을 벌였다. 종교 수업 직전이었다. 나의 친구는 입을 다물고 나의 말에 별 흥미를 느끼지 못했다. 내 말이 좀 아는 체하고 잘난 체하는 것처럼 보였던 모양이다.

"우린 너무 많은 말을 하고 있어."

그가 평소와 다르게 진지하게 말했다.

"말만 똑똑하게 하는 건 아무 가치가 없어. 전혀 가치가 없지. 자기 자신과 멀어질 뿐이야. 자신에게서 멀어지는 건 죄악이야. 우리는 자신 속으로 완전히 기어들어 갈 수 있어야 해. 거북이처럼."

그 말을 끝내고 우리는 교실로 들어갔다. 수업이 시작되었고, 집중하려고 애를 썼다. 그리고 데미안은 내가 집중하는 것을 방해하지 않앗다. 한참 뒤 내 옆에 앉아 있는 그의 자리에서 특이한 게 느껴지기 시작했다. 공허함, 서늘함 또는 그와 비슷한 느낌, 마치 그의 자리가 내가 모르는 사이에 비어 버린 듯한 느낌이었다. 그 느낌에 차츰 가슴이 답답해지기 시작했기에 나는 옆으로 고개를 돌렸다.

거기에는 내 친구가 평소처럼 반듯하고 곧은 자세로 앉아 있었다. 그러나 평소와는 아주 다른 모습이었다. 무언가가 그에게서 빠져나가고, 내가 전혀 모르는 무언가가 그를 둘러쌌다. 나는 그가 눈을 감고 있다고 생각했으나 그는 눈을 뜨고 있었다. 그러나 그 눈은 아무것도 보지 않았다. 그의 눈에는 시력이 느껴지지 않았다. 그 눈은 초점을 잃고 자기 내면을 보거나, 아니면 아주 먼 곳을 향하고 있었다. 그는 미동도 하지 않고 앉아 있었는데 숨조차 쉬지 않는 것 같았다. 그의 입은 나무나 돌로 깎아 놓은 것 같았다. 그의 얼굴은 핏기가 없었고, 마치 돌처럼 균일하게 창백했는데 갈색 머리카락만이 그중 활기가 있었다. 두 손은 자기 앞 의자 위에 얹고 있었고 정물처럼, 돌이나 과일처럼 창백하고 미동도 없었지만, 힘없이 늘어진 게 아니라 감춰진 강렬한 생명을 감싼 단단하고 튼실한 껍질 같았다.

그 모습을 보자 몸이 떨렸다. 데미안이 죽었다! 생각하고 하마터면 소리를 칠 뻔했다. 그러나 나는 그가 죽지 않았다는 것을 알고 있었다. 나는 넋 나간 시선으로 그의 얼굴, 그 돌 같은 창백한 가면을 바라보았다. 그리고 이런 느낌을 받았다. 저게 데미안이다! 평소 그의 모습, 나와 함께 걷고 이야기할 때의 모습은 반쪽 데미안이었다. 일시적으로 어떤 역할을 하고, 상황에 적응하고, 좋은 마음으로 함께하는 반쪽 데미안이었다. 실제 데미안은 지금의 이 모습이었다. 냉담한, 고태古態의, 짐승 같은, 돌과 같은, 아름답고 차가운, 죽어 있으면서 동시에 은밀하면서 전대미문의 생명으로 가득 찬 저런 모습이었다. 고요한 공허, 창공과 별의 공간, 고독한 죽음이 그를 에워싸고 있었다!

지금 그가 완전히 내면으로 침잠한 것을 보고 나는 전율했다. 내 인생에 있어서 이토록 고독한 적이 없었다. 나는 그와 함께하지 못했다. 그는 내가 닿을 수 없는 곳에 있었다. 마치 이 세상의 가장 먼 섬에 있는 것보다도 내게서 더 멀리 있었다.

나 말고 아무도 그 모습을 보지 못한다는 것을 이해할 수 없었다! 모두가 이리로 돌아보고, 모두가 전율해야 했다! 그러나 아무도 그에게 주목하지 않았다. 그는 상처럼, 내 생각에는 신상처럼 굳은 자세로 앉아 있었다. 파리 한 마리가 그의 이마에 내려앉아 코와 입술을 타고 천천히 내려갔으나 그는 주름살 하나 움직이지 않았다.

그는 지금 어디에, 어디에 있을까? 무슨 생각을 하나, 무엇을 느끼나? 그는 천상에 있나 지옥에 있나?

그에게 그걸 물어보는 것은 가당찮은 일이었다. 수업이 끝날 때쯤 그가 다시 살아나서 숨을 쉬는 것을 보았을 때, 그의 시선과 내 시선이 부딪쳤을 때, 그는 이전의 모습으로 돌아와 있었다. 그는 대체 어디서 돌아오는 길일까? 어디 있었을까? 그는 지쳐 보였다. 얼굴색이 다시 돌아왔고, 두 손도 다시 움직였다. 그러나 갈색 머리카락은 이제 윤기를 잃고 늘어진 모습이었다.

다음 며칠 동안 나는 침실에서 몇 번이나 새로운 훈련을 했다. 의자에 똑바로 앉아서 눈을 고정하고 미동도 하지 않은 채 내가 얼마나 오래 견디고, 무엇을 느끼는지 기다렸다. 그러나 곧장 피곤해지면서 눈꺼풀이 몹시 근질대기만 했다.

그 후 바로 입교식이 있었지만, 그 일은 내게 중요한 기억으로 남지 않았다.

이제 모든 것이 달라졌다. 유년은 내 주변에서 산산이 무너져 버렸다. 부모님은 당혹스러운 눈길로 나를 바라보았고, 누이들과는 완전히 낯설게 되었다. 정신이 깨어나자 익숙한 감정들과 기쁨들이 왜곡되고 퇴색되었다. 정원에서 향기가 사라지고, 숲은 유혹하지 않고, 내 주변의 세계는 재고 상품의 떨이처럼 맥없고 매력이 없었다. 책들은 그저 종이였고, 음악은 소음이었다. 이제 가을 나무에서 잎사귀가 떨어진다. 나무는 그것을 느끼지 못한다. 빗물이 나무에 떨어지고, 햇빛이나 서리도 나무에 떨어진다. 생명은 나무 속으로, 가장 좁고 가장 내밀한 곳으로 천천히 흘러내린다. 나무는 죽지는 않는다. 나무는 기다린다.

방학이 끝나면 나는 다른 학교에 가기로 되어 있었다. 처음으로 집에서 멀리 떠나는 것이다. 때로 어머니가 유난히 다정하게 다가와 미리 작별 인사를 하면서, 사랑과 향수와 잊을 수 없는 추억의 마법을 내 가슴에 불러일으켰다. 데미안은 어디론가 떠났다. 나는 혼자였다.

4장

베아트리체

　방학이 끝나갈 무렵에 나는 내 친구를 다시 보지 못하고 슈투트가르트[7]로 갔다. 부모님은 김나지움의 선생님이 운영하는 남학생 기숙사에 나를 맡기면서 온갖 것을 다 세심하게 부탁하고 갔다. 만약에 이분들이 도대체 나를 어떤 곳에 떠밀어 넣었는지 알았더라면 경악을 금치 못했을 것이다.

　나중에 내가 훌륭한 아들이 되고 사회에 쓸모 있는 사람이 될 수 있을지, 아니면 내 천성이 옆길로 새도록 충동질할지는 여전히 의문이었다. 집에서 받은 훈육과 정신의 그늘에서 행복을 찾으려던 나의 마지막 노력은 오래 유지되었고, 일시적으로는 성공한 것 같았으나 결국은 완전히 실패하고 말았다.

　입교식이 끝난 후 방학 동안 처음으로 느꼈던 이상한 적막함과 고독은(훗날 이 적막함과 엷은 공기를 얼마나 더 겪었던가!) 쉽게 사라지

---

[7] 원작에서 St.로 표시된 이 도시는 슈투트가르트(Stuttgart)를 지칭한다. 헤세는 실제로 슈투트가르트의 바트 칸슈타트에서 학교를 다녔다. 그리고 《수레바퀴 아래서》에도 이 도시가 언급된다. 한국 독자를 위해 과감히 '슈투트가르트'라고 번역한다.

지 않았다. 집과의 이별은 이상할 정도로 쉬웠다. 나는 사실 슬프지 않아 부끄러울 지경이었다. 누이들은 하염없이 우는데 나는 눈물이 나오지 않았다. 나 자신도 놀랐다. 나는 지금까지 늘 감성이 풍부한 아이였고, 근본적으로는 참 착한 아이였다. 그런데 완전히 변해 버린 것이다. 나는 외부 세계에 완전히 무관심해졌다. 그 대신 하루 내내 내면에 귀를 기울이고 내 마음의 지하에 졸졸거리며 흐르는 금지된 욕동의 수맥 소리를 듣는 데만 집중하고 있었다.

게다가 나는 지난 육 개월 동안 훌쩍 커 버렸다. 이제 나는 큰 키에 마른 몸, 미숙한 눈으로 세상을 바라보았다. 소년다운 귀여움은 완전히 사라졌고, 내가 느끼기에도 사람들이 이런 나를 좋아할 리 없겠다 싶었다. 나 스스로도 자신을 전혀 사랑하지 않았다. 막스 데미안에 대한 그리움이 자주 솟구쳤다. 그러나 가끔 그에게 원망하는 마음도 생겼다. 이제 몹쓸 질병처럼 짊어지게 된 내 삶의 추락을 그의 탓으로 돌리기도 했다.

학교 기숙사에서 나는 인기를 끌기는커녕 관심도 얻지 못했다. 처음에는 아이들이 나를 슬슬 놀리더니 차츰 소심한 놈이나 재수 없는 괴짜 정도로 여기며 따돌리고 말았다. 그런 역할이 좋아서 나는 그런 역할을 더욱 과장하였고, 자학하면서 고독 속으로 나를 밀어 넣었다. 밖에서 볼 때 이런 행동은 남자다운 세상에 대한 경멸처럼 보였다. 나는 마음을 갉아먹는 우수와 절망에 시달려 부쩍 야위어 갔다. 고향 학교에서 쌓은 지식으로 성적은 겨우 유지했다. 수업 진도는 내가 앞의 학교에서 이미 배운 것보다 뒤처져 있었다. 차츰 나는 내 또래들을 애들처럼 깔보는 데 익숙해졌다.

그렇게 1년이 훌쩍 넘는 시간이 흘러갔다. 첫 방학을 맞아 몇 번 집을 찾아갔으나 그 또한 새로운 분위기를 만들지는 못했다. 오히려 집을 다시 떠날 때 홀가분한 마음이었다.

11월 초가 되었다. 나는 날씨에 상관없이 생각에 잠길 수 있는 짧은 산책을 하곤 했다. 그러면서 일종의 희열을 맛보곤 했는데, 그것은 우수에 찬 희열이었고 세계 경멸과 자기 경멸의 희열이었다. 어느 날 저녁 축축하고도 안개 낀 어스름 녘에 교외를 이리저리 배회하고 있었다. 어느 공원의 넓은 가로수길이 텅 빈 채였는데 그곳을 걷고 싶었다. 길은 떨어진 낙엽으로 덮여 있었고 나는 알 수 없는 희열을 느끼며 발로 그 낙엽을 헤집었다. 축축하고 썩은 냄새가 났다. 멀리 서 있는 나무들은 안개 속에서 유령처럼 크고, 희미하게 다가왔다.

가로수길 끝에서 나는 마음을 정하지 못한 채 어정쩡하게 서서 검은 나뭇잎을 응시하며 풍화와 사멸의 축축한 냄새를 애써 들이마시고 있었다. 내 안의 무엇인가가 그 냄새를 응대하고 반가워했다. 아, 삶은 왜 이리 지겨운가!

옆길에서 깃을 세운 외투 자락을 펄럭이며 한 사람이 걸어 올라왔다. 내가 막 떠나려는데 그가 나를 불러 세웠다.

"어이, 싱클레어!"

그가 다가왔다. 알폰스 베크였다. 우리 기숙사에 있는 학생 중 가장 나이 많은 애였다. 나는 그를 볼 때마다 반가웠고, 그가 자기보다 어린 다른 아이들에게 흔히 그러듯 나를 비꼬거나 아저씨처럼 놀리는 것 빼고는 싫어할 것도 없었다. 그는 힘이 장사라고 알려져 있었고, 우리 기숙사의 사감들을 꽉 잡고 있다는 소문이 나돌았으며, 김나지움의 학생들이 내는 여러 가지 소문의 주인공이었다.

"여기서 뭐하고 있냐?"

알폰스 베크는 친절하게 말했다. 가끔 상급반 학생들이 우리 중 하나에게 부탁할 게 있을 때 쓰는 말투였다.

"내가 맞혀 볼까? 너 시 짓고 있었지?"

"아니, 아무 생각도 안 했는데."

나는 잘라 말했다. 그는 웃더니 옆에서 나를 따라오면서 수다를 떨었다. 이전에 전혀 본 적 없는 모습이었다.

"싱클레어, 내가 그런 것 정도도 이해하지 못할까 봐? 걱정은 싸매라고. 누구나 안개 낀 저녁을 걷노라면 당연히 그렇게 되지. 가을 생각에 젖어서 말이야. 그러면 당연히 시상이 떠오르지. 나도 알아. 사멸해 가는 자연을 보면, 당연히 그와 비슷한 상실된 젊음이 떠올라. 하인리히 하이네[8]를 봐."

"나는 그렇게 감상적이지 않아." 나는 방어했다.

"그래? 그렇다면 됐고. 그런데 이런 날씨에는 말이야, 조용한 장소를 찾아서 포도주나 뭐 그런 술 한잔하는 게 딱 좋겠다는 생각이 들어. 나랑 잠시 같이 갈래? 나도 마침 혼자거든. 싫으면 그만두고. 친구야, 네가 굳이 모범생이 되겠다면 널 유혹하는 악마가 되고 싶지는 않아."

얼마 지나지 않아 교외의 작은 주점에 앉은 우리는 싸구려 포도주 한 잔을 시키고 두꺼운 술잔을 부딪치며 건배를 했다. 이런 일이 처음에는 썩 맘에 들지 않았으나 어쨌든 새롭기는 했다. 포도주를 마셔 본 일이 없는 나는 곧장 수다스러워졌다. 마치 내 마음의 창이 활짝 열린 듯했다. 그러자 세상이 그 안에 빛을 비추었다. 얼마나 오랫동안, 얼마

---

8 하인리히 하이네(1797-1856), 독일의 낭만주의 시인이자 반(反)전통적·혁명적 저널리스트이다.

나 끔찍하게도 오랫동안 나는 마음을 열고 말 한마디 못했던가! 나는 환상적인 이야기를 해댔고 그중 카인과 아벨의 이야기가 최고였다!

베크는 만족스러운 듯 내 이야기에 귀를 기울였다. 드디어 내가 뭔가를 줄 수 있는 사람을 찾은 것이다! 그는 내 어깨를 두드리며 나를 멋진 놈이라고 치켜세웠다. 기쁨에 넘쳐 내 심장은 부풀어 올랐다. 그동안 꾹 참았던, 말하고 소통하고 인정받고 싶은 욕구를 마음껏 분출한 데다, 그것이 상급생에게 통하다니. 그가 나를 천재적인 놈이라고 불렀을 때, 이 말은 달콤하고 독한 포도주처럼 내 마음속으로 흘러들었다. 세계는 새로운 색채로 불타오르고, 수백 가지 원천에서 생각이 힘차게 솟고, 내 안에서 정신과 불길이 타올랐다.

우리는 선생님들과 반 아이들 이야기를 했고, 서로 기가 막히게 잘 통했다. 또 그리스 사람들에 대해, 그리고 이교도에 관해 이야기했다. 베크는 여자 경험이 있는지 솔직히 고백해 보라고 했다. 사실 그 부분에 대해서는 할 말이 없었다. 경험해 본 적이 없어서 이야기할 것도 없었다. 마음속으로 느끼고, 짜 맞추고, 상상한 여자관계는 내 안에서 달아올랐지만, 포도주를 마시고도 입 밖에 나오지 않았다. 도대체 말이 되어 나오질 않았다.

여자에 대해서는 베크가 훨씬 많이 알았다. 나는 그의 이야기를 듣고 그저 침만 삼키고 있었다. 베크는 내가 생각하지도 못한 것들에 대해 말해 주었다. 결코 가능하리라 생각하지도 못한 것이 실제 현실에서 일어나며 그것이 당연한 것처럼 보였다.

알폰스 베크는 이제 열여덟 살쯤일 뿐인데 여자 경험이 많았다. 특히나 여자애들을 다뤄 본 경험도 많았는데, 여자애들이 하는 짓이라곤 알랑거리고 착한 척만 한다는 것이었다. 그 이야기도 괜찮기는 했

으나 진짜는 따로 있었다. 베크의 말에 따르면 아줌마들을 유혹하는
게 성공할 가능성이 높다는 것이었다.

"유부녀들이 훨씬 더 잘 알아. 가령 공책이랑 연필 파는 문구점 주
인인 야겔트 부인과는 말이 통한다고. 그 문구점 계산대 뒤에서 그 짓
을 하는데, 이건 어떤 책에서도 안 나와."

나는 이야기에 완전히 넋이 나가 꿈쩍도 하지 않았다. 물론 그 상황
이 되더라도 나는 야겔트 부인과 감히 그 짓을 하지는 못할 것이다.
그렇더라도 이 이야기는 충격적이었다. 내가 생각지도 못한 나이 많
은 여자들에 대해서는 적어도 그의 이야기를 들으면서 새로운 사실
을 알게 된 것 같았다. 물론 거짓말도 있었을 것이다. 그리고 모든 것
이 내가 생각한 사랑의 느낌보다는 하찮고 진부한 느낌이었다. 그러
나 어쨌든 이것은 현실이지 않은가, 이것은 삶이자 모험이지 않은가.
그것을 당연한 것으로 보고 체험한 사람이 바로 내 옆에 있지 않은가.

우리의 대화는 이제 약간 맥이 빠졌고, 동력을 잃었다. 나는 이제 더
는 천재도 멋진 놈도 아니었다. 그저 어른의 말을 귀담아듣는 한 아이
에 불과했다. 그런데도 몇 달이 지나고 몇 달이 지나도록 아무것도 얻
을 게 없는 내 삶에 비하면 이런 이야기는 꿀맛 같고 낙원 같았다. 이
제야 차츰 느끼기 시작했지만, 이것은 금지된 것이었다. 술집에 가는
것도, 우리가 서로 나눈 이야기도, 모두가 금지된 것, 더욱이 아주 엄
격하게 금지된 것이었다. 그러나 어찌 됐든 나는 그 안에서 생명력을
맛보았으며 혁명을 맛보았다.

그날 밤 기억은 아주 또렷하게 남아 있다. 베크와 둘이서 그 춥고
축축한 밤에 흐릿하게 비치는 가스등 아래를 지나 기숙사로 돌아가
고 있었을 때 인생 처음으로 술에 취해 봤다. 쾌적하지는 않다. 오

히려 아주 고통스러웠다. 그러나 거기에는 뭔가가 있었다. 어떤 매력이 있었고, 어떤 행복감이 있었다. 그것은 반란이자 쾌감이었고, 삶이자 생명력이었다. 베크는 나에게 아직 초짜라고 심하게 욕을 해대면서도 씩씩하게 나를 돌봐 주었다. 그리고 나를 거의 업다시피 해서 기숙사로 데려왔다. 그는 기숙사의 열린 현관 창문을 찾았고, 우리 둘은 몰래 들어왔다.

잠시나마 잠에 곯아떨어졌다가 통증이 느껴져 잠에서 깼다. 엄청난 고통이 나를 덮쳤다. 나는 침대에서 몸을 일으켰다. 낮에 입었던 외투를 걸친 채였다. 신발은 바닥에 이리저리 널브러져 있었고, 담배와 토사물 냄새가 났다. 두통과 메슥거림과 극심한 갈증 사이를 뚫고 오랫동안 보지 못했던 정경들이 마음에 떠올랐다. 고향과 집, 아버지와 어머니, 누이들과 정원이 떠올랐고, 고요하고 아늑한 침실, 학교와 시장 그리고 데미안과 입교식 학습 시간이 떠올랐다. 이 모든 것은 밝았고, 광채에 둘러싸였고, 모든 것이 훌륭했으며 거룩하고 순수했다.

이제야 깨달았다. 이 모든 것이, 이 모든 것이 어제까지만 해도, 불과 몇 시간 전까지만 해도 내 것이었고 나를 기다리고 있었는데 지금, 지금, 이 순간 타락하고 저주받아 더는 내 것이 아니게 되었다. 그것은 나를 배척하고 역겹게 나를 바라보았다! 내가 그 어린 시절, 황금빛 유년의 정원에서 부모님께 얻었던 모든 사랑과 보살핌, 어머니께 받았던 입맞춤 하나하나, 해마다 즐겼던 성탄절, 경건하고 밝았던 주일 아침의 집, 정원에 피어 있는 꽃 하나하나, 그 모든 것을 밟아 버렸다. 그 모든 것을 내 발로 짓이겨 버렸다! 이 순간 형리가 와서 나를 결박하고는 인간쓰레기이자 성전 모독자라는 죄목으로 교수대에 끌고 간다고 하더라도 순순히 인정할 것이다. 순순히 따라가서 옳고 잘한 일이라고 생각했을 것이다.

　그러니까 내 속으로는 이렇게 생각했다! 이리저리 돌아다니며 세상을 무시하던 내가 아니었던가! 정신적인 것에 자부심을 느끼며 데미안과 생각을 함께 나누던 내가 아니었던가! 그러나 내 꼴은 이랬다. 인간쓰레기, 불결한 사람, 술에 찌든 남루한, 구역질 나는, 뻔뻔하고 거친 짐승, 소름 돋는 충동에 사로잡힌 모습! 내 꼴은 이랬다. 순수함과 훌륭함과 고귀한 사랑이 있던 그 정원에서 바흐의 음악과 아름다운 시를 사랑하던 내가 아니었던가! 메슥거림과 분노에 사로잡힌 채 나는 아직 나의 낄낄거리는 웃음소리를 듣고 있었다. 술에 취해 몸을 가누지 못하고, 이따금 뻔뻔하게 웃음을 토해내는 나, 그게 나였다!

　이 모든 것에도 불구하고 고통에 시달리는 것은 거의 쾌감에 가까웠다. 그렇게 오랫동안 나는 맹목적이고 무감각하게 웅크리고 있었다. 나의 마음은 침묵하였고 쪼그라든 채 구석에 앉아 있었다. 그래서 이 불평, 이 원망, 몸으로 느끼는 이 추악한 감정조차도 대환영이었다. 감정이라는 것이 생겨났고, 불꽃이라는 것이 타올랐고, 그 안에서 심장이 뛰었다! 이런 비참한 삶의 한가운데서 나는 혼란스러운 해방감이나 봄 같은 감정마저 느꼈다.

　겉으로만 보면 나의 상황은 거의 내리막길이었다. 술에 취하는 일이 잦아졌다. 우리 학교에는 술집에 드나들거나 껄렁껄렁하게 돌아다니는 애들이 많았다. 나는 그런 무리 중에서도 가장 어린 축에 속했다. 얼마 지나지 않아 나는 더는 조용히 행동하는 작은 아이가 아니게 되었다. 주동자였고 스타였으며, 이름값 하는 대담한 술꾼이었다. 나는 다시 한번 어두운 세계, 악의 세계에 발을 들여놓았으며 이 세계에서 유명한 인사가 되었다.

그러는 와중에 참담한 기분이 들었다. 나는 잦은 술자리로 자기 파괴적인 하루하루를 살아갔다. 동급생들 사이에서 인도자이자 사나이로, 끝내주게 민첩한 놈으로, 머리가 잘 돌아가는 놈으로 인정받았으나, 두려움으로 가득 찬 내 마음은 불안에 떨고 있었다. 어느 일요일 오전에 술집을 나서다가 단정하게 빗은 머리에 깨끗하게 차려입은 아이들이 거리에서 노는 것을 보고 눈물이 솟았던 기억이 글을 쓰는 지금도 생생하다. 싸구려 술집의 더러운 탁자 옆 술통 사이에서 아무도 들어 보지 못한 조롱으로 친구들을 웃기거나 놀라게 하는 동안에도, 내 마음 한구석에서는 내가 경멸한 모든 것에 경외심을 품고 있었다. 나는 무릎을 꿇고 내 마음 앞에서, 내 과거 앞에서, 어머니 앞에서 그리고 하나님 앞에서 마음속으로 울고 있었다.

　내가 나의 패거리들과 결코 동질감을 느끼지 못하고 그들 가운데서 외로움에 고통받았던 것은 그럴 만한 이유가 있었다. 나는 난폭한 놈들의 마음에 드는 술집 영웅이자 독설가였다. 나는 선생님들과 학교, 부모와 교회에 대한 생각과 말에서 나름의 철학과 단호함을 보였다. 음담패설도 끊임없이 받아넘겼고, 그런 이야기를 직접 만들어 내기도 하였다. 그러나 나는 패거리들이 여자들을 만나러 가도 결코 거기에 끼지 않았다. 그러면서 나는 혼자였고 섹스를 하고 싶어 안달했다. 하지만 그것은 기약 없는 바람일 뿐이었다. 사실 내가 떠벌린 대로라면 뻔뻔한 섹스광이었어야 할 텐데 말이다. 나만큼 상처받기 쉽고, 나만큼 소심한 사람은 세상에 없었다. 때때로 유복한 가정의 소녀들이 예쁘고도 깔끔하게, 밝고도 단아하게 내 앞을 지나가는 모습을 보면, 그것이 황홀하고 순수한 꿈인 것만 같았다. 나에 비하면 그들이 수천 배는 더 선량하고 순수하게 여겨졌다. 나는 한동안 야겔트 부인이 하는 문구점에도 가지 못했다. 그 부인을 보면 알폰스 베크가 말한 것이 생각나서 얼굴이 붉게 달아올랐기 때문이다.

새로 만나는 아이들 사이에서도 계속 외톨이로 남아 있었고, 내가 그들과 다르다는 것을 의식하면 할수록 더욱 그들과 떨어질 수 없게 되었다. 지금 생각해 보면 그때 술을 퍼마시고 허풍을 떨었던 것이 사실 내게 정말 즐거운 일이었는지 모르겠다. 또한 술을 퍼마시는 것도 적응이 되지 않아 매번 고통스러운 뒤끝을 맛보지 않을 수 없었다. 모든 것이 강박적으로 일어난 일인 듯하다. 나는 해야 한다고 마음먹으면 반드시 했다. 그것 말고는 달리 할 일이 없었기 때문이다. 나는 오랫동안 혼자 있는 것에 대한 두려움이 있었다. 여리고, 부끄러운, 내밀한 기분의 기복에 대한 불안이 있었다. 그리고 그런 기분의 기복에 항상 휘둘리고 있었다. 짜릿한 섹스를 꿈꾸는 것에 대한 불안도 있었지만, 이런 생각은 내게 자주 밀려왔다.

내가 가장 아쉬워했던 것은 친구였다. 자주 만나는 동급생이 두세 명 있었다. 그러나 그 애들은 착실한 애들이었고, 내가 한 나쁜 행동은 이미 오래전부터 공공연한 비밀이었다. 그들은 나를 피했다. 나는 모두에게 한물간, 가망 없는 문제아로 찍혔다. 선생님들은 나의 행실에 대해 많이 알고 있었고, 여러 번 엄한 처벌을 받기도 했다. 내가 결국은 퇴학을 당하게 되리라는 것은 예상되는 일이었다. 나 자신도 그렇게 생각했다. 이미 오래전부터 더는 성실한 학생이 아니었다. 요리조리 빠져나가며 억지로 하루하루를 버텼지만, 이것이 그리 오래가지는 않을 것이라는 느낌으로 살았다.

하나님이 우리를 외롭게 하시고 우리 자신에게 이르게 하시는 길들이 많이 있다. 그때 하나님이 이 길을 나와 함께했다. 당시에는 악몽을 꾸는 것 같았다. 더러운 때와 끈적거림, 깨진 맥주잔, 조롱하는 말로 지새운 밤들 너머로 내가 보인다. 추방된 몽상가가 추하고 불결한 길을 쉬지 않고, 고통스럽게 기어가는 것이 보인다. 공주를 찾아 나섰다가 악취와 오물로 가득 찬 뒷골목의 진흙탕에 빠져 있는 꿈이 있는데 나는 그런 모습이었다. 전혀 세련되지 못한 방식으로 고독의 길에 접어들었고, 나와 나의 유년 시절 사이에 있던 에덴의 문을 닫았으며, 거기에 냉혹한 얼굴의 문지기를 세웠다. 나는 예전의 나에 대한 향수를 느끼기 시작했다.

기숙사 사감 선생님의 경고장을 받고 아버지가 처음으로 슈투트가르트에 와서 갑자기 내 앞에 나타났을 때 너무 놀라 벌벌 떨었다. 그러나 그해 겨울이 끝나 갈 무렵 아버지가 두 번째로 왔을 때는 꿈쩍도 하지 않았고 될 대로 되라는 식으로 행동했다. 아버지는 나무라기도 하고, 사정하기도 하고, 엄마를 생각해 보라고도 했지만 모두 흘려들었다. 결국 아버지는 무척이나 격분해서 내가 바뀌지 않으면 모욕과 창피를 주어 퇴학시키고 요양원에 집어넣겠다며 으름장을 놓았다. 맘대로 하라지! 아버지가 떠나고 난 뒤 나는 마음이 아팠다! 아버지는 아무것도 얻지 못했고 나를 설득할 어떤 길도 찾지 못했다. 잠시지만 그렇게 된 게 아버지의 자업자득이라고 생각했다.

앞으로 내게 무슨 일이 일어나든 상관없었다. 술집에 앉아 거드름을 피우는 것은 기이하고도 세련되지 못한 방법으로 세계와 싸우는 것이었고, 내가 저항하는 방법이었다. 그러면서 나는 망가졌고 이따금 이런 생각이 들기도 했다. 세상이 나 같은 사람들을 필요로 하지 않고, 그들에게 더 좋은 자리, 더 가치 있는 일을 주지 않는다면 나 같은 인간들은 망가지면 그만이다. 세상이 손해지.

그해 성탄절은 전혀 즐겁지 못했다. 어머니는 나를 다시 보자 충격을 받았다. 나는 키가 부쩍 자랐다. 야윈 얼굴은 해쓱해지고 푸석해졌으며, 생기를 잃은 모습에 눈 주위에는 염증까지 있었다. 콧수염이 듬성듬성 나기 시작했고, 얼마 전부터 안경을 쓰기 시작해 어머니 눈에 더욱더 낯설어 보였다. 누이들은 나를 슬슬 피하면서 키득거렸다.

모든 것이 불편했다. 서재에서 나눈 아버지와의 대화도 불편했고 몇몇 친척들과의 인사도 불편했다. 가장 불편한 것은 성탄 전야였다. 태어난 이후 성탄 전야는 우리 집에서 가장 큰 행사였다. 거룩함과 사랑, 감사가 있는 밤, 부모님과 나 사이의 유대가 돈독해지는 밤이었다. 그러나 이날 밤은 모든 것이 마음을 짓누르고 불안할 뿐이었다. 언제나 그렇듯 아버지는 "그 지역에 목자들이 자기 양 떼를 지키더니"[9]라는 들판의 목자에 관한 복음서의 말씀을 읽으셨다. 언제나 그렇듯 누이들은 선물 탁자 앞에 빛나는 모습으로 서 있었다. 그러나 아버지의 목소리는 즐겁지 않았으며 얼굴은 늙고 근심이 가득했다. 어머니는 슬퍼했으며, 이 모든 것이 나에게는 고통스럽고 불편했다. 선물과 축복, 성경 말씀과 성탄 트리 모두가 그랬다. 렙쿠헨생강이 들어간 독일식 과자의 달콤한 냄새가 났고, 달콤한 추억의 뭉게구름을 피워냈다. 전나무는 향기를 뿜으며 이제 더는 아무것도 아닌 것들의 이야기를 속삭였다. 나는 성탄 전야와 이 명절이 빨리 지나가길 바랐다.

겨우내 이런 상태가 지속되었다. 그러다가 얼마 전에 긴급 교무회의가 열렸고, 그 결과 퇴학 처분을 받을 수도 있다는 이야기를 들었다. 오래지 않아 그날이 올 것이다. 이제는 나도 바라던 바이다.

---

9 누가복음 2장 8절의 일부.

나는 막스 데미안에게 화가 잔뜩 나 있었다. 한동안 그를 보지 못했다. 내가 슈투트가르트에서 학기를 시작할 때 두 번 정도 편지를 보냈으나 답장을 받지 못했다. 그래서 방학인데도 그를 찾아가지 않았다.

　내가 지난가을 알폰스 베크를 만났던 바로 그 공원에서 초봄 어느 날 일어난 일이었다. 가시울타리가 파릇파릇 잎을 내기 시작했을 때 한 소녀가 내 눈에 들어왔다. 나는 혼자 산책을 하고 있었는데 마침 복잡한 생각과 걱정으로 가득 차 있었다. 내 건강이 아주 안 좋아졌기 때문이다. 그 외에도 돈 문제로 끊임없이 힘들었고, 더욱이 친구들에게 빚도 지고 있었기에 집에 돈 얘기를 할 때 쓸 핑계를 생각해 내야 했다. 여러 가게에서 담배와 그 비슷한 물건들을 사고는 갚지 않아 외상이 많았다. 이런 걱정이 심각한 상황에 이른 것은 아니었다. 이제 곧 이곳에서의 존재가 끝장나 내가 물에 빠져 죽든지 아니면 교도소에 가 버린다면 이런 몇 안 되는 사소한 일들이야 결코 문제 될 것도 없었다. 문제는 이런 꼴같잖은 일들을 매일 눈으로 보며 고통을 받아야 한다는 사실이었다.
　어느 봄날 그 공원에서 나는 젊은 여자를 만났는데 이 여자가 너무도 마음에 들었다. 그녀는 키가 크고 늘씬했으며 우아한 옷을 입고 영리한 소년의 얼굴을 하고 있었다. 나는 단번에 그녀에게 마음을 빼앗겼다. 그녀야말로 바로 내가 좋아하는 타입이었다. 그녀는 내 환상을 자극하기 시작했다. 나보다 크게 나이가 많아 보이지는 않지만, 더 원숙하고 우아한, 그리고 잘 다듬어진 몸매를 지녀 숙녀의 모습에 가까웠다. 그러면서도 얼굴에 비치는 약간의 자신감과 소년 같은 모습은 내가 너무나 좋아하는 점이었다.

나는 한 번도 좋아하는 여자에게 직접 다가가 본 적이 없었다. 이 여자에게도 마찬가지였다. 그러나 그녀가 남긴 인상은 그 전의 어떤 경우보다 깊었고, 그 사랑은 내 삶에 강력한 영향을 주었다.

갑자기 내 앞에 다시 하나의 모습이 떠올랐다. 그 모습은 고귀하고 존귀한 것이었다. 아, 어떤 성적 욕구도 어떤 충동도, 경외하고 숭모하고 싶은 소망처럼 그렇게 깊고 격렬하게 내 마음에 솟구치지는 않았다! 나는 그녀에게 베아트리체라는 이름을 붙였다. 비록 단테를 읽지는 않았지만, 그 영국 회화의 복사본을 소장하고 있어 그녀의 이름을 알고 있었다. 그 그림은 영국 라파엘전파 풍의 소녀 그림[10]이었는데 팔다리가 길고 날씬한 몸매에다가 갸름하고 긴 얼굴 그리고 영성이 깃든 손과 용모를 하고 있었다. 내가 그 공원에서 만난 아름답고 젊은 소녀는 그 그림과 완전히 같지는 않았다. 그러나 그것은 내가 좋아하는 날씬한 자태와 소년 같은 모습을 보였고, 얼굴에 영성과 혼이 깃들어 있었다.

나는 베아트리체와 한마디 말도 나누지 않았으나 그녀는 내게 깊은 영향을 미쳤다. 그녀는 자신의 모습을 내 앞에 세워 두고는 성전의 문을 열었다. 그리고 나는 그 성전에서 기도하는 자가 되었다. 하루아침에 나는 술자리와 밤 유랑생활을 그만두었다. 이제 혼자 지낼 수 있었고 다시 열심히 책을 읽었으며, 즐겨 산책을 했다.

내가 갑자기 달라지자 주변에서 수많은 조롱이 쏟아졌다. 그러나 난 이제 사랑할 대상이, 숭배할 대상이 생겼다. 다시 이상을 갖게 되

---

10 라파엘전파(前派))는 19세기 중엽 영국에서 일어난 운동으로, 라파엘로의 이상화된 예술을 비판하고 라파엘 이전으로 돌아가자는 예술 운동이다. 소녀 그림은 아마도 단테 가브리엘 로세티(1828-1882)의 베아트릭스(베아트리체)란 그림이었을 것이다.

었고 삶은 계시로 가득 차 찬란하고 신비로운 빛을 비출 채비를 하였다. 이제 나는 그런 조롱에 대해 예민하게 굴지 않았다. 이제 숭배하는 여신의 노예이자 신관일망정 이제 나 자신에게로 돌아온 것이다.

그 시절을 생각하면 어떤 벅찬 감동이 밀려온다. 내 삶의 황폐해진 시기에서 나온 잔해들을 모아 '밝은 세계'를 재건하려고 다짐을 했다. 나는 다시 내 안의 알지 못할 욕동과 사악한 마음을 떨쳐 내고 신들 앞에 무릎을 꿇고 오로지 빛 속에 머물고 싶다는 유일한 소망만으로 살았다. 어쨌든 현재의 이 '밝은 세계'는 어느 정도는 나 자신의 창조물이었다. 그것은 엄마 품으로 도망가 웅크리는, 무책임하게 나를 숨기는 일이 아니었다. 그것은 새로운 것, 내가 스스로 고안해 내고 스스로 요구한 예배였다. 책임과 절제가 따르는 예배였다.

나를 늘 고통스럽게 하고 도망치게 했던 성 욕구는 영성과 묵상을 향한 이 성스러운 불길 속에서 승화될 수밖에 없었다. 음침한 것, 추악한 것은 설 자리를 잃었다. 술로 고통스러워하던 밤들, 음란한 생각을 하며 흥분했던 순간들, 금지된 문들 앞에서 기웃거리던 일, 음탕한 짓들은 사라지고 말았다. 그 자리에 나의 제단을 세우고 거기에 베아트리체의 화상을 걸었다. 나 자신을 베아트리체에 바침으로써 나는 자신을 정신과 신들에게 바친 것이다. 나는 어둠의 세력들에게서 빼낸 내 삶의 일부분을 밝은 세력들에게 제물로 바쳤다. 이제 나의 푯대는 쾌락이 아니라 순결이었고, 쾌감이 아니라 아름다움과 영성이었다.

베아트리체 숭배는 내 삶을 완전히 뒤바꾸어 놓았다. 어제만 해도 조숙한 냉소주의자였던 내가 오늘은 성자가 되려는 푯대를 바라보는 신관이 되었다. 그간 길들었던 나쁜 행실을 버렸을 뿐만 아니라 모든 걸 바꾸고 싶어 했다. 그리고 그 모든 것에 순결과 고귀와 품위를 부여하려 했다. 먹고, 마시고, 말하고, 옷을 입을 때도 이것을 생각했다. 아침은 차가운 물로 몸을 씻는 것으로 시작했다. 물론 처음에는 적응하기가 힘들었다. 진지하고 품위 있게 행동했으며, 몸을 곧추세우고, 천천히 그리고 기품 있게 걸었다. 사람들에게는 우스꽝스럽게 보였을 것이다. 나의 내면에서는 이것이 순전한 예배였다.

나의 새로운 심정을 표현하고자 했던 모든 새로운 훈련 중에서 나는 한 가지 훈련에 집중하였다. 그림을 그리기 시작한 것이다. 내가 소유하고 있던 영국의 베아트리체 그림이 내가 만나는 그 소녀와 충분히 닮지 않아서 시작된 일이었다. 내가 생각하는 베아트리체를 그리려고 애썼다. 완전히 새로운 기쁨과 희망에 부풀어 방에(얼마 전부터 혼자 쓰는 방이 생겼다.) 좋은 도화지와 물감 그리고 붓을 함께 모아 놓았고 팔레트, 유리잔, 도자기 접시, 소묘 연필도 제 위치에 두었다. 작은 튜브 속에 든 고급 템페라 그림물감이 내 마음을 사로잡았다. 그중에는 느낌이 강렬한 크롬뮴산 녹색 물감도 있었다. 그 녹색 물감을 처음으로 작고 하얀 도자기 접시 위에 짜 놓았을 때의 그 빛나던 광경은 아직도 눈앞에 선하다.

나는 신중하게 그리기 시작했다. 얼굴을 그리는 것은 어려워서 다른 것들을 연습 삼아 그려 보기로 했다. 장신구, 꽃, 상상 속의 풍경을 그린 소품, 이를테면 교회에 서 있는 나무, 실측백나무와 함께한 로마식 다리를 그렸다. 때로는 이 그림 그리기에 몰입이 되어 나는 크레파스 상자를 손에 든 아이처럼 행복했다. 드디어 나는 베아트리체 얼굴을 그리기 시작했다.

몇 장은 실패해서 휴지통에 버렸다. 이따금 길에서 마주친 그 소녀의 얼굴을 떠올리려고 하면 할수록 그리기가 힘들었다. 결국 그 소녀의 얼굴을 떠올리는 것을 포기하고, 그냥 어떤 얼굴을 그리기 시작했다. 환상이 이끄는 대로, 손이 가는 대로, 물감을 찍은 붓이 시작한 곳에서 이끌어 가는 대로 그렸다. 그러면서 생겨난 그림은 바로 내가 꿈꾸던 그림이었는데, 이 그림은 나쁘지 않았다. 그래서 계속 그림을 그렸더니, 새로 그린 그림들은 모두 약간씩 더 분명해지고, 실제 소녀의 모습과 똑같지는 않더라도 내가 원하던 타입에는 더 가까워졌다.

몽환적 붓놀림으로 선을 긋고 면을 채우는 데 점점 더 익숙해져 갔다. 그러나 이런 선들과 면들은 모델도 없이 그린, 무의식에서 나온 유희적 터치에서 생겨난 것들이었다. 그러던 어느 날 나는 드디어 거의 의식이 없는 상태에서, 앞서 그린 그림들보다 더욱 강렬하게 나를 끌어당기는 얼굴을 완성했다. 그것은 내가 본 소녀 베아트리체의 얼굴이 아니었다. 하기야 베아트리체도 이미 오래전부터 존재하지 않았다. 그것은 다른 얼굴, 어떤 비현실적인 얼굴이었지만 그런데도 소중하기가 덜하지 않았다. 그것은 소녀의 얼굴이라기보다는 오히려 소년의 얼굴에 가까웠다. 머리카락도 내 아름다운 베아트리체의 그것처럼 밝은 금발이 아니라 붉은빛을 띤 갈색이었고, 턱은 강하고 야무지게 보였으며, 입술은 붉게 피어나고 있었다. 전체는 약간 뻣뻣하고 가면 같았지만 매우 인상적이고 비밀스러운 생명력으로 가득했다.

완성된 그림 앞에 앉으니 이상한 기분이 들었다. 그것은 어떤 신상이나 신성한 가면처럼 보였다. 반은 남자이고 반은 여자이며, 나이를 초월한 것 같은 모습, 의지가 강하면서도 꿈을 꾸는 듯 보였고, 돌같이 굳어 있으면서도 은밀한 생동감으로 충만해 있었다. 그 얼굴은 내게 뭔가 말을 하려는 듯 보였다. 그것은 나의 것이면서도 나에게 어떤 요구를 했다. 그리고 누군가와 비슷해 보였는데, 그게 누구인지는 알 수 없었다.

한동안 그 얼굴은 내 모든 생각을 따라다녔고 나의 삶과 동행했다. 나는 그림을 미닫이 장롱 속에 감추어 두었다. 누구라도 그림을 손에 넣어 나를 비웃는 일이 생기는 것은 피하고 싶었다. 그러나 내 작은 방에서 혼자가 될 때면 그 그림을 꺼내 시간을 함께 보냈다. 저녁이면 침대 맞은편 벽지에 그 그림을 핀으로 꽂아 두고 잠들 때까지 바라보았고, 아침이면 내 눈길이 맨 먼저 그리로 향했다.

바로 그 시기에 아이 때 그랬던 것처럼 많은 꿈을 꾸기 시작했다. 생각해 보니 몇 해 동안이나 꿈을 꾸지 않았던 것 같다. 이제 다시 꿈을 꾸기 시작했다. 전혀 새로운 종류의 꿈들이었다. 무엇보다 내가 그린 초상이 자주 그 꿈에 나타나는 것이었다. 때로는 살아서 말을 걸며, 때로는 친구같이, 때로는 적이 되어, 때로는 험상궂은 얼굴로, 때로는 무한히 아름답고 조화로우며 고귀한 모습으로 나타났다.

그러던 어느 날 아침, 꿈에서 깬 뒤 문득 나는 그 초상이 누구인지 알게 되었다. 그 초상은 아주 친숙한 모습으로 나를 바라보았다. 마치 내 이름을 부르는 것 같았다. 내 어머니처럼 나를 잘 아는 듯했고, 언제나 그렇게 나를 돌보고 있었던 것 같았다. 떨리는 가슴으로 그림을 바라보았다. 숱 많은 갈색 머리카락, 약간 여성적인 입술, 기이하게 빛나는(물감이 마르면서 저절로 그렇게 된 것 같은) 굳은 이마를 보았다. 이제 내 마음속에서는 차츰 그것이 누구인지, 누구와 닮았으며 그 이유는 무엇인지 알 것 같은 느낌이 굳어 갔다.

침대에서 벌떡 일어나 그 그림 앞에 아주 가까이 섰다. 그러고는 곧바로 크게 뜬, 멍하니 바라보는 초록의 눈빛을 들여다보았다. 그림은 오른쪽 눈을 왼쪽 눈보다 약간 더 치켜뜨고 있었다. 그런데 갑자기이 오른쪽 눈이 찡끗했다. 가볍게 그리고 살며시, 그러나 분명히 찡끗했다. 그 모습을 보는 즉시 이 그림의 얼굴이 누구인지 알 수 있었다.

어떻게 이제야 이 그림이 누구인지 알아볼 수 있었을까! 그것은 데미안의 얼굴이었다.

기억에 남아 있는 데미안의 실제 모습과 그 그림을 나중에 비교해 보았다. 그 두 모습은 비슷하기는 했지만 같지는 않았다. 그래도 분명 그 얼굴은 데미안이었다.

어느 초여름 저녁 해 질 무렵 서쪽으로 난 내 방의 창문을 노을이 비스듬히 비추며 붉게 빛나고 있을 때였다. 방에는 어둠이 깔렸다. 그때 베아트리체, 혹은 데미안일 수도 있는 초상을 십자 창살에 핀으로 고정하고 저녁 햇살이 어떻게 그림을 투영하는지 보고 싶다는 생각이 문득 들었다. 그 얼굴은 윤곽을 잃고 흐릿했지만 붉은 테두리가 둘린 양쪽 눈과 밝은 이마와 격정적인 붉은 입술은 화지에서 깊고 거칠게 불타올랐다. 나는 그 초상을 오랫동안 바라보고 있었다. 해가 져서 더볼 수 없을 때까지 바라보았다. 점차 그 얼굴이 베아트리체도 데미안도 아니라는 느낌이 들었다.(바로 나 자신이었다.) 그 얼굴은 나를 닮지도 않았다. 같아서도 안 된다고 느꼈다. 그러나 그것은 나의 삶을 결정한 그림이었다. 나의 내면이었고, 나의 운명이거나 혹은 다이몬[11]이었다. 내게 언젠가 친구가 생긴다면 그는 이런 모습일 것이다. 내게 연인이 생긴다면 그녀는 이런 모습일 것이다. 나의 삶과 죽음이 이럴 것

---

11 고대 그리스의 신화, 종교, 철학에 등장하는 인간과 신들 중간에 위치하거나, 죽은 영혼 등을 가리킨다. 인간에게 악한 영향을 미친다는 부정적 의미로는 귀신, 악령으로 번역할 수 있고 아리엘 같은 공기의 신은 정령으로 번역하기도 한다.

이다. 이것은 내 운명의 음향이자 리듬이었다.

그 몇 주 동안 나는 책을 읽기 시작했는데, 그 책은 나에게 그전에 읽었던 어떤 책보다 강렬한 인상을 남겼다. 훗날에도 책을 읽었지만 니체[12] 정도를 제외하면 그런 체험을 하지 못했다. 그런데 이 책은 편지와 잠언이 들어 있는 노발리스[13]의 책이었다. 내가 그의 말들을 다 이해했던 것은 아니다. 그러나 그것들은 뭐라고 말할 수 없이 나를 사로잡았다. 불현듯 그 잠언 중 하나가 떠올랐다. 나는 그것을 펜으로 초상 밑에 써 두었다.

"운명과 기질은 하나의 개념에 대한 다른 이름이다."

그제야 이 말뜻을 이해했다. 베아트리체라고 이름 붙인 소녀와 여전히 자주 마주쳤다. 그러나 만나도 이제 더는 마음의 동요가 없었다. 부드러운 조화, 느낌 같은 예감만이 그대로였다. 너와 나는 맺어져 있어, 네가 아니라 너의 이미지만이지만, 너는 내 운명의 한 자락이야, 라는 식으로.

막스 데미안을 향한 나의 그리움은 다시 강렬해졌다. 전혀 그의 소식을 알지 못했다. 이미 수년 전부터 그랬다. 방학 때 딱 한 번 만난 적이 있었다. 이 짧은 만남을 이 글에서 누락하고 만 것을 안다. 또 그것이 수치심과 자존심으로 인해 일어났다는 것도 안다. 그래서 그 얘기를 지금 다시 하고자 한다.

그러니까 언젠가 방학 때, 술집을 드나들던 무렵이었다. 거만하고

---

12 프리드리히 니체는 독일의 철학자, 문헌학자, 시인으로, 주저로 《반시대적 고찰》, 《차라투스트라는 이렇게 말했다》 등이 있다.

13 노발리스는 독일 초기 낭만파의 시인이자 사상가로, 본명은 프리드리히 폰 하르덴베르크(Friedrich von Hardenberg)이다. 대표작으로 《파란 꽃》(하인리히 폰 오프터딩겐)이 있다.

만성피로에 시달리는 얼굴로 고향 도시를 이리저리 쏘다니고 있었다. 산책 지팡이를 머리 위로 빙글빙글 돌리며 예나 지금이나 전혀 변하지 않은 경멸스러운 속물들의 얼굴을 보고 있을 때, 한때의 친구였던 그가 나를 향해 걸어왔다. 그를 보자마자 나는 흠칫 놀랐다. 전광석화처럼 프란츠 크로머 생각이 스쳐 지나갔다. 데미안이 그 이야기를 잊어버렸으면 얼마나 좋을까! 그에게 신세를 졌다는 사실이 너무나 불편했다. 사실 철없던 시절의 이야기이긴 하지만, 그래도 신세는 신세이니까…….

그는 내가 혹여 인사를 할까 기다리는 눈치였다. 내가 가능한 한 태연하게 인사를 하자 그는 내게 악수를 청했다. 이것이 그 옛날 데미안의 악수였다! 힘 있고, 따스하고, 서늘하며 남자다운 악수였다!

그는 세심하게 내 얼굴을 살피며 말했다.

"몰라보게 컸네, 싱클레어."

내가 본 그는 하나도 변하지 않고 그대로였다. 항상 그렇듯 나이 들어 보이기도 하고, 젊어 보이기도 하였다.

그는 나를 따라왔고 우리는 함께 산책했다. 걷는 도중에 우리는 아주 하찮은 일들만 이야기했다. 크로머와의 일에 대해서는 한마디도 하지 않았다. 한동안 여러 번 그에게 편지를 보냈는데 답장을 받지 못했다는 생각이 퍼뜩 떠올랐다. 아, 그가 그것도 잊어버렸으면 좋겠는데 괜히 쓴, 정말 괜히 쓴 그 편지들을! 다행히 그는 편지에 대해서 한마디도 하지 않았다!

당시만 해도 베아트리체는 만나지도 않았고 초상은 더더구나 없었다. 그때 나는 아직 미성숙한 시기의 한복판을 지나던 참이었다. 시내를 빠져나오자 나는 그에게 술 한잔 살 테니 같이 주점에 들어가자고 했다. 그는 따라 들어왔다. 나는 큰 소리로 포도주 한 병을 주문해서 잔에 따른 후 그와 잔을 부딪쳤다. 나는 대학생들의 음주문화를 잘 들어 안다는 듯 단숨에 첫 잔을 들이켰다.

"술집에 자주 가?"

"그럼."

나는 무심하게 대답했다.

"뭐 할 일도 별로 없고. 언제나 그렇지만 결국은 재미있는 게 최고지."

"그렇게 생각해? 그럴지도 모르지. 그것도 어느 정도는 괜찮아. 술 취하는 것은 바쿠스[14]적인 것! 하지만 술집에 앉아 있는 사람들은 대개 완전히 타락하고 말더라. 내 생각에는 술집 출입이야말로 진짜 속물적인 일이야. 그래, 밤새도록 횃불을 밝히고 제대로 취해 화끈하게 노는 건 좋지! 하지만 한 잔 또 한 잔, 그것이 진정한 삶은 아닐 거야. 가령 파우스트가 저녁마다 정기 술 모임에 앉아 있는 모습을 상상할 수 있을까?"

나는 잔을 비우고 노려보듯 그를 바라보았다.

"그래, 하지만 그렇다고 모두가 다 파우스트는 아니잖아?"

나는 짤막하게 말했다. 그는 약간 놀란 듯 나를 바라보았다. 그러고는 그 옛날 그랬던 것처럼 활기 있고, 침착하게 웃음을 터뜨렸다.

"그래, 그런 일로 싸워 봤자 무슨 도움이 되겠어? 어쨌든 술꾼이나 탕자의 삶이 흠 없는 보통 사람의 삶보다는 더 생동적일 수도 있어.

---

14 포도나무와 포도주의 신이며 풍요의 신이자 황홀경의 신이다. 그리스 신화의 '디오니소스'를 로마 신화에서 '바쿠스'라고 부른다.

그리고 말이야, 어디서 읽은 말인데 탕자의 삶이 신비주의자가 되기 위한 최고의 준비 과정이래. 성 아우구스티누스[15] 같은 그런 사람들도 많이 있지. 그들이 나중에 성자가 되기도 해. 아우구스티누스도 한때는 쾌락을 즐기는 세속적인 사람이었거든."

나는 그의 말에 신뢰가 가지 않았고, 나를 훈계하도록 내버려 두고 싶지도 않았다. 그래서 거만하게 말했다.

"그래, 누구나 자기 성향대로 사는 거지! 솔직히 말해서 나는 성자나 뭐 그런 건 되고 싶지 않아."

데미안은 지그시 감은 눈으로 알겠다는 듯 나를 쳐다보았다.

"이봐, 싱클레어."

그는 천천히 말했다.

"너에게 불쾌한 말을 하려는 것은 아니었어. 게다가 우리 모두 네가 어떤 목적으로 지금 포도주를 마시는지 몰라. 네 삶을 결정하는 것이 네 안에서 그것을 보고 있겠지. 하지만 들어 봐. 우리 안에 어떤 이가 있어. 모든 것을 알고, 모든 것을 원하고, 모든 것을 우리 자신보다 더 잘하겠지. 미안하지만 나는 이만 집에 가 봐야겠다."

우리는 짧게 작별 인사를 했다. 나는 기분이 나빠서 술병을 끝까지 비울 때까지 앉아 있었다. 술집을 나가려고 보니까 데미안이 이미 계산을 한 뒤였다. 이것이 나를 더욱 화나게 했다.

그 후에도 이 작은 사건을 늘 반복적으로 생각해 보았다. 그 생각을 할 때마다 데미안을 잊을 수 없었다. 교외의 그 술집에서 데미안

---

15 초대 그리스도교 교회가 낳은 위대한 철학자이자 사상가이다. 방탕한 젊은 시절을 회개하고 32살에 독실한 신앙을 찾게 되었다. 주저로는 《고백록》이 있다.

이 한 말은 계속 생각이 났다. 이상하게도 들었던 그대로 생생하게 떠올랐다.

"우리 안에 모든 것을 아는 어떤 이가 있다는 점을 알았으면 좋겠어!"

창에 걸어 두었던, 그러나 이제 빛바랜 그림을 바라본다. 얼굴의 빛은 사라졌으나 눈은 여전히 빛나고 있었다. 이 눈빛은 데미안의 눈빛이었다. 아니면 내 안에 있던 이였던가? 모든 것을 아는 이.

얼마나 데미안을 그리워했던가! 그가 무얼 하는지 아무것도 몰랐다. 그와는 소식이 끊겼다. 그저 추측하건대 그는 지금 어딘가에서 대학을 다니고 있고, 고등학교를 졸업한 후 어머니와 함께 우리 도시를 떠난 듯했다.

크로머와의 사건에 이르기까지 막스 데미안에 대한 모든 기억을 되살려 보았다. 그가 예전에 내게 했던 말들이 얼마나 생생하게 울려오는지! 그리고 그 모든 것은 내게 의미를 부여하고, 되살아나 나를 건드리지 않는가! 지난번 마지막으로 만났던, 별로 유쾌하지 않은 만남에서 탕자와 성자에 대해 말한 것조차도 불현듯 내 마음에 밝게 떠올랐다. 그가 말한 그대로 일이 일어나지 않았던가? 나는 숙취와 오물속에 살지 않았던가? 마비되고 결딴난 삶을 살지 않았던가? 그러다가 새로운 삶의 동력이 생겨서 바로 그 반대인 순결에 대한 소망과 성자에 대한 동경이 내 마음에 살아나지 않았던가?

이렇게 기억을 하나하나 더듬어 갔다. 벌써 밤이 되고 밖에는 비가 온다. 내 기억 속에서도 비가 내리는 소리가 들린다. 마로니에 나무 아래서 프란츠 크로머랑 무슨 일이 있느냐고 물었던 그 시간, 그가 내 첫 비밀을 캐물었던 그 시간이었다. 그리고 학교 가면서 나눴던 대화, 입교식을 준비하던 수업 시간, 모든 것이 하나둘 차례차례로 떠올랐다. 그리고 마지막으로 막스 데미안과 처음으로 만나 이야기를 나누었던 기억이 떠올랐다. 그때 이야기한 주제가 뭐였더라? 얼른 생각이 나지 않았다. 시간을 두고 생각해 보았다. 그 안을 깊이 들여다보았다. 그러자 이제 그 기억도 다시 떠올랐다. 우리 둘은 우리 집 앞에 서 있었다. 그것은 그가 내게 카인에 대한 자기 생각을 말한 직후였다. 그 문 앞에서 데미안은 우리 집 대문 대리석 아치의 종석에 있는, 낡아서 흐릿하게 된 문장紋章에 대해 말했다. 문장이 붙어 있는 그 종석은 아래는 좁고 위로 올라갈수록 넓어지는 것이었다. 그는 그 문장에 관심이 많았고, 그런 것들을 우리가 귀중하게 생각해야 한다고 말했다.

그날 밤 나는 데미안과 그 문장에 관한 꿈을 꾸었다. 그 문장은 수시로 모습이 바뀌었다. 데미안은 그 문장을 두 손으로 들고 있었는데, 문장이 때로는 작고 잿빛을 띠다가 때로는 우람하고 다양한 색채로 변했다. 그러나 그는 그것이 같은 문장이라고 말해 주었다. 그러더니 마지막에는 내게 문장을 삼키라고 강압했다. 나는 문장을 삼키고 나서 경악을 금치 못했다. 삼킨 문장 속의 새가 뱃속에서 살아나 나를 가득 채우더니 안에서부터 나를 쪼아 먹기 시작하는 것이었다. 나는 죽음의 불안에 사로잡혀 벌떡 잠에서 깼다.

잠이 완전히 달아났을 때는 한밤중이었다. 방안으로 비가 들이치는 소리가 들렸다. 일어나서 창문을 닫았다. 그때 땅바닥에 떨어진 어떤 허연 것을 밟았다. 다음 날 아침에 나는 그것이 내가 그린 그림이었다는 것을 알았다. 빗물에 젖어 구겨진 채 바닥에 떨어져 있었다. 나는 그것을 말리기 위해 압지 사이에 끼워 무거운 책 사이에 넣어 두었다. 다음 날 다시 그 그림을 살펴보았는데 그림이 잘 마르긴 했으나 변해 있었다. 붉은 입술은 창백해졌고 약간 얇아졌다. 이제는 데미안의 입술 모양 그대로 되었다.

이제 나는 새로운 종이 위에 문장의 새를 그리기 시작했다. 그런데 그 새가 원래 어떤 모습인지 기억해 낼 수 없었다. 기억을 더듬어 보니 그 새의 모양 몇 가지는 가까이서도 잘 알아볼 수 없었다. 너무 낡아서 그 위에 자주 덧칠을 했기 때문이다. 새는 무엇인가의 위에 서 있거나 앉아 있었다. 꽃 위일 수도 있고 바구니 위나 아니면 둥지 위, 그것도 아니면 나무우듬지 위였을 수도 있겠다. 하지만 더는 신경을 쓰지 않고 분명히 기억하는 것부터 그리기 시작했다. 불분명한 어떤 욕구로 인해 곧바로 강렬한 색깔로 그리기 시작했다. 새의 머리는 내 그림에서 황금빛 노란색으로 채색했다. 기분 내키는 대로 계속 그림을 그려서 며칠 만에 그림을 완성했다.

그것은 날카롭고 용맹한 부리를 가진 매였다. 몸뚱어리의 절반은 컴컴한 땅에 박혀 있었다. 새는 마치 큰 알을 깨고 나오듯 그 땅에서 나와 파란 하늘로 오르려고 씨름하고 있었다. 그 그림을 오래 응시하면 할수록 내 꿈에 나타났던, 바로 그 화려한 문장처럼 보였다.

내가 주소를 알았다 해도 데미안에게 편지를 쓰는 것은 불가능했을 것이다. 대신 그에게 그 당시 나의 모든 행동을 주관했던 꿈속의 계시에 따라 그린 매 그림을 보내기로 했다. 그가 받든 받지 못하든 상관없었다. 그림 위에 아무것도 적지 않았다. 내 이름조차도 적지 않았다. 그림의 가장자리를 조심스럽게 잘라내고는 대형 봉투를 사서 내 친구의 옛 주소를 썼다. 그리고 곧바로 부쳤다.

시험 일자가 가까이 다가왔고 평상시보다 더 많이 공부해야 했다. 내가 무례한 태도를 돌연 바꾸자 선생님들은 나를 다시 너그러이 받아 주었다. 여전히 모범생이라고 보기는 힘들었지만, 다른 누구도 내가 반년 전에 퇴학 처분을 받기로 확정되었던 그 학생이라곤 전혀 생각하지 않았다.

아버지는 다시 그 전과 같은 어조로 편지를 보냈고 비난하거나 위협하지 않았다. 그렇지만 어떻게 내게 이런 변화가 일어났는지 아버지나 다른 그 누구에게 설명하고 싶은 마음은 없었다. 이 변화는 그저 부모님이나 선생님들의 소망과 우연히 맞아떨어졌을 뿐이었다. 그 변화로 인해 다른 사람에게 가까이 가지도 않았고, 누군가와 친해지지도 않았다. 그 변화는 오히려 나를 한층 더 고립시켰을 뿐이다. 이 변화는 어디론가 향해 있었는데 그것은 데미안이었고, 멀리 있는 운명이었다. 물론 나 자신도 그것을 알지 못했다. 사실 내가 그 한가운데 서 있었으니 말이다. 그 변화는 베아트리체로부터 시작되었다. 그러나 얼마 전부터는 내가 그린 그림들과 데미안에 대한 생각 그리고 완전히 비현실적인 세계 속에서 살다 보니 베아트리체마저 내 눈에서, 내 생각에서 완전히 멀어졌다. 나의 꿈에 대해, 나의 기대에 대해, 나의 내적 변화에 대해 그 누구에게도 말 한마디 할 수 없었을 것이다. 설령 내가 그것을 원했다고 하더라도 말이다.

내가 이것을 원하게 하려면 어떻게 해야 했을까?

116

5장

알을 깨고 나오려고
씨름하는 새

　내가 그린 꿈속의 새는 계속 날아가 내 친구를 찾았다. 그리고 아주 신기한 방식으로 내게 답장이 왔다.

　어느 날 학교 쉬는 시간이 끝난 직후였다. 교실에서, 그것도 내 자리에서 책갈피에 꽂힌 쪽지를 발견했다. 그 쪽지는 아이들이 자주 쓰는 방식과 똑같이 접혀 있었다. 우리 반 애들은 이따금 수업 시간에 선생님 몰래 이런 쪽지를 서로 전달하곤 했다. 나는 대체 누가 이런 쪽지를 보냈을까 궁금할 뿐이었다. 당시에 나는 그 어떤 반 친구하고도 그런 식으로 말을 전달하지 않았기 때문이다. '어떤 학생이 장난치는 거겠지. 그러나 난 상대하지 않을 거야.' 하고 생각했다. 그래서 그 쪽지를 읽지도 않은 채 책 밑에 꽂아 두었다. 그러다가 수업 중에 이 쪽지가 우연히 다시 손에 잡혔다.

　나는 그 쪽지를 만지작거리다가 아무 생각 없이 펼쳐보았다. 그 안에는 몇 마디 문장이 적혀 있었다. 그것을 슬쩍 쳐다본 나는 어떤 말에 꽂혀 놀라고 말았다. 읽어 보는 순간 나의 심장은 혹독한 추위에 움츠리듯 계시 앞에서 움츠러들었다.

"새는 알을 깨고 나오려고 씨름한다. 알은 세계다. 태어나려는 자는 한 세계를 파괴해야 한다. 새는 신에게 날아간다. 그 신의 이름은 아브락사스다."

이 구절들을 여러 번 읽고 곰곰이 되씹어 보았다. 한 치도 의심할 여지가 없었다. 그것은 데미안의 답장이었다. 나와 그를 빼고는 누구도 그 새에 대해 아는 사람이 없었다. 데미안이 내 편지를 받아 보았어. 내 그림을 이해하고, 내가 해석할 수 있도록 도와준 거야. 하지만 이 모든 것이 서로 어떻게 연관이 되는 거지? 그리고(무엇보다 나를 힘들게 한 것이었지만) 아브락사스[16]가 도대체 뭐야? 이 말은 들어본 적도 읽어본 적도 없어.

"그 신의 이름은 아브락사스다!"

수업은 아무것도 듣지 못한 채 시간만 흘러갔다. 다음 시간이 시작되었다. 오전의 마지막 수업이었다. 이 수업은 젊은 보조 교사가 맡았는데 그는 갓 대학을 마치고 우리 학교에 왔다. 젊었을 뿐만 아니라 권위를 내세우지 않았기에 아이들은 그 선생님을 무척 좋아했다.

우리는 그때 이 폴렌 선생님의 지도로 헤로도토스의 작품을 원어로 읽고 있었다. 이 강독은 내가 좋아하던 몇 안 되는 수업 과목 중 하

---

16 처음에는 아브라삭스(Abrasax, ΑΒΡΑΣΑΞ)였는데, 이후 그리스어 문자 시그마(Σ)와 크시(Ξ) 사이에 혼동이 발생하면서 아브락사스(Abraxas, ΑΒΡΑΞΑΣ)라는 변형된 형태가 생겼다. 아브락사스는 영지주의의 주요 개념 중 하나로 '위대한 통치자'라고 불렸고, 이것은 알렉산드리아의 영지주의자 바실리데스에 따르면 다섯 개의 본질적 힘인 정신, 말, 예견, 지혜 그리고 권력을 상징한다. 그리고 이 신은 1년 365일(A(알파)=1, B(베타)=2, P(로)=100, A=1, Σ(시그마)=200, A=1, Ξ(크시)=60, 모두 합하면 365)을 지배하는 모든 정령(영신)들을 관할한다. 이 신의 모습은 인간의 몸에 수탉의 머리를 갖고, 두 개의 다리는 뱀으로 이루어져 있다. 그리고 오른손에는 방패, 왼손에는 채찍을 들고 있다. 바실리데스는 아브락사스 신이 최고의 하느님(JHWH, 야훼)이고, 소위 그가 예수를 보냈다고 믿었다. 그러나 서양에서는 중세까지도 이 신에 대한 숭배가 있었으나 기독교에 의해 차츰 '다이몬'이라는 이교로 멸시되었다.

나였다. 그러나 그날은 집중할 수가 없었다. 기계적으로 책을 폈지만, 번역하는 선생님의 말씀을 따라가지 않고 생각에 빠져 있었다. 사실 나는 이미 여러 번 데미안이 입교식 학습 시간에 말한 것이 얼마나 옳았던지를 알고 있던 차였다. 무엇인가를 아주 간절히 원하면 그것이 이루어진다는 이야기 말이다. 내가 수업 시간에 아주 강하게 내 생각에 몰두하면, 나는 조용히 있을 수 있었고 선생님도 나를 내버려 두었다. 그랬다. 내가 산만해지거나 졸고 있으면 선생님이 갑자기 내 앞에 서 있었다. 그것도 내가 이미 겪은 일이다. 그러나 내가 생각을 하고, 정말로 생각에 몰두하면 안전했다. 그리고 이미 시험해 보았지만 빤히 쳐다보는 일도 통한다는 것을 알았다. 데미안과 함께 있던 당시에는 성공하지 못했지만, 이제는 눈빛과 생각으로 아주 많은 생각을 다른 사람에게 전달할 수 있었다.

이때도 예전처럼 앉아, 헤로도토스 강독이나 학교와는 아주 먼 곳에 가 있었다. 그때 갑자기 선생님의 소리가 번개처럼 내 의식을 치고 들어오는 바람에 깜짝 놀라 정신을 가다듬었다. 선생님은 내 옆에 바짝 붙어 있었다. 그가 내 이름을 불렀다고 생각했다. 그러나 선생님은 나를 보고 있지 않았다. 나는 안도의 숨을 내쉬었다. 그때 다시 선생님의 목소리가 들렸다. 그의 큰 목소리는 이렇게 말하고 있었다.

"아브락사스."

앞부분은 듣지 못했지만 폴렌 선생님은 이런 설명을 이어 갔다.

"우리는 고대 종교의 세계관과 신비주의 집단의 세계관을 오늘날의 합리주의적 관점에 따라 단순한 것으로 보아서는 안 된다. 고대에는 오늘날 우리가 이해하고 있는 학문이라는 것이 전혀 존재하지 않았기 때문이야. 그 대신 철학적이고 신비적인 진리를 많이 추구했고,

이런 것이 매우 발달해 있었다. 물론 그중 일부는 마술과 요술이 되기도 했는데, 추측건대 사기나 범죄로도 연결되었을 것 같아. 그러나 이 마술도 고상한 근원과 깊은 사상을 내포하고 있었단다. 조금 전에 내가 예로 들었던 아브락사스 교리가 그런 경우라고 할 수 있어. 사람들은 그리스의 주문과 연결하여 이 이름을 부르며, 오늘날에도 원초인 미개인들이 마술을 거는 악마의 이름쯤으로 여기고 있단다. 그러나 내 생각에는 아브락사스란 말은 훨씬 더 많은 걸 의미하는 것 같다. 우리는 가령 이 이름을 어떤 신의 이름으로 생각할 수도 있어. 선한 것과 악한 것을 아우르는 상징적 과제를 떠안은 신 말이야."

작은 키의 박사이신 선생님은 멋있고도 열정적인 강의를 이어 갔다. 그러나 아무도 관심 있게 듣지는 않았다. 아브락사스라는 이름이 더는 나오지 않자 내 관심은 곧 내가 하던 생각으로 되돌아갔다.

'선한 것과 악한 것을 아우르는'이라는 말이 귓전을 맴돌았다. 이 말과 연결되는 것이 있었다. 이 말은 데미안과 내가 우정을 나누면서 마지막으로 만났던 때 그와 나눈 대화에서 나온 것이었다. 데미안은 그때 우리는 어쩌면 하나의 신, 즉 우리가 섬기는 하나님만 있다고 생각할 수 있지만, 그 신은 그저 자의적으로 분리한 세계의 반쪽만을 보여준다고 말했다(그 반쪽은 공인되고 허용된 '밝은' 세계를 말하는 것이었다.). 그러고는 우리가 전체 세계를 섬겨야 한다고 말했었다. 말하자면 우리는 악마이기도 한 어떤 신을 섬기든지 아니면 우리가 드리는 예배 이외에 악마에게도 예배해야 한다고 말했었다.

나는 한동안 아브락사스의 흔적을 열심히 추적했지만, 더는 진전이 없었다. 아브락사스를 찾아서 도서관을 다 뒤지고 다녔으나 성과가 없었다. 그러나 나라는 사람은 성격상 이런 식의 직접적이고 의식적인 탐구가 맞지 않았다. 처음에는 진리들을 찾아낸 줄 알았는데 결국에는 손에 돌들만 남아 있을 뿐이었다.

한편, 내가 한동안 그렇게 자주 마음속으로 그려 보았던 베아트리체의 모습은 천천히 사라져 갔다. 아니 그보다는 나에게서 멀어져 갔다고 표현하는 것이 낫겠다. 점점 지평선으로 가까워져 그림자처럼 변하고, 멀어지고, 희미해졌다. 그녀의 모습은 내 마음을 채워 주지 못했다.

내가 몽유병자처럼 끌고 다녔던, 내 안에 특이하게 직조된 존재 안에 새로운 것이 형성되기 시작했다. 내 안에서 삶에 대한 동경이 꿈틀거렸다. 아니 그 이상으로 사랑과 성욕에 대한 동경이 꿈틀거렸다. 한동안 베아트리체를 숭배하면서 해소할 수 있었던 그 성욕이 새로운 만남과 대상을 요구했다. 나는 아직 그 어떤 성적 만족도 얻지 못했다. 그러나 그런 동경이 없는 것처럼 꾸미고 다른 친구들처럼 여자들에게서 무엇을 얻어 내기란 전보다 더욱 불가능했다. 나는 다시 성관계하는 꿈을 자주 꾸었고, 밤보다 오히려 낮에 그런 꿈을 더 많이 꾸었다. 표상들, 이미지들 또는 소원들이 내 안에서 끓어올라 나를 외부세계에서 떼어 냈다. 그래서 나는 실제 세계에서보다 내 안에 있는 꿈이나 그림자 같은 이런 이미지들과 교제하며 더 실제적이고 생생하게 살아갔다.

특정한 꿈이나 상상의 유희가 자주 반복되었는데, 이것이 내게 큰 의미로 다가왔다. 내 인생에서 가장 중요하고 가장 오래 영향을 미친 꿈은 가령 이런 것이었다. 내가 아버지의 집으로 돌아왔다. 우리 집 대문 위에 있는 문장의 새가 파란 하늘을 배경으로 황금빛 노란색으로 빛나고 있었다. 집에 오니 어머니가 달려 나와 나를 맞이했다. 그러나 내가 들어서서 어머니를 껴안으려 하자 그 사람은 어머니가 아니라 한 번도 본 적이 없는 사람으로 변했다. 큰 키와 우람한 체구로 보아 그 사람은 막스 데미안이나 내가 그린 그림의 인물과 닮았지만, 어딘지 모르게 달랐고, 우람한 체구에도 불구하고 완전한 여자였다. 이 여자가 나를 바짝 끌어당겨서는 껴안고 깊고도 그윽한 성적 포옹을 했다. 쾌감과 두려움이 섞여 있기에 그 포옹은 예배이면서 동시에 범죄였다. 어머니와 친구 데미안에 대한 너무 많은 기억이 그 여자의 모습에 영을 불어넣었던 것이다. 그녀의 포옹은 모든 외경심에 위배되는 것이었지만, 더없는 쾌감을 주었다. 때로는 깊은 쾌감에 취해 꿈에서 깨어나기도 했고, 때로는 끔찍한 죄책감 때문에 죽음의 불안과 양심의 가책에 시달리다가 깨어나기도 했다.

이런 아주 내면적인 이미지와 내가 찾던 신에 대한 외부적 암시 사이에 점진적이고 무의식적인 어떤 결합이 이루어졌다. 이 결합은 갈수록 더 단단하고 내밀해졌다. 나는 이 계시의 꿈속에서 점차 아브락사스 신을 부르고 있다고 느꼈다. 쾌감과 두려움, 남자와 여자가 뒤섞이고, 지고의 성스러움과 악이 서로 혼합되고, 무거운 죄가 가장 매혹적인 순전함으로 사라진다. 이것이 사랑을 나눈 나의 꿈이었고, 아브락사스였다. 사랑은 이제 더는 맨 처음에 나를 불안에 떨게 한 동물적이고 무의식적인 충동이 아니었다. 그리고 더는 베아트리체 신상에 바치던 경건한 영적 숭배도 아니었다. 성은 두 가지 모두였다. 두 가지 모두인 동시에 그 이상이었다. 그 사랑은 천사이자 악마이고, 남자와 여자가 한 몸을 이루는 것이며, 인간이자 짐승이고, 최고선이며 극한의 악이었다. 이렇게 사는 것이 나의 숙명이었고, 이를 맛보는 것이 나의 운명이었다. 나는 그 운명을 향한 동경이 있었고, 그에 대한 두

124

려움도 있었다. 운명은 항상 존재했고, 언제나 나를 지배하고 있었다.

이듬해 봄에 나는 김나지움을 졸업하고 대학에 진학하기로 되어 있었다. 하지만 어느 대학에서 무엇을 전공해야 할지 아직 결정하지 못했다. 입술 위로는 수염이 송송 났고 이제 다 자란 성인이었는데도 혼자서는 아무 일도 할 줄 몰랐고 목표도 없었다. 오직 한 가지 확실한 것은 내 안의 목소리와 내가 꾼 꿈이었다. 나는 이들이 인도하는 대로 맹목적으로 따라가야 할 것처럼 느꼈다. 그러나 그것은 힘든 일이었기에 매일을 근근이 버텼다. 어쩌면 내가 정상이 아닌가, 혹시 내가 다른 애들과 다른 것은 아닌가 하는 생각도 드물지 않게 들었다. 그러나 나는 다른 애들이 하는 일을 모두 할 수 있었고, 조금만 성실하게 노력하면 플라톤도 읽을 수 있었으며, 삼각법 문제도 화학 분석도 따라갈 수 있었다. 다만 한 가지는 할 수 없었다. 그것은 다른 애들처럼 내 안의 무의식에 감추어진 목표를 꺼내어 어딘가에 구체적으로 그려보는 일이었다. 다른 애들은 교수나 판사, 의사나 예술가가 되고 싶다면, 그것이 얼마나 오래 걸릴지, 그것을 하면 어떤 점이 좋은지 잘 알고 있었다. 하지만 나는 이게 안 되었다. 아마 나도 언젠가는 그런 어떤 사람이 되겠지만 그게 언제가 될지 어떻게 안단 말인가. 어쩌면 찾고 또 찾느라 여러 해가 걸릴지도 모른다. 그렇게 해도 아무것도 되지 못하고 목표에 이르지 못할 수도 있다. 더구나 어떤 목표에 도달한다 해도 그 목표가 악하고 위험하고 끔찍한 것이 될지도 모르는 일이다.

나는 나의 마음에서 저절로 우러나오는 그런 삶을 살려 했을 뿐이다. 그런데 그게 왜 그렇게 어려웠을까?

나는 꿈속에서의 강렬한 성행위 장면을 그려 보려고 여러 번 시도했다. 그러나 한 번도 성공하지 못했다. 성공했다면 그 그림을 데미안에게 보냈을 것이다. 그는 어디에 있었을까? 나는 알지 못했다. 그가 나와 연결되어 있다는 것만을 알았다. 언제나 그를 다시 만날까?

베아트리체를 만나던 몇 주, 몇 달간 얻었던 따뜻한 안식은 오래전에 사라졌다. 그때는 내가 어떤 섬에 도착해서 평화를 얻었다고 생각했다. 그러나 일은 늘 그런 식이었다. 어떤 상태가 좋다고 느끼고 어떤 꿈을 꾸고 난 뒤에 기분이 좋아지나 싶으면, 그것은 곧 다시 시들해지고 눈에 보이지 않았다. 끝나고 난 뒤 후회해 봤자 무슨 소용인가! 나는 채워지지 않은 욕망, 초조한 기다림의 불꽃 속에서 살았다. 이런 삶은 종종 나를 완전히 짐승으로 만들었고 나를 미치게 하였다. 꿈에 나온 여자들의 얼굴이 아주 생생하게 떠올랐는데, 그들의 얼굴은 내 손을 보는 것보다 더 선명하게 보였다. 나는 그 여자들과 말을 하고 그 여자들 앞에서 울음을 터뜨리고, 그 여자들에게 저주를 퍼부었다. 그 여자들을 어머니라 불렀고 눈물을 흘리며 그 앞에 무릎을 꿇고 예배했다. 그 여자들을 연인이라 부르며 그 여자들에게서 모든 것을 다 채워 주는 성숙한 키스를 받았다. 그리고 그 여자들을 악마와 창녀, 흡혈귀와 살인자라고 불렀다. 그 여자들은 나를 유혹해 더없이 다정한 성관계를 하는 꿈을 꾸게 했으며 난잡한 음란행위를 하게 했다. 그 여자들에게는 너무 선하고 귀한 것도 없었으며 너무 악하고 비루한 것도 없었다.

겨우내 나는 내적인 폭풍 속에서 살았는데 그것을 말로 표현하기는 어렵다. 이미 오래전에 외로움과 익숙해져서 그것은 나에게 압박이 되지 않았다. 나는 데미안과 살았고, 매와 함께 살았고, 내 운명이자 연인이었던 꿈속의 거대한 여자들과 더불어 살았다. 그 안에서 사는 것에 모자람이 없었다. 모든 것이 거대하고 광활한 세계를 향해 있었으며, 모든 것이 아브락사스를 향한 길을 보여 주었기 때문이다. 그러나 그 꿈들 가운데 어느 것 하나, 내 생각들 가운데 어느 것 하나 마음대로 되지 않았다. 나는 어떤 꿈도 불러낼 수 없었고 그 어떤 꿈도 내 마음대로 채색할 수 없었다. 이 꿈들이 와서는 나를 데려갔으며, 그 꿈들의 지배를 받았고, 그 꿈들이 나의 삶을 살았다.

나는 외부세계를 향해서는 안정된 편이었다. 사람들 앞에서 두려움이 없었다. 반 아이들도 그것을 알고 은근히 나를 부러워했고 그로 인해 나는 종종 미소를 지었다. 내가 원한다면 얼마든지 반 아이들 대부분의 속을 꿰뚫어 볼 수 있었고, 이따금 아이들을 깜짝 놀라게 할 수도 있었다. 그러나 그럴 생각이 별로 없었다. 아니 단연코 없었다고 해야 한다. 나는 항상 내게 빠져 있었다. 자신의 내면에 빠져 있었다. 이제 드디어 제대로 된 삶을 한 번 살아 봤으면 하는 생각이 굴뚝같았다. 내 안의 무엇인가를 세상으로 내보냈으면 하는, 세상과 관계를 맺고 세상과 씨름해 봤으면 하는 생각이 간절했다. 이따금 저녁에 거리를 헤매다가 불안한 마음에 자정이 넘도록 집에 돌아가지 못할 때면 이렇게 생각하곤 했다. 지금, 바로 지금 내 연인을 만나게 될 거야, 그녀가 바로 다음 모퉁이를 지나가겠지, 다음 집 창문에서 나를 부르겠지. 또한 이 모든 것이 이따금 참을 수 없이 고통스러워 언젠가 자살해야겠다는 생각도 들었다.

그 당시 나는 기발한 피난처를 찾아냈다. 이것이 사람들이 흔히 말하는 '우연'이라는 것이다. 그러나 우연이란 존재하지 않는다. 어떤 것을 간절하게 바라는 사람이 그것을 찾아낸다면 그 일은 우연이 아니다. 우연히 그에게 주어진 게 아니라, 그 자신 그러니까 스스로의 갈망과 필연이 그를 거기로 이끈 것이다.

나는 두세 번쯤 시내를 가로질러 교외까지 걸었던 적이 있다. 그때 거기 있는 작은 교회에서 울리는 파이프 오르간 소리를 들었다. 그러나 그 소리를 들으려고 멈추지는 않았다. 다음번에 그 교회 옆을 지나가는데, 그 오르간 소리가 또 들렸다. 누군가 바흐의 곡을 연주하고 있었다. 나는 교회 정문으로 갔지만 그 문은 잠겨 있었다. 골목은 인적이 드물어서 교회 옆 모퉁이 돌에 앉아서 외투의 깃을 세우고 음악에 귀를 기울였다. 그 오르간은 웅장하지는 않았지만 좋은 소리를 내었다. 그리고 누군가 아주 대단한 연주를 하고 있었다. 하나님을 향한 소망과 인내를 독특하고도 아주 개성 있게 연주하였는데 이것은 기도 소리처럼 들렸다. 거기 앉아 연주하는 저 사람은 이 음악에 보물이 감춰져 있다는 것을 알고는 이 보물에 구애하고, 이 보물을 두드리고, 자신의 생명이라도 얻으려는 듯 그 보물을 얻으려고 애쓰고 있다는 느낌을 받았다. 나는 연주 기법적인 면에서 음악을 잘 알지는 못한다. 그러나 이 내면의 표현에 대해서는 어린 시절부터 본능적으로 알고 있으며, 그런 음악을 내 마음속에서 자명한 것으로 느꼈다.

바흐 곡이 끝난 후 그 음악가는 약간 현대적인 곡도 하나 연주했다. 레거[17]의 곡인 것 같았다. 교회는 완전히 어두워졌고, 아주 가느다란 불빛만이 바로 옆 창문을 뚫고 나왔다. 나는 음악이 끝날 때까지 기다렸고 그 오르간 연주자가 나올 때까지 교회 주변을 서성였다. 그는 아직 젊지만 나보다는 나이가 많은 남자로, 몸집이 건장하고 당당한 모습이었다. 그는 힘은 있으나 뭔가 내키지 않는 듯한 걸음걸이로 서

---

17 막스 레거(Max Reger)는 독일의 작곡가이다. 바흐의 전통을 이어받아 푸가와 파사칼리아를 많이 작곡했다.

둘러 그곳을 떠났다.

그 이후로 나는 저녁 시간에 자주 교회 앞에 앉아있거나 교회 계단을 배회했다. 한번은 교회 문이 열려 있는 것을 보고 그 오르간 연주자가 교회 뒤쪽 위층의 희미한 가스등 불빛 아래서 오르간을 연주하는 동안 반 시간은 족히 추위에 떨면서도 행복하게 듣고 있었다. 그의 연주에서 그의 내면의 소리만 들은 게 아니었다. 그가 연주한 모든 곡은 서로 동질적이며 비밀스러운 관계를 맺고 있는 것 같다는 생각이 들었다. 그가 연주하는 모든 것에는 믿음이 있었고, 헌신이 있었고, 경건함이 묻어 있었다. 그것은 교인들과 목사들이 보여 주는 경건함이 아니라 중세의 순례자들이나 걸인들 같은 경건함이었는데, 이것은 모든 종교를 넘어선 세계감정에 대한 철저한 헌신이 깃든 경건함이었다. 그는 바흐 이전 대가들의 곡과 옛 이탈리아 작곡가들의 곡을 열심히 연주했다. 모든 곡은 같은 것, 이 음악가의 마음 깊은 곳에 자리한 것을 말하고 있었다. 그것은 동경, 세계와의 내밀한 만남과 그 세계와의 격렬한 재분리, 자기 무의식을 엿듣기, 헌신의 환희, 놀라운 일에 대한 강한 호기심 같은 것들이었다.

언젠가 교회에서 나온 그 오르간 연주자를 몰래 뒤쫓아 갔다. 멀찌감치 떨어져서 봤더니 그는 도시 근교의 어떤 작은 주점으로 들어갔다. 나는 참지 못하고 그를 따라 주점으로 들어갔다. 여기서 처음으로 그를 똑똑하게 볼 수 있었다. 그는 검은 펠트 모자를 쓴 채 포도주 한 잔을 시켜 놓고 작은 홀의 구석 탁자에 앉아 있었다. 그의 얼굴은 내가 생각한 그대로였다. 그의 얼굴은 흉한 데다가 약간 거칠고, 무엇을 찾는 듯하고, 고루하며, 의지가 강한 모습이었지만, 동시에 입가에는 부드럽고 천진한 모습도 있었다. 강인한 남성적 요소는 모두 눈과 이마에 있었고, 얼굴 하관은 섬세하고 미숙하며, 자제력이 없어 보였고 부분적으로 연약해도 보였다. 우유부단함이 가득 묻어나는 턱은 소년 같아서 이마나 눈빛과는 매우 대조적이었다. 내 마음에 든 부분은 짙은 갈색 눈이었는데 그의 눈은 자부심과 적대감으로 가득 차 있었다.

나는 말 없이 그의 맞은편에 앉았다. 주점에는 우리 둘 외에 다른 사람은 없었다. 그는 나를 마치 쫓아내 버리기라도 하려는 듯 쏘아보았다. 나는 아무렇지도 않게 피하지 않고 그를 쳐다보았다. 그러자 그는 언짢은 듯 투덜거렸다.

"뭘 그렇게 빌어먹을 날카로운 눈으로 쳐다보는 거야? 나한테 원하는 것이라도 있는 거요?"

나는 대답했다.

"원하는 건 아무것도 없습니다. 이미 선생님에 대해 많은 것을 알고 있거든요."

그는 이맛살을 찌푸렸다.

"그래, 그럼 음악에 미친 사람인가? 난 음악에 미친 사람을 보면 구역질이 나."

나는 그 말을 듣고도 겁먹지 않았다.

"선생님이 연주하는 걸 벌써 자주 들었거든요. 저쪽 교회에서요."

나는 말했다.

"선생님을 성가시게 하고 싶지는 않습니다. 저는 선생님에게서 뭔가를 얻을 수 있을 것 같거든요. 뭔가 특별한 것을요. 하지만 그게 뭔지는 저도 잘 모르겠습니다. 제가 드리는 말씀에 신경 쓰지 마세요. 교회에서 선생님 음악을 들을 수 있으면 되니까요."

"하지만 난 항상 문을 잠그고 연주하는데."

"요즘 잠그는 걸 잊으셨나 봅니다. 안으로 들어갈 수 있었거든요. 그렇지 않으면 밖에 서서 듣거나 모퉁이 돌에 앉아서 듣는답니다."

"그래? 다음에는 안으로 들어오게. 안은 더 따뜻하니까. 그냥 문을 두드리면 열어 주지. 하지만 세게 두드려야 해. 그리고 연주할 때는 안 돼. 자, 그럼 말해 보게. 무슨 말을 하고 싶었지? 아주 젊은 친구 같은데 혹시 고등학생인가, 아니면 대학생? 음악 전공자인가?"

"아닙니다. 그냥 음악을 즐겨 듣는 사람입니다. 하지만 선생님이 연주하는 것과 같은 완전한 절대 음악만을 듣지요. 들을 때 인간이 천국과 지옥을 흔들고 있음을 느낄 수 있는 그런 음악 말입니다. 제가 음악을 즐겨 듣는 이유는 음악이 도덕과 관계없기 때문입니다. 다른 모든 것은 도덕과 관계되지요. 저는 도덕과 관계없는 것을 찾습니다. 도덕적인 것 때문에 항상 고통만 당했을 뿐입니다. 뭐라고 표현해야 할지 잘 모르겠습니다. 혹시 당신은 선한 신인 동시에 악마인 그런 어떤 신이 있다는 것을 아시나요? 저는 그런 신이 있다는 말을 들었습니다."

그 음악가는 챙이 넓은 모자를 약간 뒤로 젖히고는 넓은 이마의 까만 머리카락을 쓸어 넘겼다. 그러면서 나를 뚫어지도록 쳐다보더니 탁자 너머로 내게 얼굴을 들이댔다. 그는 긴장한 듯 낮은 목소리로 물었다.

"자네가 말한 그 신의 이름이 뭔가?"

"사실 저는 그 신에 대해서 잘 모릅니다. 그냥 이름밖에 아는 게 없습니다. 그 신의 이름은 아브락사스입니다."

그 음악가는 마치 누군가 우리의 말을 엿듣기라도 한다는 듯 의심의 눈초리로 주변을 둘러보았다. 그런 다음 내게 바싹 다가오면서 속삭이듯 말했다.

"내 그럴 줄 알았어. 자네 누군가?"

"김나지움에 다니는 학생입니다."

"아브락사스는 어떻게 알았나?"

"우연히요."

그가 탁자를 치는 바람에 포도주가 넘쳐흘렀다.

"우연히! 바보 같은 소리 하지 마! 이 젊은 친구야! 아브락사스는 우연히 알 수 있는 게 아니야. 잘 들어 둬. 그 신에 대해 자네한테 더 많이 말해 주지. 나도 좀 아는 게 있으니."

그는 입을 다물고 의자를 뒤로 밀었다. 내가 기대에 가득 차서 그를 바라보자 그는 얼굴을 찌푸렸다.

"여기선 말고! 다음번에 하지. 자, 받게!"

그러더니 벗지 않고 걸치고 있던 외투 호주머니에 손을 넣어 군밤 몇 개를 꺼내 나에게 던졌다. 나는 아무 말도 하지 않았다. 그러고는 그 밤을 받아먹고 크게 만족했다.

"좋아!"

조금 후 그가 속삭였다.

"어떻게 알게 되었나? 그 신에 대해."

나는 말하는 데 주저하지 않았다.

"저는 외톨이가 되고 어떻게 살아야 할지 몰랐습니다."

나는 이야기를 꺼냈다.

"그때 어릴 때 만났던 친구가 떠올랐습니다. 그 친구는 이에 대해 아주 많이 알고 있는 것 같았어요. 제가 어떤 그림을 그렸습니다. 땅에서 솟아오르는 새 그림이었습니다. 그 그림을 그 친구한테 보냈습니다. 얼마 후 생각지도 못한 시간에 쪽지 편지를 한 장 받았습니다. 그 쪽지에는 이런 말이 쓰여 있었습니다. '새는 알을 깨고 나오려고 씨름한다. 알은 세계다. 태어나려는 자는 한 세계를 파괴해야 한다. 새는 신에게 날아간다. 그 신의 이름은 아브락사스다.'"

그는 아무 대꾸도 하지 않았다. 우리는 밤을 까서 포도주 안주로 먹었다.

"한 잔 더 할 건가?"

"아뇨, 괜찮습니다. 술을 못해서요."

그는 실망한 듯 웃었다.

"좋을 대로 해! 나는 술을 좋아하거든. 나는 좀 더 있다가 갈 테니까 먼저 가 봐!"

다음 기회에 그의 오르간 연주가 끝나고 그와 함께 걸었을 때 그는 말이 별로 없었다. 그는 오래된 거리에서 어느 오래된 저택으로 올라가 크고 약간 빛바랜, 황량한 방으로 나를 데리고 갔다. 그 방은 피아노 말고는 음악을 하는 사람이라는 느낌을 주는 것이라곤 아무것도 없었다. 반면 큰 책장과 책상은 학자의 방 같은 분위기를 내고 있었다.

"책이 참 많으시네요!"

나는 감탄했다.

"일부는 아버지 서재에서 가져온 거야. 아버지가 이 집에 살고 있지. 그래, 젊은이, 사실 나는 부모님 집에 얹혀살아. 하지만 자네를 그분들께 인사시킬 수는 없어. 내가 아는 사람을 데려와 봤자 별로 달가워하지 않는다네. 나는 말하자면 탕자거든. 아버지는 대단히 존경받는 사람이네. 이 도시에서 명망 있는 목사이고 설교자니까. 그리고 나는, 자네가 알아듣기 쉽게 말하자면 재능 있고 전도양양한 그분의 황태자였지. 이런 사람이 그만 탈선해서 반 미친 사람이 되어 버렸던 거야. 원래 신학을 전공했는데, 국가시험을 앞에 두고 이 따분한 학교를 때려치웠지. 하기야 개인적으로 연구하는 것만 본다면야 나는 아직도 이 분야에 있긴 하지. 나는 사람들이 자기 시대에 어떤 신들을 만들어 냈는지가 최고의 관심사라네. 그건 그렇고 지금은 음악을 하고 있으니 곧 자그마한 교회의 오르간 연주자 자리를 얻을 것 같아. 그럼 다시 교회에 있다고 할 수 있겠지."

방 안에 꽂힌 책들을 죽 살펴보았다. 내가 작은 탁상 등의 흐릿한 불빛으로 볼 수 있는 것만 해도 그리스어, 라틴어, 히브리어 제목들이 보였다. 그 사이에 이 음악가는 어둠 속에서 벽 앞의 바닥에 엎드려 뭔가를 하고 있었다.

잠시 뒤에 그가 큰 소리로 나를 불렀다.

"이리 좀 와 보게. 우리 이제 철학을 좀 해 볼까. 입 닥치고 배 깔고 엎드려 생각하자는 거지."

그는 자기 앞에 있는 벽난로의 종이와 장작에 성냥을 그어 불을 붙였다. 불꽃이 크게 일었다. 그리고 아주 조심스럽게 부채질을 해 불꽃을 살렸다. 나는 그의 옆에서 너덜너덜해진 양탄자 위로 엎드렸다. 그는 불을 바라보았고 나도 불에 마음이 끌렸다. 우리는 말 없이 족히 한 시간은 이글거리는 장작불 앞에 배를 깔고 엎드려 불길이 타오르는 것을 바라보았다. 불은 이글거리다가 지지직거리다가, 스러지면서 비틀리고, 다시 불붙어 번쩍거리다가 결국 고요히 열기가 사그라들어 바닥에 엎어졌다.

"불 숭배는 인간이 고안한 모든 어리석은 것 중에서 그나마 가장 괜찮은 거야."

그는 잠깐 혼자 중얼거렸다. 그것 말고는 우리 두 사람은 아무 말도 하지 않았다. 두 눈을 고정한 채 나는 불을 바라보며 꿈과 정적 속으로 깊이 가라앉고, 연기 속에 있는 형상들과 재에 있는 이미지들을 보았다. 순간 깜짝 놀랐다. 그가 장작 불덩이에 관솔 한 조각을 던져 넣자 작은 불씨들이 위로 재빨리 솟구쳐 올랐다. 날아가는 무더기 불씨 속에서 황금빛 매의 머리를 한 새를 보았다. 사그라져 가는 벽난로의 불 속에서 황금빛으로 작열하는 실들이 그물을 만들어 문자와 그림이 되고 사람들, 짐승들, 식물들, 벌레들, 뱀들에 대한 기억을 불러왔다. 내가 정신을 차리고 옆을 돌아보자 그는 두 주먹으로 턱을 괸 채 넋을 잃고, 광적으로 재를 들여다보고 있었다.

"이제 가 봐야겠습니다."

나는 나지막하게 말했다.

"그래, 그러면 잘 가게. 또 만나지!"

그는 일어서지 않았다. 램프가 꺼져 있었기에 어두컴컴한 방과 어두운 복도와 계단을 힘들게 지나 그 마법에 걸린 고택을 빠져나왔다. 거리로 나온 후 가만히 멈춰선 채 이 고택을 올려다보았다. 그 어떤 창에도 불빛은 없었다. 문 앞에 놋쇠로 된 작은 문패가 집 앞의 가스등 불빛에 빛나고 있었다. 거기에는 '담임목사 피스토리우스'라고 적혀 있었다.

기숙사로 돌아와 작은 방에서 혼자 밥을 먹고 난 다음에야 비로소 아브락사스나 피스토리우스에 대해 아무것도 듣지 못했고, 오늘 우리가 나눈 말이 기껏해야 열 마디도 안 되었다는 생각을 했다. 그러나 나는 오늘 그를 만난 것이 몹시 만족스러웠다. 그는 다음에 만나면 나한테 엄선한 옛 오르간 음악 한 곡을 들려주기로 약속했다. 그 곡은 북스테후데의 파사칼리아였다.

　나는 알지 못했지만 그의 컴컴한 은자의 방 벽난로 앞에서 엎드려 있을 때 오르간 연주자 피스토리우스는 내게 첫 수업을 해 주었다. 불을 들여다본 일이 마음에 위안이 되었다. 그것은 내가 항상 품고 있었지만 한 번도 제대로 성찰하지 않은 내면의 성향들을 강화하고 확인해 주었다. 일부분이나마 그 성향들에 대해 점차 분명히 알게 되었다.
　이미 어린 시절부터 나는 항상 자연의 기묘한 형태들을 바라보는 버릇이 있었다. 그저 관찰하는 것이 아니라 그 고유한 마법에, 복잡하고 어려운 뜻에 몰입했다. 땅 위로 길게 드러난 나무뿌리, 암석에 핏줄처럼 흐르는 다채로운 광맥, 물 위에 떠다니는 기름 얼룩, 유리의 균열, 이와 비슷한 모든 것은 때때로 내게 커다란 마법이었는데, 가령 내가 본 물과 불, 연기, 구름, 먼지 그리고 무엇보다도 눈을 감아도 보이는 떠다니는 빛깔의 무늬들이 그랬다. 피스토리우스의 집을 처음 갔다 오고 난 뒤 며칠 동안 그 집의 기억들이 다시 떠오르기 시작했다. 그 집에 갔다 온 후 내가 느낀 일종의 활력과 기쁨 그리고 나 자신의 고양된 감정은 오로지 활활 타오르는 불을 오래 응시한 덕분이라 생각했다. 불을 응시한 것만으로도 놀랄 만큼 마음이 편안하고 풍성해지지 않았던가!
　이 새로운 경험이 진정한 내 삶의 목표를 향해 가는 도중에 얻었던 몇몇 경험들에 보태졌다. 그런 형상들을 자세히 관찰하고 마법적이고 복잡하고 기이한 자연 형태들에 몰입하다 보면, 그런 형상들을 존재하게 한 자연의 의지와 우리의 내면이 일치한다는 느낌이 든다. 이때 우리는 곧장 이것들을 자신의 기분으로, 자신의 창조물로 여기고 싶은 유혹을 받는다. 그러면 나와 자연 사이의 경계가 흔들리고 사라지며, 이것을 본 우리는 우리의 망막에 비친 이미지들이 외부의 인상에서 오는 것인지 아니면 내면에서 오는 것인지 모르는 상태가 된다. 우리가 얼마나 대단한 창조주이며, 우리의 마음이 얼마나 끊임없는 세계 창조에 참여하는지를 이 연습만큼 쉽고 간단하게 알아낼 방법은 이 세상 어디에도 없다. 같은 신이 이음매가 없이 우리 마음에서, 그리고 자연에서 활동하고 있다. 만약 외부의 세계가 붕괴한다 해도 우리 중 하나가 그 세계를 다시 일으켜 세울 것이다. 왜냐하면 산과 강, 나무와 잎사귀, 뿌리와 꽃, 자연에 있는 모든 창조물은 우리 안에 원형이 있는데, 그것은 마음에서 나온 것이기 때문이다. 그 마음의 본성은 영원성이라는 것으로 그 본성을 우리가 알지 못하되 대개는 에로스의 힘과 창조의 힘으로 느낀다.

몇 해가 지나서야 비로소 나는 이런 관찰이 입증되었다는 것을 어떤 책에서 발견했다. 그것은 바로 다빈치의 책이었다. 그는 많은 사람이 지나가면서 침을 뱉은 담벼락을 관찰하는 일이 얼마나 좋은지, 얼마나 강한 자극을 주는지를 이야기하고 있다. 침 묻은 담벼락의 얼룩을 보면서 다빈치는 피스토리우스와 내가 불 앞에서 느낀 감정을 그대로 느꼈다.

우리가 다음에 만났을 때 오르간 연주자는 내게 이런 설명을 했다.
"우리는 개성을 늘 너무 좁게 생각하지! 우리는 항상 다른 사람과 구별되는 것만을 개인이라고 보고 있어. 오히려 우리는 세계의 구성 성분 전체로 이루어져 있어. 우리는 모두, 우리의 몸이 물고기를 지나 훨씬 더 멀리까지 거슬러 올라가는 계통 발달의 과정을 담고 있듯이, 우리의 마음도 그때그때 인간의 심혼 안에서 경험한 모든 것을 지니고 있어. 신들과 악마들은 어느 시대에든 있었고 그리스 사람이든, 중국 사람이든, 줄루족이든, 모두의 마음에 함께 존재했지. 가능성으로, 소원으로, 탈출구로 존재하고 있다네. 만약 인류가 아무 교육도 받지 못한 평범한 재능을 타고난 아이 하나만을 남기고 모조리 멸종한다 해도 그 아이는 사물의 모든 과정을 다시 찾아낼 거야. 신들, 악마들, 낙원들, 계명과 금지들, 신약성경과 구약성경, 모든 것을 다시 만들어 낼 수 있을 거란 말일세."

"그럴 수 있겠네요. 하지만 그렇다면 개인의 가치는 어디에 있습니까? 우리 안에 이미 모든 것이 결정되어 있다면 우리는 무엇을 얻기 위해 노력하는 거죠?"

나는 이의를 제기했다.

"잠깐!"

피스토리우스가 언성을 높여 말했다.

"세계를 내면에 단순히 가지고만 있느냐 아니면 그 사실을 알기도 하느냐 하는 것은 큰 차이지! 광인도 플라톤을 떠올릴 만한 생각들을 해낼 수 있고, 헤른후트파 학교의 경건한 어린아이도 영지주의자들이나 조로아스터교에 등장하는 심오한 신화의 전후 맥락에 대해 창의적으로 생각할 수 있어. 그러나 그 아이는 그게 도대체 뭔지는 모른다는 말일세! 그게 뭔지 모르는 이상, 그 아이는 나무나 돌, 기껏해야 하나의 짐승에 지나지 않아. 그러나 인식의 첫 불꽃이 밝아지면 비로소 인간이 되는 거야. 자네는 설마 거리를 걸어가는 두 발로 걷는 모든 사람을, 단지 이들이 직립보행을 하고 아홉 달간 아이를 뱃속에 품고 있다는 이유로 인간이라고 하지는 않을 테지? 그들 가운데 얼마나 많은 사람이 물고기나 양, 벌레나 거머리인지, 얼마나 많은 사람이 개미인지 꿀벌인지 자네는 알고 있을 거야! 그래, 그들의 내면에는 인간이 될 가능성이 있지. 하지만 그 사람이 그 가능성을 예감하고, 또 어느 정도는 그걸 의식하는 법을 배워야만 그것이 자기의 것이 된다네.”

우리 대화는 대략 이런 식이었다. 이 대화로 나는 알지 못하는 완전히 새로운 어떤 것을 알게 되거나 완전히 놀랄 만한 것을 안 것은 아니었다. 그러나 모든 대화는, 심지어 아주 진부한 것조차도 내 안의 같은 지점을 조용하고 끈기 있게 망치질해 댔다. 그 모든 대화가 내가 성장하도록 하고, 내가 허물을 벗도록 해 주고, 내가 껍데기를 깰 수 있게 해 주었으며, 그때마다 나는 머리를 조금 더 위로, 조금 더 자유롭게 들 수 있었다. 그리하여 나의 황금빛 새가 부서진 세계의 껍질에서 맹금의 머리를 치켜들 수 있었다.

우리는 서로가 꾼 꿈 이야기를 자주 했다. 피스토리우스는 그 꿈을 해석할 줄 알았다. 마침 놀라운 꿈 이야기 하나가 생각난다. 내가 한번은 꿈을 꾸었는데 공중을 날 수 있는 꿈이었다. 그러나 그 내용은 무척 특이했다. 나는 꽤 큰 추진력으로 공중에 날아올라 점점 가속되어 날았다. 그러나 그 추진력은 내 맘대로 조절하는 게 아니었다. 나는 것 자체는 기분이 좋았지만 이내 불안으로 변했다. 왜냐하면 내 의지와는 상관없이 너무 높은 데로 날아올랐기 때문이다. 그 순간 나를 구할 방법을 찾았는데, 그것은 내가 숨을 참거나 내쉬면서 상승과 하강을 조절할 수 있다는 것이었다. 그 꿈에 대해 피스토리우스는 이렇게 말했다.

“자네를 날게 만든 추진력은 우리 모두가 가진 인류의 위대한 자산이지. 모든 힘의 뿌리와 연결되어 있다는 느낌. 하지만 동시에 곧 걱정거리이지! 그건 빌어먹을, 아주 위험한 일이거든! 그래서 사람들은 대부분 나는 것을 포기하고 규범이 정하는 대로 평범한 사람들처럼 걷는 편을 더 선호한 거야. 하지만 자네는 그렇지 않아. 씩씩한 젊은 이라면 당연히 그렇듯 자네는 계속 날아가고 있네. 보게나. 자네는 차츰 나는 것을 스스로 조절하는 그 놀라운 방법을 발견했네. 자네를 먼 곳으로 데려가는 위대하고 보편적인 힘에 세련되고, 작고, 독자적인 힘이 모이고 있지. 말하자면 하나의 기관, 하나의 조종간이라고 할까. 그건 멋진 일이지. 그게 없으면 의지와는 상관없이 허공으로 날아가게 돼. 예를 들어 광인들이 그렇지. 광인들은 평범한 길 위의 사람들보다 더 심오한 것을 예감하지만, 그걸 조절할 수 있는 열쇠나 조종간이 없기에 끝없는 나락으로 떨어지는 거라네. 그런데 싱클레어, 자네는 그 일을 해내고 있어! 자, 말해 보게. 그걸 어떻게 아직도 모르는지. 자네는 새로운 기관, 호흡조절 장치로 그걸 해내고 있어. 그렇다면 이제 자네의 마음 저 깊은 곳에 있는 것이 거의 '개인'의 것이 아니라는 것을 알 수 있겠지. 자네의 마음이 그 조절기를 고안한 게 아니니까! 이 조절기가 새로운 것은 아니라네. 차용해온 것이지. 그것은 수천 년 전부터 존재했어. 물고기들에게 있는 평형기관인 부레라네. 그리고 오늘날에도 실제로 특이하고 옛것을 고집하는 어종 가운데는 부레가 동시에 폐이기도 해서 때에 따라 실제로 호흡하는 데 쓰는 어종도 있어. 그러니까 자네가 꿈속에서 비행용 부레로 사용하는 폐와 아주 똑같다고 할 수 있지!"

피스토리우스는 심지어 동물학 책을 한 권을 가져와서 그 원초의 흔적이 담긴 물고기들의 이름과 도판을 보여 주기도 했다. 나는 이상한 전율과 함께 내 안에 동물의 초기 발달단계의 생식 기능이 생동하는 것을 느꼈다.

6장

야곱의 씨름

　기인 같은 저 음악가 피스토리우스에게서 아브락사스에 대해 들은
이야기를 여기서 간단히 이야기할 수는 없다. 그러나 가장 중요한 것
은 나에게 이르는 여정에 한 걸음 더 진전을 이룬 건 그의 덕택이라는
점이다. 당시 나는 열여덟 살쯤 된 유별난 청년이었다. 많은 면에서
조숙했지만, 또한 많은 면에서 발달이 늦고 어설펐다. 그때마다 나는
자신을 다른 사람들과 비교하곤 했는데, 나는 자존감이 있고 상상력
이 풍부한 아이이기도 했지만, 한편 풀이 죽거나 열등감을 느끼기도
했다. 또 한편으로는 나 자신이 천재 같기도 하면서도 다른 한편 반쯤
미친 사람 같기도 했다. 나는 또래들과 기쁨을 나누고 함께 어울려 노
는 것이 힘들었다. 그래서 종종 자책과 걱정으로 몸이 쇠약해졌다. 마
치 그들로부터 고립된 것처럼 느껴져 절망적이기도 했고, 내 삶이 격
리된 것 같다고 느끼기도 했다.

　완벽한 기인 그 자체였던 피스토리우스는 내게 용기와 자존감을 잃
지 말라고 가르쳤다. 그는 나의 말, 나의 꿈, 나의 상상과 생각에서 항
상 가치 있는 것을 찾아내어 그것들을 진지하게 받아들이고 진중하

게 논평함으로써 내게 모범을 보였다.

"자네가 언젠가 말한 적이 있었지. 음악은 도덕이랑 별개여서 좋다고 말이야. 내가 하고 싶은 말이야. 하지만 자네가 그렇게 말하고 스스로 도덕주의자가 되어서는 안 돼! 자신을 다른 사람과 비교해서도 안 되고, 자연이 자네를 박쥐로 만들었는데 타조가 되어서는 안 된다는 뜻이야. 자네는 스스로 특별한 사람이라 생각하면서도 다른 사람들과는 다른 길을 가는 자신을 탓하지. 그건 고쳐야 해. 불을 들여다보고 구름을 바라다보게. 그리고 계시가 오고 자네 마음속의 목소리가 말하기 시작하면, 그 계시와 목소리에 자신을 맡기도록 해. 혹여 선생님이나 아버지나 자네가 사랑하는 어떤 신이 그것을 허락하실지, 좋아하실지 묻지 말고! 그러면 자신을 망치게 돼. 그렇게 하면 자네는 화석처럼 모두가 걸어가는 길을 가게 되고 말지. 이봐, 싱클레어, 우리 신의 이름은 아브락사스야. 그 신은 선한 신인 동시에 악마이고, 밝은 세계와 어두운 세계를 모두 자신 안에 품고 있어. 아브락사스는 자네의 생각이나 꿈이 그 어떤 것이든 반대하지 않아. 이 점을 절대 잊지 말게. 하지만 자네가 어쩌다가 흠잡을 데 없는 평범한 사람이 되면, 아브락사스는 자네를 떠난다네. 자네를 떠나 그 신의 생각을 요리할 수 있는 새로운 그릇을 찾을 걸세."

내가 꾼 모든 꿈 중에서도 충동적인 성행위 꿈은 나를 배반하지 않고 늘 찾아왔다. 자주, 아주 자주 그 꿈을 반복해서 꾸었다. 대문 위의 새 문장 아래를 지나, 오래된 우리 집에 들어서서 어머니를 안으려 했던 꿈 말이다. 그때 꿈에서 나는 어머니 대신 키 큰 여자, 반은 남자고 반은 어머니 같은 여자를 끌어안게 되었다. 그녀를 두려워하면서도 타는 듯한 갈망으로 그녀에게 이끌렸다. 피스토리우스에게도 이 꿈

144

얘기를 하지는 못했다. 그에게 다른 모든 것은 털어놓았지만 이 꿈만은 내 마음속에 혼자 간직했다. 이 꿈은 내가 숨는 곳, 나의 비밀, 나의 피난처였다.

우울할 때면 피스토리우스에게 그 옛날 북스테후데의 파사칼리아를 연주해 달라고 했다. 그러고는 저녁 무렵 어두운 교회에 앉아 이 신비하고, 내면적이고, 그 자체에 깊이 침잠한, 자신의 소리에 귀를 기울이게 만드는 그 음악에 몰입하였다. 그 음악은 항상 나를 위로해 주었으며 내가 마음의 소리를 따르도록 더욱 큰 확신을 주었다.

오르간 소리가 멀어진 후에도 우리는 한동안 더 교회에 앉아 있었다. 높이 치솟은, 끝이 뾰족한 아치형 창문으로 저녁노을이 스며들어 천천히 소멸하는 모습을 바라보았다. 피스토리우스가 말했다.

"우습게 들릴지 모르지만, 한때 나는 신학 공부를 하고 거의 목사가 될 뻔했다네. 하지만 그 일은 생각의 오류였을 뿐이야. 내가 그런 잘못을 한 거지. 목사는 나의 소명이고 내 목표였어. 그런데 그것을 너무 일찍 결정하고, 여호와 하나님께 나를 도구로 바쳤네. 내가 아브락사스 신을 알기도 전에 말이야. 아, 모든 종교는 아름다워. 종교는 혼이거든. 그리스도의 성찬에 참여하든 메카를 향해 순례를 떠나든 상관없이 말이야."

"그렇다면 선생님은 사실은 목사가 될 수도 있었네요."

"아냐, 싱클레어, 아냐. 그렇게 되었다면 자신을 속이는 게 되었겠지. 지금의 종교는 종교가 아닌 듯이 돌아가고 있어. 마치 종교가 이성을 다루는 일인 양 말이야. 가톨릭 사제라면 혹시 몰라도 개신교 목사는 절대 아냐. 아냐! 내가 독실한 신자 몇 사람을 아는데 이 사람들은 늘 성경의 글자 그 자체에 매달려 있어. 그 사람들에게 가령 내가 보는 그리스도는 사람이 아니라 영웅이자 신화이고, 인류가 영원의 벽에 자신의 모습을 그려 놓고 바라보는 거대한 그림자 상이라는 말을 어떻게 하겠나. 그들은 좋은 설교를 듣거나, 교회에 의무를 다하거나 뭐라도 놓치지 않을까 등의 이유로 교회에 다니고 있지. 그런 사람들에게 내가 또 뭐라고 말할 수 있겠나? 그들을 개종시키라고, 그렇게 생각해? 난 전혀 그럴 생각이 없어. 성직자는 개종시키는 사람이 아냐. 성직자는 믿는 자들 가운데 자기와 같은 사람들과 함께 살면서 우리에게 신적인 감정을 지니게 하고, 그것을 표현하는 자일뿐이야."

그는 말을 멈추더니 잠시 후 이렇게 말을 이어 나갔다.

"이보게 친구, 지금 우리가 아브락사스란 이름을 붙인 이 새로운 신앙은 아름다운 거야. 우리가 가진 최고의 것이지. 하지만 아직은 젖먹이에 지나지 않아. 아직 날개가 돋지 않았어. 아직은 외로운 종교지. 그것은 아직 진짜가 아냐. 종교는 공동체가 되어야 해. 종교는 예배와 열광, 축제와 비밀의식이 있어야 해……."

그는 깊은 생각에 빠져들었다.

"그 의식을 혼자서 또는 몇 명만 할 수도 있지 않을까요?"

나는 머뭇거리며 물었다.

"그렇게 할 수도 있겠지."

그가 고개를 끄덕였다.

"이미 오래전부터 그렇게 하고 있네. 나는 만약 사람들이 알면 아마 몇 년은 감옥신세를 져야 할 예배 의식을 하고 있다네. 하지만 나는 아직도 그게 올바른 방법이 아니란 걸 알고 있네."

피스토리우스가 갑자기 내 어깨를 치는 바람에 깜짝 놀랐다.

"이보게."

그가 진지하게 말했다.

"자네도 비밀의식을 하고 있을 거야. 그리고 자네도 틀림없이 나한 테 말하지 않은 꿈을 꾸고 있을 거야. 굳이 그걸 묻고 싶지는 않아. 내 가 말하고 싶은 건, 그 꿈을 실천하고 그 꿈을 즐기고 그 꿈을 위해 제 단을 만들란 걸세. 아직은 완전하지는 않을 테지만 그것은 하나의 길 일 수도 있어. 우리가, 내 말은 자네와 나와 다른 몇몇 사람이, 언젠가 새롭게 세상을 바꿀지는 두고 봐야지. 그러나 먼저 우리 내면에서 날 마다 그 세상을 바꾸어야 한다네. 그러지 않으면 우리에게 남는 것이 없어. 이 점을 명심하게. 싱클레어 자네는 이제 열여덟이야. 길가의 매춘부들을 쫓아다니지 말고 사랑의 꿈, 사랑의 소망을 가져야 해. 자 네는 어쩌면 그것을 두려워할 수도 있어. 두려워하지 말게. 그것들이 자네가 가지고 있는 최고의 것이야. 내 말을 믿게. 나는 자네 나이 때 그 사랑의 소망들을 박해하는 바람에 많은 것을 잃었어. 그래서는 안 돼. 아브락사스를 안다면 더 이상 그래서는 안 돼. 우리 육체 안에 있 는 마음이 바라는 것이라면 그 어떤 것도 두려워해서는 안 되고 금지 되었다고 생각해서도 안 돼."

놀란 나는 그의 말에 반박했다.

"하지만 마음에 떠오르는 모든 것을 실행할 수는 없잖아요! 어떤 사 람이 거슬린다고 그 사람을 죽일 수 없듯이 말입니다."

그는 내게 바짝 다가앉았다.

"어떤 경우에는 그럴 수도 있어야 해. 다만 그것은 대개 오류로 끝 나. 당연히 나는 자네 머릿속에 떠오르는 모든 생각을 실행하라는 뜻 은 아니야. 아니고말고. 그러나 좋은 생각들을 몰아내거나 이리저리 도덕적인 잣대를 대서 망가뜨리지 말라는 뜻이지. 자신이나 다른 사람을 십자가에 못 박지 말고, 깊은 사상의 포도주가 든 잔을 들고서 제물의 신비를 생각할 수도 있겠지. 혹은 그런 행동을 하지 않고도 자신의 욕동들과 소위 말하는 시련을 존중과 사랑으로 이길 수도 있을 거야. 그러면 이 욕동과 시련은 그 의미를 드러낼 거야. 정말이지 모든 것은 의미가 있으니까. 싱클레어, 언제든 무언가 진짜 거친 생각, 나쁜 생각이 떠오르거든, 누구를 죽이고 싶거나 아니면 엄청나게 추잡한 짓을 하고 싶거든 잠깐 생각을 해 보게. 그런 환상을 불러일으키는 것이 아브락사스라는 걸! 자네가 죽이고 싶어 하는 사람은 이런저런 특정 인물이 아니야. 그 사람은 그저 분장한 사람일 뿐이야. 우리가 어떤 사람을 미워한다면 우리는 그 사람의 이미지 속에서 우리 안에 앉아 있는 무언가를 보고 미워하는 거지. 우리 자신 안에 없는 것은 우리를 자극하지 않는 법이니까."

피스토리우스가 내 가장 은밀한 비밀을 그렇게 깊이 건드린 적은 한 번도 없었다. 나는 대답을 할 수 없었다. 그러나 무엇보다도 가장 강하고 가장 기이한 것은, 피스토리우스의 이 말이 이미 여러 해 전부터 내 마음속에 새기고 다닌 데미안의 말과 일치한다는 사실이었다. 서로 전혀 모르는 사람들이 내게 같은 말을 한 것이다. 피스토리우스는 목소리를 낮추며 말했다.

"우리가 눈으로 보는 사물들은 우리 안에 있는 것과 같은 것이네. 우리 안에 가지고 있는 현실 외에 다른 현실이라곤 없어. 그래서 많은 사람이 그토록 비현실적으로 사는 거야. 모두가 외부에 있는 것을 현실이라고 생각하고, 자기 안에 있는 본연의 세계가 말을 할 기회를 주지 않기 때문이야. 그렇게 해도 행복할 수는 있어. 하지만 일단 다른 것을 알게 되면 다수가 가는 길을 더는 갈 수 없지. 싱클레어, 다수가 가는 길은 쉬워. 그러나 우리가 가는 길은 어렵지. 이제 우리의 길을 가자고."

이후 나는 그를 두 번이나 기다렸지만 만나지 못했고, 저녁 늦게 길거리에서 우연히 그를 보았다. 그는 혼자 차가운 밤바람을 맞으며 모퉁이를 걸어오고 있었다. 비틀거리는 모양새가 완전히 술에 취해 있는 것 같았다. 그를 부르고 싶지 않았다. 그는 나를 보지 못하고 곁을 스쳐 지나갔다. 알 수 없는 악령의 부름을 좇기라도 하듯, 이글거리는 고독한 눈으로 앞만 바라보고 있었다. 나는 한동안 그를 따라갔다. 그는 눈에 보이지 않는 줄에 이끌리듯 광적이면서도 풀린 걸음으로 유령처럼 걸어갔다. 나는 슬픔에 잠겨 집으로 돌아와 구원을 얻지 못한 내 꿈속으로 돌아갔다.

"저 사람 이제 저런 식으로 자신이 말하던 내면세계를 바꾸려 하는가 보군!"

이렇게 생각하는 순간 나는 이것이 바로 저속하고 도덕적인 생각이라는 느낌이 들었다. 그가 꾼 꿈에 대해 내가 뭘 아는가? 어쩌면 불안에 떠는 나보다 술에 취한 그가 더 확실한 길을 갔을지도 모른다.

수업 중간의 쉬는 시간에 내가 별로 눈여겨보지 않던 동급생 하나가 내 주위를 맴도는 게 이따금 눈에 띄었다. 작고 연약해 보이는 야윈 남자애였는데, 머리카락은 붉은빛 금발이었고 숱이 적었다. 그 애의 눈빛과 행동은 어딘가 특이한 게 있었다. 어느 날 저녁, 내가 집으로 가는데 그 애가 골목에 숨어 나를 기다리고 있었다. 내가 옆을 지나쳐 갈 때까지만 해도 그냥 있다가 내 뒤를 쫓아와서는 우리 집 대문 앞에서 멈춰 섰다.

"무슨 일이야?"

나는 물었다.

"그냥 너랑 얘기 좀 하고 싶어서."

그가 겸연쩍게 말했다.

"편하게 생각하고 잠시 함께 걸었으면 해."

나는 그를 따라갔다. 그가 많이 들떠 있고 뭔가 잔뜩 기대하고 있다는 것을 느꼈다. 그의 두 손이 떨고 있었다.

"너 심령파야?"

그가 뜬금없이 물었다.

"아닌데?"

내가 웃으며 대답했다.

"그런 거 조금도 없어. 근데 왜 그런 생각을 하게 되었어?"

"그렇다면 신지학파야?"

"그것도 아니야."

"에이, 시침 떼지 마! 너한테 뭔가 특별한 게 있다니까. 내겐 촉이 있거든. 네 눈을 보면 알아. 너는 유령들과 교신하는 게 분명해. 그저 호기심에서 묻는 거 아니야. 싱클레어, 진짜 아니라니까! 나도 구도자야. 알겠지. 보다시피 나는 외롭다고."

"그럼 네가 말해 봐!"

나는 그를 독려하였다.

"나는 귀신들에 대해 전혀 몰라. 그저 내 꿈속에서 살 뿐인데 네가 그걸 느꼈나 보다. 다른 사람들도 꿈속에서 살긴 하지. 하지만 그 사람들은 내면의 꿈에서 살진 않아. 그게 차이점이야."

"그래, 그럴지도 모르지."

그가 낮은 목소리로 말했다.

"문제는 우리가 어떤 꿈속에서 사느냐는 거지. 너 혹시 백주술에 대해 들어본 적 있니?"

나는 아니라고 대답해야만 했다.

"이것을 배우면 우리가 자기 자신을 통제할 수 있어. 우리가 죽지 않을 수도 있고 마법을 부릴 수도 있어. 너 아직도 그런 수련을 해 본 적 없어?"

내가 그 수련이라는 것에 호기심을 보이자 그는 입을 다물어 버렸다. 그러다 내가 집으로 발길을 돌리자 그제야 털어놓았다.

"예를 들면 잠을 자고 싶거나 정신을 집중하고 싶을 때 그런 훈련을 해. 예를 들어 어떤 단어나 이름, 기하학적 도형 같은 것을 생각해. 이제 그것들을 있는 힘을 다해 내 안으로 끌어들여. 그리고 그것을 내 머릿속 깊은 곳에서 상상해 봐. 그것이 그 안에 있다는 것을 느낄 때까지. 그런 다음 그것을 삼킨다고 생각하는 거야. 내가 그것으로 완전히 채워질 때까지 계속해서 말이야. 그러면 아주 확고해져서 무슨 일이 일어나도 불안해지지 않아."

나는 그가 무슨 말을 하는지 어렴풋이 알아들었다. 그가 어떤 고민거리를 가슴에 감추고 있다는 느낌이 들었다. 그는 이상하게 흥분되어 있었고 조급했다. 나는 그가 뭔가를 쉽게 물어볼 수 있도록 분위기를 만들었다. 그러자 그는 곧 진짜 하고 싶었던 말을 털어놓았다.

"솔직히 너도 금욕하지?"

그가 조심스럽게 물었다.

"그게 무슨 말이야? 성적인 금욕 말이야?"

"응, 백주술을 하고부터 벌써 이 년째 금욕하고 있어. 전에는 못된 짓을 많이 했거든. 무슨 말인지 알겠지. 너 아직 한 번도 여자랑 자본 적 없어?"

"응, 나랑 맞는 여자를 못 만났거든."

"그럼 네가 말하는 여자, 아 저 여자다 하는 여자를 보면 그 여자랑 같이 잘 거야?"

"응, 그렇지. 다만 그 여자도 동의한다면."

나는 조롱하듯 말했다.

"뭐라고! 넌 그럼 잘못된 길을 가는 거야. 철저하게 금욕해야 우리는 내면의 힘을 기를 수 있어. 난 그렇게 해 왔어. 이 년 동안이나. 이 년하고 한 달이 넘게! 힘든 일이야. 여러 번 중간에 그만둘까 생각도 했어."

"들어 봐, 크나우어. 난 금욕이 그렇게 엄청나게 중요하다고 생각하지 않아."

"나도 알아."

그는 내 말을 가로막았다.

"모두 그렇게 말하지. 하지만 너까지도 그런 말을 할 줄은 몰랐어. 정신적으로 더 높은 길을 가려는 사람은 순결해야 해. 무조건!"

"그래? 그럼 넌 그렇게 하도록 해! 하지만 난 어떤 사람이 왜 '순결한' 사람이어야 하는지 이해가 안 가. 그가 왜 다른 사람과는 달리 성욕을 억제해야 하는지도. 설마 넌 성적인 것을 생각과 꿈에서 완전히 없앨 수 있다고 생각하는 거야?"

그는 절망한 표정으로 나를 바라보았다.

"아냐, 물론 아니지! 빌어먹을, 그래, 틀림없이 안 돼. 밤마다 나는 자신에게도 이야기할 수 없는 꿈들을 꿔! 정말 난잡한 꿈을 꾼다고!"

피스토리우스가 한 말이 생각났다. 그러나 그 말을 아무리 옳다고 느꼈다 하더라도 다른 사람에게 전할 수는 없었다. 내 경험에서 나오지 않은 충고, 나 자신도 아직 실천할 수 없는 충고를 다른 사람에게 해 줄 수는 없었다. 나는 말하지 않았고 내게 충고를 구하는 사람에게 충고해 주지 못 하는 것이 서글펐다.

"난 해 볼 수 있는 일은 다 해 봤어!"

크나우어가 옆에서 하소연했다.

"사람이 할 수 있는 건 모조리 다 해 봤다고. 냉수욕, 눈 마찰, 달리기, 체조, 하지만 모두 소용이 없어. 밤이면 밤마다 생각조차 해서는 안 되는 꿈을 꾸다 깨어나. 그리고 끔찍한 일은 그 때문에 그동안 정신적으로 배운 것조차 점차 잃어버린다는 거야. 이젠 어떤 것에도 집중이 안 돼. 불안을 누그러뜨리지도 못해. 뜬눈으로 밤을 새우는 경우가 자주 있어. 이런 상태를 더는 견디지 못할 것 같아. 결국, 내가 이 나와의 씨름을 끝까지 견뎌 내지 못하고 굴복해서 다시 나 자신을 더럽히게 되면 아예 씨름해 보지도 않은 다른 사람들보다 더 나쁜 상태가 되는 거야. 이해할 수 있겠어?"

나는 고개를 끄덕였지만 뭐라고 해 줄 말이 없었다. 차츰 그가 하는 말이 지루해지기 시작했다. 더욱 놀라운 건 그토록 절실해 보이는 그의 비참함과 절망이 내게 강한 인상을 주지 못한다는 사실이었다. 내가 가지고 있는 느낌은 그저 나는 너를 도와줄 수 없어, 이것뿐이었다.

"그러니까 넌 아무 말도 해 줄 수 없다는 거지?"

마침내 그가 지치고 슬픈 표정으로 말했다.

"정말 없어? 틀림없이 무슨 방법이 있을 거야! 너는 대체 어떻게 하는 거야?"

"너에게 해 줄 말이 없어, 크나우어. 이런 일은 서로 같이 할 수 있는 것이 아니야. 나도 누구에게 도움을 받은 적이 없어. 너 스스로 깊이 생각해서 정말로 너의 본질에서 우러나오는 일을 하는 수밖에 없어. 다른 방법이 없어. 네가 자신을 찾아내지 못한다면 유령 찾는 일도 안 될 거야. 내 생각은 그래."

실망한 채 갑자기 말문이 막힌 이 작은 친구는 나를 쳐다보았다. 그러더니 그의 눈빛이 갑자기 적개심으로 이글거렸다. 그는 나를 쏘아보더니 분노하면서 소리쳤다.

"아, 너 나한테 거룩한 성자처럼 행세한다, 이거지! 너도 나쁜 짓은 많이 했겠지? 나도 다 알고 있다고! 마치 현자처럼 행세하지만 안 보이는 데서는 너나 나나 다른 모두처럼 똥 묻은 개라고. 너는 개자식이야, 개자식! 나도 다를 바 없지만, 우리 모두 개자식들이라고!"

그 애를 홀로 버려두고 나는 그 자리를 떠났다. 그는 두세 걸음 따라오더니 다시 그 자리에 멈췄다. 그러고는 몸을 돌려 뛰어서 되돌아갔다. 측은함과 혐오감 때문에 토할 것 같았다. 집에 돌아와 작은 방에서 그림 몇 장을 주위에 세워 놓고는 동경에 찬 마음으로 내 꿈에 몰입할 때에야 비로소 이 불쾌한 감정에서 빠져나올 수 있었다. 그러자 즉시 우리 집의 대문과 문장, 어머니와 낯선 부인에 관한 내 꿈이 다시 나타났다. 그 부인의 모습이 너무나 생생해서 나는 그날 저녁 당장 그 모습을 그림으로 그리기 시작했다.

며칠이 지난 후 그림을 완성했다. 의식이 없는 꿈결 같은 상태에서 십오 분 정도 그렸다. 나는 저녁에 그 그림을 내 방의 벽에 걸어 놓고 그 앞에 탁상용 램프를 켜 놓았다. 그러고는 마치 결판이 날 때까지 씨름해야 할 유령과 마주하듯 그 앞에 섰다. 그림은 전에 그린 얼굴과 비슷했고 내 친구 데미안과도 비슷했으며 몇 군데는 나하고도 비슷했다. 한쪽 눈이 다른 쪽 눈보다 확실히 위쪽에 붙어 있었고, 계시로 가득 찬 시선은 나의 머리 너머 어딘가를 골똘히 응시하고 있었다.

그림 앞에 서 있노라니 내적인 긴장으로 가슴까지 서늘해졌다. 나는 그 그림에 묻고, 그 그림에 탄원하고, 그 그림을 애무하고, 그 그림 앞에서 기도했다. 그 그림을 어머니라 부르고, 연인이라 부르고, 창녀와 매춘부라 부르고, 아브락사스라고 불렀다. 그러는 사이에 피스토리우스의 말이 생각났다. 아니, 데미안의 말이었던가? 그 말을 언제 들었는지 기억나지 않았지만 어쨌든 들었던 것만은 분명했다. 그것은 하나님이 보낸 천사와 야곱이 벌인 씨름에 관한 구절이었다.

"당신이 내게 축복하지 아니하면 가게 하지 아니하겠나이다."[18]

램프에 비친 그림의 얼굴은 내가 매번 부를 때마다 변화했다. 밝게 빛을 비추는가 싶으면, 검게 어두워지고, 생기 없는 눈 위로 창백한 눈꺼풀이 감기는가 싶더니, 다시 뜨면 작열하는 광채로 빛나기도 했다. 그 얼굴은 여자였다가, 남자였다가, 소녀였다가, 아이였다가, 짐승이 되었고 작은 점으로 흐려졌다가 다시 크고 뚜렷해지기도 했다. 결국 나는 내면의 힘찬 부름에 따라 두 눈을 감고 내면의 눈으로 그 그림을, 더 힘차고 더 강력해 보이는 그 그림을 보았다. 그림 앞에 무릎을 꿇으려 했지만 그럴 수 없었다. 그 그림이 내 안에 너무 깊이 들어와 나 자신과 구별할 수 없게 되었기 때문이다. 그 그림이 온전한

---

18 창세기 32장 24-26절. "야곱은 홀로 남았더니 어떤 사람이 날이 새도록 야곱과 씨름하다가 자기가 야곱을 이기지 못함을 보고 그가 야곱의 허벅지 관절을 치매 야곱의 허벅지 관절이 그 사람과 씨름할 때에 어긋났더라. 그가 이르되 날이 새려하니 나로 가게 하라. 야곱이 이르되 당신이 내게 축복하지 아니하면 가게 하지 아니하겠나이다." 이 구절은 26절 하반 절이다.

내가 된 것 같았다.

그 순간 나는 봄날의 폭풍처럼 무시무시하고 육중한 바람 소리를 들었다. 불안과 체험에서 오는 표현하기 어려운 새로운 감정에 몸을 떨었다. 별들이 내 앞에서 파르르 떨다가 스러지자 완전히 잊어버린 유년기의 기억들이, 아니 그것을 넘어 전생과 발생의 초기 단계에서 겪은 듯한 기억들이 물밀듯이 밀려와 나를 덮치고 지나갔다. 가장 비밀스러운 것에 이르기까지의 나의 전 생애를 반복하는 것 같아 보이던 이 기억들은 어제와 오늘에서 멈추지 않았다. 그 기억들은 그 너머의 미래까지 비추어, 나를 오늘에서 데려가 새로운 삶을 살도록 이끌어 갔다. 그 모습이 너무나 밝고 눈부셨기에 어느 것도 나중에 제대로 기억나지 않았다.

깊은 잠을 자다가 한밤중에 깨어났다. 옷을 입은 채로 자고 있었고 침대에 비스듬히 누워 있었다. 램프에 불을 붙이고 중요한 것을 생각해 내야 한다고 느꼈다. 그러나 그전의 일들이 하나도 생각나지 않았다. 램프에 불을 붙이자 기억이 서서히 돌아왔다. 그림을 찾았다. 그러나 그 그림은 벽에 걸려 있지 않았다. 책상 위에 놓여 있지도 않았다. 내가 그 그림을 태워 버렸을지 모른다는 생각이 희미하게 들었다. 아니면 내가 그 그림을 손바닥에 놓고 태워서 그 재를 먹는 꿈을 꾼 것인가?

휘몰아치는 불안감이 나를 풀무질해댔다. 모자를 쓰고 귀신에 홀린 듯이 집들과 골목길을 헤쳐 나갔다. 폭풍에 날리듯 거리를 빠져나오고 광장들을 가로질러 걷고 또 걸었다. 내 친구 피스토리우스의 어두컴컴한 교회 앞에서 기웃거렸고, 알 수 없는 충동에 이끌려 무엇인지도 모를 것을 찾고 또 찾아 헤맸다. 창녀촌이 있는 교외를 지났다. 그

곳엔 아직 군데군데 불빛이 있었다. 좀 더 멀리 교외로 벗어나자 건축
공사장과 벽돌 더미가 보였다. 일부분은 뿌연 눈에 덮여 있었다. 마
치 몽유병자처럼 어떤 유령과 같은 힘에 사로잡혀 그 황량한 곳을 떠
돌았을 때, 고향 마을의 신축 건물이 생각났다. 그곳은 과거 한때 나
를 괴롭히던 크로머가 나를 갈취할 때 불러냈던 곳이다. 비슷한 건물
이 어두컴컴한 밤에 거기 내 앞에 서 있었으며, 뻥 뚫린 검은 문구멍
이 나를 향해 입을 벌리고 있었다. 그 문구멍이 나를 안으로 끌어당겼
다. 그걸 피하려다가 그만 모래와 잔해더미에 넘어지고 말았다. 하지
만 충동에 휩쓸려 나는 그 문구멍으로 빨려 들어갔다.

널빤지와 깨진 벽돌을 넘어 황량한 공간으로 비틀거리며 걸어갔다.
축축한 냉기와 돌들이 불쾌한 냄새를 풍겼다. 모래 더미가 희멀건 땅
뙈기처럼 보였고, 그 외에는 온통 컴컴했다. 그 순간 어떤 놀란 목소
리가 나를 불렀다.

"야, 깜짝 놀랐잖아! 싱클레어, 어디서 오는 거야?"

내 옆 어둠 속에서 어떤 사람 하나가 벌떡 일어섰다. 키가 작고 빼
빼한 사람이 유령처럼 일어섰다. 머리끝이 쭈뼛 선 나는 그게 우리 반
의 크나우어라는 걸 알았다.

"도대체 여길 어떻게 알고 왔어?"

그가 흥분하여 미친 사람처럼 물었다.

"나를 대체 어떻게 찾아낸 거야?"

나는 무슨 소린지 알아듣지 못했다.

"너를 찾아온 건 아니야."

나는 얼떨떨하게 대답했다. 한마디 말도 힘들었다. 무감각하고, 무
겁고도 얼어붙은 입술에서 말 한마디가 겨우 흘러나왔다. 크나우어

는 멍하니 나를 바라보았다.

"찾아온 게 아니라고?"

"응, 알 수 없는 뭔가가 나를 이리로 끌고 왔어. 네가 나를 불렀니? 네가 나를 부른 게 분명해. 도대체 여기서 뭘 하고 있어? 이 밤에."

그는 가느다란 두 팔로 있는 힘을 다해 나를 껴안았다.

"그래 밤이야. 곧 아침이 오겠지. 아, 싱클레어, 네가 나를 잊지 않았 구나! 나를 용서해 줄 수 있겠니?"

"대체 뭘?"

"내가 너무 나쁘게 굴었지……."

그제야 우리가 얼마 전 나눈 대화가 생각났다. 한 사오일 전이었을 까? 그 이후 한생이 지난 것 같았다. 이 순간 갑자기 모든 것이 분명 해졌다. 우리 사이에 있었던 일뿐 아니라, 도대체 왜 내가 이리로 왔 으며 크나우어가 여기서 무엇을 하려고 했는지.

"크나우어, 그러니까 너 죽으려고 했구나?"

그는 추위와 불안으로 오들오들 떨었다.

"응, 그러려고 했어. 정말로 내가 죽을 수 있었을지는 모르지만. 아 침이 올 때까지 이러고 있을 셈이었어."

나는 그를 건물 밖으로 데리고 나갔다. 멀리 지평선에서 아침의 첫 햇살이 잿빛 하늘에서 아주 차갑고 생기 없이 빛나고 있었다.

나는 그의 팔짱을 끼고 한참을 같이 걸었다. 내 입에서 이런 말이 나왔다.

"이제 집에 가. 그리고 아무한테도 말하지 마! 너는 잘못된 길을 걸 었어. 잘못된 길을! 또 네가 말했던 것처럼 우린 개자식들이 아니라 고. 우리는 사람이야. 우리는 신들을 만들고 그 신들과 씨름하고 있어.

결국 신들은 우리를 축복한다고.”

우리는 침묵을 지키며 좀 더 걷다가 헤어졌다. 내가 집에 도착했을 때는 날이 훤히 밝았다.

그 도시 슈투트가르트에서 가장 좋았던 일은 피스토리우스와 함께 오르간 연주를 듣거나 벽난로 앞에서 시간을 보낸 것이었다. 우리는 아브락사스에 대한 그리스어 문헌 하나를 함께 읽었다. 피스토리우스는 번역된 베다의 경전 중 몇 개의 문헌을 읽어 주었으며, 성음聖音인 ‘옴’[19]을 말하는 법도 가르쳐 주었다. 그러는 동안 내 내면이 풍성해진 것은 이런 학적 지식이 아니라 오히려 그 반대의 것이었다. 나를 행복하게 한 것은 내면 그 자체의 진전이 있다고 느끼는 것, 나 자신만의 꿈과 생각과 계시를 더욱 신뢰하는 것 그리고 내 안에서 지탱하고 있는 힘에 대해 더욱 잘 알게 된 것이다.

나는 피스토리우스와 어떤 방식으로든 잘 통했다. 내가 강력하게 그를 생각하기만 하면, 어김없이 그가 직접 오든지 아니면 그에게서 안부가 온다. 데미안과도 그랬듯이 나는 그가 없어도 그에게 뭔가를 물어볼 수 있었다. 내가 그를 집중해서 상상하기만 하면 내 핵심적 생각들은 그에게 전달되었다. 그러면 그 질문에 함께 보낸 마음의 힘이 대답으로 내 마음속에 되돌아왔다. 다만 내가 떠올리는 것은 피스토리우스나 막스 데미안이라는 인물 자체가 아니었다. 그것은 내가 꿈꾸고 그린 이미지, 내가 불러내야 했던 내 다이몬이 만드는 남녀 동체의 꿈이었다. 이제 그것은 내 꿈속이나 종이 위의 그림으로만 살아

---

19 베다 경전에는 주술적인 소리를 모은 만트라가 있다. 그 소리 중 ‘옴’은 성스러운 소리로 추앙받는다. 발성은 ‘오우움’에 가깝고, 서양에서는 ‘Om’ 또는 ‘Aum’으로 표기한다.

있는 것이 아니라 나 자신의 소원으로 승화되어 내 안에 살아 있었다.

자살에 실패한 크나우어가 나를 대하는 태도는 이상하고 때로는 웃겼다. 알 수 없는 힘이 나를 그에게로 보냈던 날 밤 이후로, 그는 충실한 종이나 개처럼 내게 매달렸다. 그는 자신의 삶을 나의 삶에 붙잡아 매고는 맹목적으로 나를 따라다녔다. 그는 나를 찾아와 참으로 기이한 질문과 소망을 털어놓기도 했고, 유령들을 보고 싶어 했고, 카발라를 배우고 싶어 했다. 그런 일들이 무엇인지 정말 모른다고 몇 번이나 말해도 내 말을 믿지 않았다. 그는 내게 온갖 능력이 있다고 믿었다. 그런데 이상한 일은, 그가 종종 그 이상하고 바보 같은 질문을 들고 찾아올 때면 나는 매듭을 풀어야 할 어떤 일을 해결할 수 있었다는 점이다. 그의 변덕스러운 발상과 관심사는 내게 종종 해결의 실마리를 주는 자극제가 되었다. 때로는 너무 성가시게 굴어 나무라듯 그를 돌려보냈지만, 사실 무엇인가가 그를 내게 보낸다는 느낌이 들기도 했다. 나는 그에게 준 것을 되돌려 받았다. 그것도 두 배로 돌려받았다. 그 또한 내게 인도자이고 길이었다. 그가 구원을 찾으면서 내게 가져온 황당한 책들과 글들은 나에게 순간적인 통찰 이상의 가르침을 주었다.

그러다 이 친구 크나우어는 나도 모르는 사이에 나의 길에서 떠나갔다. 그와 들볶고 살 일이 없어졌다. 그러나 피스토리우스하고는 잘 지냈다. 슈투트가르트에서의 고등학생 시절 막바지에 나는 피스토리우스에게서 특이한 것을 경험했다.

악의 없는 사람과도 살다 보면 한두 번쯤은 경건함이나 감사함이라는 미덕의 문제로 갈등을 겪을 수 있다. 누구나 한 번은 아버지와 선생님들로부터 분리되는 걸음을 내디딜 수밖에 없고, 냉혹한 고독을 느낄 수밖에 없다. 그러나 사람들은 대부분 그것을 참지 못하고 곧장 숨을 곳을 찾아 기어든다. 나는 부모님과 그들의 세계, 나의 아름다운 유년기의 '밝은' 세계와 격렬히 씨름하면서 분리된 것이 아니라 천천히 거의 아무도 모르게 멀어져 그들에게 낯선 존재가 되었다. 이것은 내 마음을 아프게 했고, 내가 종종 집에서 보내는 동안을 마음 아픈 시간으로 만들었다. 그러나 이런 일은 가슴속 깊은 데까지 가진 않았기에 견딜 만했다.

그러나 습관이 아니라 자기 마음에서 우러나는 사랑과 존경을 바친 경우 그리고 우리가 정말 진심으로 제자가 되고 친구가 되는 경우는 다르다. 이럴 때 우리 안의 큰 물줄기가 사랑하는 사람을 떠나야 한다는 것을 깨닫게 되면, 그것은 더욱 아프고 두려운 일이 된다. 그러면 친구와 선생님을 내친 모든 생각이 독이 묻은 가시가 되어 우리의 심장을 찌르고, 그것을 방어하려고 휘두른 칼날이 자신의 얼굴을 찌른다. 그러면 옳은 도덕관을 마음속에 가지고 있다고 생각하는 그 사람에게 '배신자'나 '배은망덕'이라는 이름들이 비난이나 낙인처럼 떠오른다. 깜짝 놀란 가슴은 겁에 질려 착한 행동을 했던 어린 시절의 사랑스러운 골짜기로 숨어든다. 그러고는 이런 단절을 겪어야 하고, 이 연대가 끊어져야 한다는 것을 더는 믿지 못한다.

내 안의 감정은 서서히 동행자인 피스토리우스를 절대적 인도자로 인정하는 데 반발하게 되었다. 내 청소년기에서 가장 중요한 몇 달 동안 나는 그와의 우정을, 그의 가르침을, 그의 위로를, 그의 곁에서 얻었다. 신은 그를 통해 내게 말했고, 그의 입은 내 꿈들을 돌아오게 했고, 설명하고, 해석해 주었다. 그는 내가 자신에게 다가갈 수 있는 용기를 선물했다. 아, 그런데 이제 그에 대한 반감이 천천히 자라나고 있다니. 그의 말에는 훈계가 너무 많았으며, 그저 나의 일부만 제대로 이해하고 있다는 생각마저 들었다.

우리 사이에는 싸움은 물론 논쟁도 없었고, 결별은커녕 관계를 정리하자는 말조차 없었다. 다만 내가 그에게 단 한마디 말을 했을 뿐이다. 사실 아무런 악의 없는 한마디였다. 그러나 그 말을 한 순간 우리 사이의 환영은 온갖 색깔의 파편이 되어 산산조각이 났다.

한동안 불안한 예감 때문에 가슴이 답답했다. 그 예감은 어느 일요일 그의 낡은 서재에서 분명한 감정으로 되살아났다. 우리는 벽난로 불 앞의 바닥에 엎드려 있었고, 그는 신비주의 의식과 종교 형식들에 대해 이야기했다. 그는 그것들을 연구하고 깊이 성찰했으며, 그것들이 전개할 미래의 가능성에 몰두했다. 그러나 그 모든 것은 본질적인 문제라기보다는 호기심을 자극하는 가십거리에 지나지 않았다. 내게 그것은 현학 취미로 보였고, 그 연구에서 과거 세계가 남긴 잔해들을 뒤적이는 소리로 느껴졌다. 갑자기 이런 모든 방식에 대해, 신비주의의 숭배에 대해, 전승된 신앙 형식들의 모자이크 놀이에 대한 반감이 생겨났던 것이다.

"피스토리우스!"

스스로도 놀랄 만큼 거친 말투로 나는 불쑥 이렇게 말했다.

"꿈 이야기나 다시 한번 하시지요. 어젯밤에 진짜로 꾼 꿈 이야기 말이에요. 지금 하는 말들은, 뭐랄까 아주 그 빌어먹을 골동품 같으니까요!"

그는 내가 그런 말을 하는 것을 한 번도 들은 적이 없었다. 그 순간 나 자신도 번개가 치듯 민망함과 두려움을 느끼면서, 그를 겨냥해 쏘아 심장을 맞힌 그 화살이 바로 그 사람의 무기고에서 나왔다는 것을 느꼈다. 그가 이따금 반어적으로 말하곤 하던 자책의 말을 내가 악의에 찬 마음으로 더욱 뾰족하게 갈아 그에게 되쏜 것이다.

그는 순간적으로 그걸 느꼈다. 그리고 갑자기 조용해졌다. 나는 불안한 마음으로 그를 바라보았다. 그의 얼굴이 무섭도록 창백해졌다.

길고 무거운 침묵이 흐르고 난 뒤, 그는 장작 하나를 벽난로 불에 놓았다. 그러고는 조용히 이렇게 말했다.

"자네 말이 옳아, 싱클레어. 자네는 참 똑똑한 친구야. 내가 앞으로는 그놈의 골동품 같은 일로 자네를 괴롭히지 않겠어."

그는 아주 침착하게 말했으나 그의 목소리에서 그가 받은 상처를 잘 느낄 수 있었다.

내가 무슨 짓을 한 건가!

눈물이 날 것 같았다. 그에게 진심으로 용서를 구하고 싶었다. 아직도 그에 대한 애정과 내 다정한 감사의 마음을 전하고 싶었다. 감동적인 말들이 떠올랐다. 그러나 그 말들은 뱉어 낼 수 없었다. 나는 그대로 엎드린 채 불을 들여다보며 아무 말도 못 했다. 그 역시 아무 말도 하지 않았다.

우리는 그렇게 엎드려 있었고 장작불은 사위어 스러졌다. 타닥거리는 불꽃과 더불어 나는 어떤 아름다운 것이, 어떤 내면적인 것이 다타 없어지고 흩어져 다시는 돌아올 수 없음을 느꼈다.

"혹시 내 말뜻을 오해하지 않았으면 합니다."

결국 아주 무거운 분위기에서 나는 마르고 쉰 목소리로 말했다. 마치 신문의 연재소설을 읽는 것처럼 내 입술에서 어리석고 의미 없는 말들이 기계적으로 흘러나왔다.

"자네가 한 말을 아주 잘 이해했네."

피스토리우스는 나지막이 말했다.

"자네가 한 말이 옳아."

그는 잠시 기다렸다. 그러더니 천천히 말을 이어갔다.

"적어도 한 사람이 다른 사람과 똑같이 옳다는 가정하에서는 말이야."

아니에요, 아니에요, 무엇인가 내 마음속에서 외쳤다. 내가 틀렸어요! 그러나 그 말을 할 수 없었다. 그 짧은 한마디 말로 그의 근본적인 약점들, 그의 궁핍과 상처를 건드렸다는 것을 나는 알았다. 자신을 믿지 못하는 그 약점을 건드린 것이다. 그의 이상은 '골동품'이었으며, 그는 과거를 향한 구도자였고, 낭만주의자였다. 그 순간 나에겐 깊은 깨달음이 왔다. 피스토리우스는 내게 했던 역할, 내게 주었던 것을 그 자신에게는 할 수도 없고 줄 수도 없었다는 것. 그는 내게 길을 인도했지만, 그 길은 이제 그를, 그 인도자 자신을 딛고 넘어가 그를 버렸다.

내게서 어떻게 그런 말이 나올 수 있었는지 나도 모르겠다! 결코 나쁜 뜻으로 한 말이 아니었고, 또 그런 파국은 전혀 예상하지도 못했다. 말하는 순간에는 전혀 알지도 못했던 무엇인가를 말해 버렸고, 그 저 짧고도 약간 재치 있는, 조금은 질 나쁜 생각을 따랐을 뿐인데 그것이 그만 운명이 되고 말았다. 내가 별일 아닌 것을 생각 없이 말한야만이 그에게는 그만 심판이 되고 말았다.

아, 그때 나는 피스토리우스가 화내고, 변명하고, 나를 꾸짖기를 얼마나 바랐던가! 그러나 그는 그렇게 하지 않았고, 이 모든 것은 스스로 자책해야만 했다. 그렇게 할 수 있었다면 그는 미소 지었을지도 모른다. 미소를 짓지 못하는 그를 보니 내가 얼마나 그의 급소를 정확히

찔렀는지 알 수 있었다.

잘난 척하고 배은망덕한 제자인 내 공격적인 말을 피스토리우스는 묵묵히 받아들이고, 침묵하고, 옳다고 인정하고, 내 말을 운명으로 받아들였다. 그렇게 함으로써 그는 내가 자신을 혐오하게 하였고, 나의 무분별함을 수천 배나 더 증폭시켰다. 그를 공격할 때는 강하고 방어 능력이 있는 사람에게 일격을 가했다고 생각했다. 그런데 이게 뭔가, 실은 그가 침착하고 참을성 있는 사람, 침묵 속에서 항복하는 무방비 상태의 사람이 아니었던가.

오랫동안 우리는 서서히 사그라지는 불길 앞에 엎드려 있었다. 그 불꽃의 모습 하나하나가, 고꾸라지는 나뭇재 하나하나가 우리의 즐겁고, 아름답고, 넉넉한 시간을 기억으로 불러내었으며, 피스토리우스에 대한 내 죄책감을 더욱더 크게 쌓아 올렸다. 결국 그 상황을 견디기 힘들었던 나는 일어나 그곳을 나왔다. 그리고 그의 방문 앞에, 어두컴컴한 층계에, 그리고 집 밖에 오래도록 서서 기다렸다. 혹시 그가 나와서 나를 따라오지 않을까 해서였다. 그리고 시내와 교외, 공원과 숲을 저녁이 될 때까지 몇 시간 동안이나 돌아다녔다. 그때 처음으로 나는 내 이마에 카인의 표식이 있음을 느꼈다.

점차 나는 깊은 생각에 빠져들었다. 내 모든 생각은 나를 비난하고 피스토리우스를 옹호하려던 것이었다. 그러나 그것들은 정반대의 결과로 끝나고 말았다. 나는 수천 번이나 성급했던 말을 후회하고 철회할 생각이었다. 그러나 내 말은 사실이지 않은가. 이제야 비로소 나는 피스토리우스를 이해하고 그의 모든 꿈을 내 앞에 그려 볼 수 있었다. 그의 꿈은 사제가 되어 새로운 종교를 선포하고, 용기와 사랑과 숭배의 새로운 형식들을 정립하고, 새로운 상징을 정립하는 것이었다. 그러나 그것은 그의 능력도 그의 사명도 아니었다. 그는 과거의 것에 너무나 편하게 안주했으며, 예전의 것을 너무 정확하게 알고 있었다. 그는 이집트, 인도, 미트라스 신과 아브락사스에 대해 너무 많이 알고 있었다. 그의 사랑은 지구상의 모든 이들이 이미 보았던 신상들에 묶여 있었다. 동시에 그는 마음 깊은 곳에서 새로운 것은 달라야 하며, 신선한 땅에서 솟아 나와야지 수집된 자료와 도서관에서 만들어져서는 안 된다는 것을 잘 알고 있었다. 그의 사명은 그가 이미 내게 그랬듯이, 어쩌면 사람들이 자기 내면에 갈 수 있도록 도와주는 일이었을 수도 있다. 사람들에게 전대미문의 것, 즉 새로운 신들을 알려 주는 것은 그의 사명이 아니었다.

갑자기 어떤 깨우침이 강한 불꽃처럼 나를 태웠다. 누구에게나 사명은 있어. 그러나 그 누구도 그 사명을 직접 선택하고, 바꾸고, 모두 마음대로 관리하지는 않는다. 새로운 신들을 원하는 것은 잘못된 일이다! 세상에 무엇을 가져다주려고 한 것은 아주 잘못된 일이다! 깨달은 인간에게는 단 한 가지 의무 외에는 결코, 결코, 결코 어떤 의무도 없었다. 그것은 어떤 길을 가든 상관없이 자기 자신을 찾고, 자신을 믿고, 앞만 보고 자신의 길을 가는 것이다. 이 깨우침이 나를 강하게 뒤흔들었다. 그것은 내가 이번 체험에서 얻은 결실이었다.

나는 자주 내 미래의 모습을 상상하는 유희를 했고, 미래에 할 일을 꿈꾸었다. 이를테면 미래에 내게 맡겨질 시인이나 성직자나 아니면 화가와 같은 역할들을 꿈꾸었다. 그러나 그 모든 것은 부질없는 일이었다. 나는 시를 쓰기 위해서도, 설교하기 위해서도, 그림을 그리기 위해서도 태어난 것이 아니다. 나뿐만 아니라 다른 사람도 그런 것을 위해 태어난 것이 아니다. 그 모든 것은 다만 곁가지로 생겨난 일일 뿐이다. 모든 사람에게 주어진 진정한 소명은 단 하나, 자기 자신에게 이르는 그것뿐이다. 물론 그 사람이 시인이나 광인, 성직자나 범죄자로 끝날 수도 있다. 그것은 그의 책임이 아니며, 그렇게 큰일도 아니다. 그가 할 일은 자신의 운명을 찾는 것이다. 그러나 그 운명은 임의의 것이 아닌, 스스로 체득한, 완전하고도 끊임없는 운명이었다. 나머지 모든 것은 반쪽짜리이고, 모면하려는 태도이며, 대중이 만든 이상으로의 도피, 순응, 자신의 내면에 대한 불안일 뿐이다. 이런 새로운 비전이 두렵고 성스러운 모습으로 내 앞에 솟아올랐다. 이미 수백 번 예감하고, 어쩌면 자주 입에 오르내린 비전이지만 이제야 나는 그것을 직접 체험했다. 나는 자연의 선물이다. 불확실성을 향해, 어쩌면 새로움을 향해, 어쩌면 무無를 향해 던져진 선물이다. 태고의 깊이에서 나온 이 선물이 영향을 미치고, 내 안에서 그 선물의 의지를 느끼고, 그 선물을 자신의 것으로 만드는 것, 오직 그것만이 나의 소명이다. 오직 그것만이!

나는 이미 많은 고독을 맛보았다. 그리고 앞으로는 더 심한 고독을 피할 수 없으리라는 예감이 들었다.

나는 피스토리우스와 화해하려고 하지 않았다. 우리는 여전히 우정을 유지하고 있었으나 우리의 관계는 틀어졌다. 우리는 우리의 관계에 대해 단 한 번 다시 이야기를 나누었다. 아니, 어쩌다 이야기가 나온 것 같다. 그는 말했다.

"나는 성직자가 되려고 했어, 자네도 알지? 가장 좋은 것은 새로운 종교의 성직자가 되는 것이었지. 그 종교에 대해선 우리가 이미 많은 것을 그려 보았잖아. 그러나 난 절대로 그런 성직자가 되지 못하리라는 것을 알고 있어. 물론 전에도 알고 있었네. 비록 내가 고백하지는 않았지만 말이야. 이미 오래되었다네. 그 대신 나는 다른 방식으로 성직자의 섬김을 다할 걸세. 오르간이나 아니면 다른 길이 있을 거야. 하지만 나는 항상 아름답고 신성하게 느끼는 것에 둘러싸여 있어야 해. 가령 오르간 음악이나 신비주의 의식, 상징, 신화 같은 것 말이야. 나는 그런 것들이 필요하고 그런 걸 벗어나 살고 싶지 않아. 그것이 내 약점이야. 나도 이미 알고 있네, 싱클레어. 나는 그런 걸 바라서는 안 된다는 걸 말이야. 그것이 사치이고 약점이라는 걸 알아. 내가 온전히 운명을 따르는 것이 훨씬 더 훌륭하고 옳은 일일 것 같아. 아무런 요구도 하지 않고 말이야. 하지만 난 그렇게 할 수 없어. 이게 바로 내가 할 수 없는 유일한 일이야. 아마 자네라면 그렇게 할 수도 있겠지. 그건 어려운 일일세. 이보게, 그건 이 세상에 존재하는 유일한, 정말로 어려운 일이라네. 난 그렇게 해 볼까 종종 꿈을 꿔 봤지만, 그럴 능력이 없어. 그 생각만 하면 떨린다네. 나는 그렇게 완전히 알몸으로 외롭게 서 있을 수가 없어. 나는 가련하고 허약한 개와 같네. 약간의 온기와 먹이가 필요하고 가끔 자기를 가까이하는 사람이 필요한 개 말이네. 진정으로 자기 운명 이외의 어떤 것도 바라지 않는 사람에게는 자기를 가까이하는 사람이 필요하지 않아. 그는 온전히 홀로 서고 자기 주변에 냉정한 세계만을 두고 있지. 알다시피 겟세마네 동산의 예수가 그랬네. 십자가에 기꺼이 못 박힌 순교자들이 있었어. 하지만 그들도 영웅은 아니었지. 그들도 자신으로부터 자유롭지 못했어. 그들 또한 사랑하는 것, 친숙한 것을 원했다네. 그들도 모범과 이상이 있었지. 오로지 계시만을 원하는 사람은 모델도 이상도 없어. 사랑도 위로도 필요 없다네! 사실 우리가 이런 길을 걸어야 했겠지. 나나 자네 같은 사람들은 정말로 외로운 사람들이야. 하지만 우리에겐 서로가 있어. 우리에겐 은밀한 만족감이 있지. 다른 사람과는 달리 서로 기대고, 비상한 것을 원하지. 하지만 어떤 사람이 자기 길을 가려 한다면 이것조차 버려야 해. 혁명가나 모범적 인물, 순교자가 되려고 해서는 안 돼. 그런 것은 생각해서도 안 돼."

그렇다, 그것은 생각해서도 안 되는 일이었다. 그러나 꿈꿀 수는 있었다. 미리 느끼고 계시를 감지할 수는 있었다. 아주 고요한 시간이 되었을 때 나는 몇 번이나 그것을 느낄 수 있었다. 그러고는 나의 내면을 들여다보고 내 운명의 두 눈을 들여다보았다. 그 눈은 지혜로 차 있기도 했고, 광기로 차 있기도 했다. 그 눈은 사랑의 빛을 발하기도 했고, 강한 사악함의 빛을 발하기도 했다. 그러나 매한가지였다. 그중의 어떤 것을 우리가 선택할 수도 없었고, 선택을 원할 수도 없었다. 우리가 바랄 수 있는 것은 오로지 자신의 운명뿐이다. 피스토리우스는 내가 거기에 이를 수 있도록 아주 먼 길을 인도해 주었다.

그 시절 나는 눈먼 사람처럼 이리저리 헤매고 다녔다. 내 마음에서 폭풍이 몰아쳤고, 내딛는 발걸음마다 위험에 직면했다. 어두운 심연 말고는 내 앞에 아무것도 보이지 않았다. 지금까지 다닌 모든 길이 그 심연 속으로 빨려 들어가 가라앉고 있었다. 나의 내면에는 데미안을 닮은 인도자의 얼굴이 보였는데, 그의 눈에 내 운명이 들어 있었다.

나는 종이에 이렇게 적었다.

"인도자가 저를 두고 떠났습니다. 저는 완전한 어둠 속에 갇혀 있습니다. 저 혼자서는 한 걸음도 뗄 수 없습니다. 도와주소서!"

그 종이를 데미안에게 보낼 생각이었지만 그만두었다. 보내려고 할 때마다 왠지 유치하고 부질없다는 생각이 들었다. 그러나 나는 그 짧은 기도문을 외우고 있었기에 종종 혼자 마음속으로 되뇌었다. 그 기도문은 매시간 나와 함께하였다. 나는 기도가 무엇인지 감을 잡기 시작했다.

김나지움 시절은 끝났다. 아버지의 제안으로 졸업 후 쉬는 기간에 여행을 떠나기로 했다. 여행이 끝나면 대학에 가야 했는데 어떤 전공을 선택할지는 아직 몰랐다. 우선 한 학기 동안 철학 강의를 들으려고 수강 신청을 했다. 다른 어떤 강의였더라도 만족했을 것이다.

7장
에파 부인

　고등학교 졸업 후 쉬는 기간에 나는 막스 데미안이 몇 년 전에 그
의 어머니와 함께 살았던 집을 찾아갔다. 한 노부인이 정원을 걸어 다
니고 있었다. 그래서 나는 부인에게 몇 마디 물어보았고, 이 집이 부
인의 소유라는 것을 알게 되었다. 데미안 가족의 소식을 물어보았다.
부인은 그들을 잘 기억하고 있었으나 그들이 지금 어디 살고 있는지
는 알지 못했다. 부인은 내가 무엇을 궁금해하는지 눈치채고 나를 안
으로 들어오라고 했다. 그러고는 가죽으로 된 앨범을 꺼내서는 데미
안 어머니의 사진을 보여 주었다. 나는 데미안의 어머니에 대한 기억
이 전혀 없었다. 그러나 방금 그 작은 사진을 보는 순간 심장이 멎는
것 같았다. 이것은 바로 내가 꿈에서 본 얼굴이 아니었던가! 그녀였
다. 키가 크고 거의 남자 같은 여인의 모습으로, 자기 아들과 흡사하
면서도 모성과 엄격함, 깊은 열정을 갖추고 있었다. 아름답고 매혹적
이어서 범접할 수 없으며, 다이몬이면서 어머니, 운명이면서 연인인
그 얼굴이었다. 그녀였다!
　내가 꿈에서 본 얼굴이 지상에 있다는 것을 알았을 때, 자연의 기적

같은 무엇인가가 나를 관통해 지나갔다. 그런 모습의 여인, 내 운명의 모습을 지닌 여인이 있다니! 그 여인은 어디에 있었나? 대체 어디에? 그 여인이 바로 데미안의 어머니였다니!

그 후 얼마 지나지 않아 나는 여행을 떠났다. 기이한 여행이었다! 쉬지 않고 내키는 대로 이곳저곳을 떠돌아다녔다. 항상 그 여인을 찾아 다녔다. 그녀를 회상하게 하는, 그녀를 연상시키는, 그녀를 닮은 사람들만 찾아다닌 날들도 있었다. 흩어진 꿈에서처럼 나는 그런 모습들에 이끌려 낯선 도시의 골목길로, 기차역으로, 기차 안으로 헤매 다녔다. 또 어떤 날들은 이렇게 찾아다니는 것이 얼마나 부질없는 짓인지를 깨닫기도 했다. 그런 날이면 나는 아무 일도 하지 않고 공원에 앉아 있거나, 호텔의 정원이나 대합실에 앉아서 내 안을 들여다보고, 내 안에 떠오르는 그 얼굴을 생생히 살려 내려고 애썼다. 그러나 그 얼굴은 이제 나를 피하려는 듯 달아났다. 나는 전혀 잠을 잘 수 없었다. 기차를 타고 낯선 지방을 지나는 기차 안에서 잠깐씩 꾸벅거리는 것이 고작이었다. 한번은 취리히에서 어떤 여자가 나를 따라왔다. 예쁘긴 했지만 약간 무례한 여자였다. 나는 그 여자가 투명 인간이라도 된 것처럼 쳐다보지도 않은 채 그냥 지나쳐 걸어갔다. 단 한 시간이라도 다른 여자에게 관심을 두느니 차라리 죽어 버리는 것이 낫겠다 싶었다.

계시가 나를 이끈다는 느낌 그리고 그 계시가 성취될 것 같은 느낌을 받았다. 그렇게 되면 어떻게 해야 할지 모르는 조바심에 미쳐 버릴 것만 같았다. 한번은 기차역에서, 아마도 인스브루크 역이었을 것이다. 막 출발하는 기차의 창에서 그 부인을 생각나게 하는 사람을 보고 종일 마음이 편하지 않았다. 그런데 갑자기 그날 밤 꿈에 그 모습이 나타났다. 나는 그 부인을 찾아 막연하게 떠도는 내 행동이 수치스럽고 적막하게 느껴져 꿈에서 깨어났고, 그 길로 바로 집으로 돌아왔다.

몇 주가 지난 뒤 하이델베르크[20] 대학에 등록했다. 모든 것이 실망스러웠다. 내가 수강한 철학사 강의는 그 대학생들만큼이나 허황하고 기계적이었다. 모두 틀에 박힌 듯 똑같이 행동했다. 소년티 나는 얼굴에 드러나는 흥분된 쾌활함은 너무나 우울하게도 공허하고, 똑같이 찍어 낸 것처럼 보였다. 그러나 나는 자유롭게 살았고, 온종일 자신을 위해 시간을 보냈다. 교외의 낡은 집에서 고요하고도 아름다운 시간을 보냈으며 니체의 책 몇 권을 책상 위에 두고 읽었다. 나는 니체와 함께 살면서 그가 가졌던 마음의 고독을 느끼고, 쉴 새 없이 그를 몰아댄 운명을 추적하고, 그와 함께 고통을 나누며, 추상같이 자신만의 길을 걸어간 한 사람이 있었다는 사실에 행복해했다.

어느 늦은 저녁 나는 도시를 배회하였다. 가을바람이 불고 있었다. 여기저기 주점에서 대학생 동아리들이 노래 부르는 소리가 들렸다. 열린 창으로 담배 연기가 구름처럼 피어났고, 노래는 거대한 파도 소리처럼 시끄럽고 우렁찼다. 그러나 박력도 생기도 없는 똑같은 소리였다.

나는 어느 길모퉁이에 서서 그 소리를 들었다. 두 주점에서 박자를 맞춰 연습한 청년들의 밝은 합창이 밤공기를 갈랐다. 사람들은 어디에서나 공동체에 속해 있었고, 어디에서나 함께 모여들었고, 어디에서나 운명의 짐을 벗어 놓고 따뜻한 무리의 품 안으로 도피했다.

내 뒤에서 두 남자가 천천히 지나가고 있었다. 그들이 나누는 대화 한 자락이 내 귀에 들렸다.

---

20 원문에는 H라고 표기되어 있으나 독자의 구체적 상상을 돕기 위해 '하이델베르크'라고 표기한다.

"흑인 마을에 있는 청소년 숙소와 똑같지 않나요?"

한 남자가 말했다.

"그 말이 맞아요. 심지어 문신도 아직 유행하고 있고요. 보세요, 저게 요즘 유럽이에요."

그 목소리가 신기하게도 내게 어떤 것을 경고하는 듯 들렸다. 아는 목소리이지 않는가! 나는 어두운 골목길에 있는 두 사람을 따라갔다. 한 명은 키가 작고 신사 같은 일본인이었다. 나는 가로등 아래서 미소 짓는 그의 황색 얼굴을 보았다. 그때 다른 남자가 다시 말했다.

"아마 당신네 일본도 여기보다 별반 나을 게 없을 텐데요? 무리를 따라다니지 않는 사람들이란 어디서나 보기 힘들 겁니다. 여기도 그런 사람들이 있어요."

그 말 하나하나가 내 마음에 반가움과 놀라움으로 다가왔다. 내가 아는 사람이었다. 바로 데미안이었다.

그 바람 부는 밤에 나는 골목길을 따라 데미안과 일본인의 뒤를 쫓으며 그들의 대화를 엿들었다. 그리고 데미안의 목소리에서 울리는 음향을 즐겼다. 그 목소리는 예전 그대로였다. 예전처럼 근사하게 자신감에 넘치고 침착했으며 나를 지배하는 힘이 있었다. 이제 모든 게 좋았다. 데미안을 찾았으니까.

교외의 도로 막바지에서 그 일본인은 데미안과 작별하고 자기 집 현관문을 열었다. 데미안은 오던 길을 되돌아왔다. 나는 가던 길을 멈추고 길 한가운데 서서 그가 오기만을 기다렸다. 뛰는 가슴으로 마주 오는 그를 바라보았다. 몸을 곧게 세운 그는 밤색 레인코트를 입고, 가느다란 지팡이를 팔에 끼고 경쾌하게 걸어오고 있었다. 그는 지금까지 걷던 일정한 걸음걸이를 바꾸지 않고 바로 내 앞까지 와 모자를 벗었다. 야무진 입, 넓은 이마에 비친 그 특별한 빛은 옛날 모습 그대로 밝게 그의 얼굴에 드러났다.

"데미안!"

나는 크게 불렀다. 그는 내게 손을 내밀었다.

"너였구나, 싱클레어! 올 줄 알았어."

"내가 여기 올 줄 알았던 거야?"

"확실하게 안 것은 아니야. 하지만 분명 그러기를 바랐지. 너를 본 건 벌써 저녁때였어. 네가 우리를 계속 따라오더라고."

"나를 금방 알아봤어?"

"물론이지. 네가 변하긴 했어. 하지만 너에게는 표식이 있잖아?"

"표식이라고? 어떤 표식을 말하는 거야?"

"기억할지 모르겠지만 우리가 전에 카인의 표식에 대해 말했잖아. 그게 우리의 표식이었고, 너는 항상 그 표식을 지니고 있었어. 그 때문에 우리는 친구가 되었지. 하지만 이제는 더 뚜렷해졌는걸."

"난 그걸 몰랐어. 아니면 사실 알고 있었는지도 몰라. 언젠가 내가 네 그림을 그린 적이 있어, 데미안. 그런데 그 그림이 나랑 닮아서 매우 놀랐어. 그게 표식이었을까?"

"바로 그거야. 어쨌든 네가 와서 좋다. 어머니도 기뻐하실 거야."

나는 놀랐다.

"어머니라고? 그분이 여기 계셔? 어머니는 나를 전혀 모르실 텐데."

"아니, 알고 계셔. 네가 누구인지 말하지 않아도 너를 아실 거야. 그러고 보니 오랫동안 너에게서 아무런 소식이 없었네."

"아, 몇 번이나 편지 쓰려고 했어. 하지만 잘 안 되었어. 얼마 전부터 너를 곧 만날 것 같은 느낌이 들었어. 매일 널 기다렸지."

그는 내 팔짱을 끼고 같이 걸었다. 데미안의 침착함이 나에게로 흘러들었다. 예전처럼 우리는 많은 얘기를 나눴다. 학창 시절, 입교식 학습 시간, 그 언젠가 방학 중에 생겼던 서로 불편했던 만남, 이 모두를 이야기했다. 우리를 아주 친밀하게 만들었던 프란츠 크로머에 대한 이야기는 이번에도 하지 않았다.

우리는 무의식적으로 기이하면서도 계시에 가득 찬 대화를 나누었다. 데미안이 일본 사람과 나눈 대화를 계기로 대학생들의 삶을 얘기했으며, 그것과는 아주 동떨어진 것처럼 보이는 다른 얘기들을 나누었다. 그러나 그것들도 데미안이 말한 대학생들의 삶과 암시적 관련성을 맺고 있었다.

데미안은 유럽의 정신과 이 시대의 징후에 관해 이야기했다. 어디서든 연합이 이루어지고 집단이 생기지만 자유와 사랑은 어디에도 없다. 대학생 연합과 중창단에서부터 국가에 이르기까지 이런 모든 공동체는 강박에서 만들어진 것이거나 불안과 공포와 당혹감에서 비롯된 것일 뿐이다. 그리고 그 안을 들여다보면 그것들은 부패하고 낡아서 붕괴되기 일보 직전이라고 데미안이 말했다.

"공동체는 아름다운 것이지. 하지만 우리가 보듯 이곳저곳에서 창궐하는 공동체는 아름다움과 거리가 멀어. 아름다운 공동체는 개개인에 대한 상호이해에서 새롭게 생겨날 거야. 그렇게 되면 이것이 한동안 세계를 개혁하겠지. 지금 존재하는 공동체라고 하는 것은 무리 짓기에 불과해. 사람들은 서로를 보고 불안해서 서로에게 도망치고 있어. 귀족은 귀족들끼리, 노동자는 노동자들끼리, 학자는 학자들끼리! 그들이 두려워하는 이유는 무엇일까? 자신과 자신의 내면이 일치하지 않을 때 우리는 불안해지지. 그러니까 이 사람들이 불안해하는 것은 자신들의 내면을 전혀 모르기 때문이야. 이들은 자기 안에 있는 알 수 없는 존재 앞에서 불안한, 그렇고 그런 사람들의 공동체인 거지! 그들은 모두가 더는 쓸모없는 삶의 법칙을 갖고 있고, 자기들이 살았던 삶이 낡은 규범이라고 느낀 거야. 그들의 종교도 습속도 그 무엇도 우리가 필요한 것에는 적합하지 않아. 백 년이 넘도록 유럽은 그냥 대학에서 연구나 하고 공장이나 세웠지! 그들은 한 인간을 죽이기 위해 화약 몇 그램이 필요한지 정확히 알고 있어. 그러나 그들은 하나님께 기도하는 법도 모르고 한 시간을 어떻게 행복하게 보낼 수 있는지도 몰라. 가령 대학생 주점을 한번 보라고! 그것도 아니면 부자들이 찾는 유흥 장소를 봐봐! 희망이 없어! 이봐 싱클레어, 이런 어떤 것에서도 유쾌함이 나올 수 없어. 이렇듯 조바심 때문에 모이는 사람들은 불안과 악의에 가득 차 있어. 아무도 다른 사람을 믿지 못하지. 그들 모두가 이제 더는 존재하지 않는 이상에 매달려 새로운 이상을 내세우는 사람이 누구든 돌을 던지지. 전쟁이 생길 것 같아. 전쟁이 일어날 거야. 내 생각에는 곧 전쟁이 일어날 거라고! 물론 그 싸움이 세계를 '개선'하지는 못해. 노동자들이 공장의 사장을 때려죽이거나 러시아와 독일이 전쟁을 벌인다 해도 그냥 주인만 바뀌겠지. 그렇다고 그게 아주 헛된 일은 아니야. 오늘날 우리에게 있는 이상이 무가치하다는 것이 드러나겠지. 석기 시대의 신들이 청산되는 계기가 되겠지. 현재 이 모습의 세계는 사멸할 거야. 몰락할 거라고. 그렇게 될 거야."

"그렇게 되면 우리는 어떻게 될까?"

내가 물었다.

"우리? 그야, 우리도 함께 멸망하겠지. 당연히 우리 같은 사람을 다 없애 버릴 수도 있고. 하지만 그것으로 모든 게 끝나지는 않아. 우리가 남기는 것, 또는 우리 중 살아남는 것들의 주위에 미래의 의지가 모이겠지. 우리 유럽이 한동안 기술과 과학 박람회에서 외쳐대곤 하던 그 인류의 의지가 모습을 드러내겠지. 그다음에는 그 인류의 의지가 오늘날의 공동체, 즉 국가와 민족, 협회와 교회들과는 절대로 같지 않다는 것이 드러나겠지. 자연이 우리 인간에게 원하는 것은 오히려 각 개인의 마음에 쓰여 있어. 너와 내 마음에 쓰여 있단 말이야. 그것은 예수의 마음에 그리고 니체의 마음에 쓰여 있었던 거야. 현재의 공동체들이 무너지고 나면, 유일하게 중요한 그런 사조들을 위한(당연히 그 사조들은 매일 다르게 보일 수 있지만) 공간이 생겨날 거야."

우리는 늦은 밤에 강가에 있는 어떤 정원 앞에서 멈춰 섰다.

"우린 여기 살아."

데미안이 말했다.

"조만간 한번 놀러 와! 우리는 네가 오길 고대하고 있어."

나는 서늘해진 밤공기를 가르며 기쁜 마음으로 먼 길을 걸어 집으로 돌아왔다. 도시 여기저기서 집으로 돌아가는 학생들이 떠들어대며 비틀거리는 모습이 보였다. 때로는 결핍이라는 감정 때문에, 때로는 조소하는 심정 때문에 쾌락을 즐기는 그들의 우스꽝스러운 행동과 고독한 나의 삶 사이에 존재하는 대비를 자주 느끼곤 했다. 그러나 오늘은 처음으로 편안하고 은밀하게 학생들의 모습이 얼마나 시시한지, 이 세계가 내게서 얼마나 멀어져 갔는지를 느꼈다. 나는 고향 마을의 관리들이 생각났다. 이들은 나이 많고 기품 있는 귀족들로서, 마치 복된 낙원에 대한 추억처럼 주점에서 보낸 대학 시절의 기억에 매달려 사는 사람들이었다. 그리고 이들은 시인들이나 낭만주의자들이 어린 시절에 바치던 것과 똑같은 숭배를, 사라지고 없는 대학 시절의 '자유'에 바치는 자들이었다. 어딜 가나 똑같았다! 어디서나 이들은 '자유'와 '행복'을 자기들의 과거에서만 찾았다. 오로지 불안 때문에 일어나는 일이었다. 자기네들의 본래 책임이 기억날까 봐, 자기 길을 찾아가라는 질책을 받을까 봐. 몇 년 동안 퍼마시며 흥청망청하다가 슬그머니 고개 숙이고 기어들어 관직을 차지하고는 잘 차려입은 귀족이 되어 버린다. 그렇다. 썩었다. 우리가 사는 곳은 썩었다. 그래도 다른 것들에 비하면 어리석은 대학생들은 그나마 덜 어리석고 덜 나쁜 자들이었다.

그런데 내가 외딴곳에 있는 집에 돌아와 잠자리에 들었을 때 이 모든 생각은 사라졌다. 나의 온 신경은 오늘 하루가 내게 베풀어 준 그 위대한 약속에 쏠렸다. 내가 원하기만 한다면 내일이라도 당장 데미안의 어머니를 볼 수 있다. 대학생들이야 외상으로 술을 먹고 문신을 할 테면 하라지. 세상이야 썩어 빠지려면 빠지라지. 그래서 몰락하기만을 기다리라지. 그게 나와 무슨 상관이란 말인가! 오로지 내 운명이 새로운 모습으로 내게 다가오기만을 기다리고 있는데.

아침 늦게까지 잠을 푹 잤다. 새로운 날이 화려한 축제일처럼 밝아 왔다. 소년 시절 성탄절 이후로는 오랫동안 그런 날을 경험하지 못했다. 초조한 마음은 있었으나 결코 두려운 마음은 없었다. 내게 중요한 날이 시작되었음을 알았다. 주위의 세계가 기대에 차고, 의미 있고, 장엄하게 변했음을 느꼈다. 나직이 내리는 가을비도 아름답고 고요했으며, 진지하고 즐거운 음악으로 가득 찬 축제일 같았다. 바깥 세계가 처음으로 나의 내면세계와 순수한 화음을 이루고 있었다. 그렇다면 그것이 마음의 축제일이고, 그렇다면 살 만한 가치가 있다. 나는 그 어떤 집도 진열장도 골목길의 모습도 신경 쓰지 않았다. 모든 것이 원래 있는 그대로인 것 같았지만, 아무런 느낌도 주지 않는 피상적인 모습이 아니었다. 모든 것이 기대에 찬 자연이었으며 경건한 마음으로 운명을 맞을 준비를 하고 있었다. 소년이었을 때 나는 성탄절과 부활절 같은 큰 축일 아침에 그런 세상을 보았다. 이 세상이 아직도 그렇게 아름다울 수 있다는 것을 잊고 있었다. 나는 내적인 삶을 사는 데 익숙해져, 외부 세계에 대한 감각을 잃어버렸다고 체념하는 데 익숙해져 있었다. 빛나는 색깔에 대한 감각 상실은 당연히 어린 시절의 상실과 관계되어 있고, 내 마음의 자유와 남자다움을 가지려면 어느 정도는 이런 고상한 빛을 포기해야만 한다는 데 익숙해져 있었다. 이제야 나는 이 모든 것이 땅속 어둠에 있을 뿐이어서, 어쩌면 성인이 되어 유년의 즐거움을 포기했던 사람도 여전히 세상이 빛나는 것을 볼 수 있고, 아이처럼 그 세상을 감동적으로 바라보며 내적인 전율을 맛볼 수 있다는 데 대해 황홀함을 느꼈다.

교외의 정원을 다시 찾아갈 시간이 찾아왔다. 간밤에 막스 데미안과 헤어졌던 그 장소였다. 잿빛으로 보이는 큰 나무들 뒤에 밝고 아늑한 작은 집 한 채가 서 있었다. 높은 유리 벽 뒤로는 큰 관목들이 꽃을 피웠고, 투명한 유리창 뒤에 있는 어두운 실내 벽에는 그림과 서가들이 있었다. 현관문은 곧 난방이 된 작은 홀로 연결되어 있었다. 검은 옷에 흰 앞치마를 두른 나이 든 가정부가 말없이 나를 맞이하며 내 외투를 받아들었다.

그녀는 현관의 큰 거실에 나를 혼자 둔 채 갔다. 사방을 둘러보았다. 그 순간 나는 꿈 한가운데 있었다. 문 위쪽의 짙은 갈색 목재 벽에는 검은 테두리로 된 유리 액자가 걸려 있는데, 그 안에는 익숙한 그림이 들어 있었다. 세계라는 껍질을 벗어나려고 날갯짓 하는 황금빛 매

182

의 머리를 한 나의 새 그림이었다. 나는 넋이 나간 채 서 있었다. 마치 이 순간 내가 여태껏 행하고 체험한 모든 것이 대답과 성취로 돌아온 듯 기쁘면서도 마음이 아려 왔다. 수많은 영상이 번개처럼 스쳐 지나갔다. 우리 집 대문 위 종석의 낡은 문장, 그 문장을 그리던 소년 데미안, 못된 크로머의 악의 굴레에 매여 공포에 가득 차 있던 소년 시절의 나, 고등학교 기숙사의 작은 방, 조용한 책상에서 동경의 새를 그리던 소년이었던 나, 스스로의 그물에 걸려들어 헤매던 마음이 번개같이 지나갔다. 그리고 모든 것, 이 순간에 이르는 그 모든 것이 내 안에서 반향을 일으켰다. 내 안에서 그 모든 것은 받아들여지고, 대답을 얻었으며, 옳다는 인정을 받았다.

젖어 오는 눈시울로 나는 꼿꼿이 서서 그 그림을 보았다. 눈길은 이제 아래로 향했다. 새 그림 아래 열린 문으로 검은 옷을 입은 키 큰 부인이 들어오고 있었다. 그녀였다.

나는 아무 말도 할 수 없었다. 시간과 나이를 초월한 듯한, 오로지 마음의 의지로 가득 찬 자기 아들의 얼굴과 비슷한 모습을 한 이 아름답고 기품 있는 여인이 내게 친절한 미소를 보냈다. 그녀의 눈길은 성취이고 그녀의 인사는 귀향을 뜻했다. 말없이 나는 그녀에게 두 손을 내밀었다. 그녀는 힘차고도 따스한 손으로 내 두 손을 잡았다.

"싱클레어죠? 금방 알아보았어요. 어서 와요!"

그녀의 목소리는 깊고도 따스했고, 나는 달콤한 포도주를 마시듯 그 목소리를 마셨다. 이제 눈을 들어 그녀의 고요한 얼굴을 바라보았다. 측량할 수 없는 그 검은 눈을, 순결하고 성숙한 입술을, 표식이 있는 넓고도 당당한 이마를 보았다.

"정말 기뻐요!"

나는 그녀의 두 손에 입을 맞추었다.

"저는 평생을 낯선 곳을 돌아다니기만 할 줄 알았는데. 이제야 집에 돌아온 기분입니다."

그녀는 어머니처럼 미소 지었다.

"아무도 집으로 돌아올 수는 없어요."

그녀가 친절하게 말했다.

"그러나 친근한 길들이 서로 마주치는 곳에서는 온 세상이 잠시 집처럼 보이지요."

그 말은 그녀에게 오기까지 내가 느꼈던 것을 표현하고 있었다. 그녀의 음성, 나아가 그녀의 말투조차 데미안과 매우 비슷하면서도 완전히 달랐다. 모든 것이 더 성숙했고, 더 따스했고, 더 분명했다. 전날 막스 데미안이 그 누구에게도 소년처럼 보이지 않았던 것처럼 그의 어머니도 성인이 된 아들을 둔 어머니 같지는 않았다. 그녀의 얼굴과 머리카락 위로 흐르는 숨결은 아주 젊고 달콤했으며, 황금빛 살결은 아주 팽팽하고 주름이 없었고, 입술은 피어나는 꽃 같았다. 내 꿈에서보다 더욱 당당한 모습으로 그녀가 내 앞에 서 있었다. 그녀의 곁은 사랑의 만족감이었고, 그녀의 눈길은 충만이었다.

이것은 내 운명이 내게 펼쳐 보인 새로운 모습이었다. 더는 엄격하지도 않고 더는 고립되지도 않은, 오히려 성숙하고도 매혹적인 모습이었다! 나는 그 어떤 결심도 하지 않았고 어떤 서원도 하지 않았다. 나는 하나의 목표에 도달했다. 여정의 높은 장소에 도달한 것이다. 여기서부터 계속되는 길은 넓고도 웅장하게 펼쳐지고 있었다. 그 길은 약속의 땅들을 바라보고 있었다. 가까이 있는 행운의 나무우듬지가 만들어 내는 그늘이 있었고, 언제든 가 볼 수 있는 온갖 희락의 정원들이 주는 시원함이 있었다. 내 삶이야 어떻게든 되라지. 나야 이 세상에서 이 부인을 알고, 그녀의 목소리를 마시고, 그녀 곁에서 숨 쉴 수만 있다면 행복하다. 그녀가 내게 어머니든, 연인이든, 여신이든 무엇이 되든 상관없다. 그녀가 존재하기만 하면 된다! 내가 가는 길이 그녀가 가는 길에 가까이 있기만 하면 되는 거야!

그녀는 내가 그린 매 그림을 가리켰다.

"싱클레어에게서 저 그림을 받았을 때 막스는 그 어느 때보다 더 기뻐했어요."

그녀가 생각에 잠긴 듯 말했다.

"그리고 나도 마찬가지였고요. 우린 싱클레어가 오기를 기다렸어요. 그림을 받았을 때 싱클레어가 우리에게 오는 중이라는 걸 알았어요. 싱클레어, 싱클레어가 어린 소년이었을 때 어느 날 아들이 학교 갔다 오더니 이렇게 말하더군요. '이마에 표식을 가지고 있는 남자애가 있어. 걔는 틀림없이 내 친구가 될 거야.' 그게 싱클레어였어요. 쉽지 않은 시간을 보냈겠지요. 하지만 우리는 싱클레어가 잘 해낼 것이라 믿고 있었어요. 언젠가 방학 때 싱클레어가 집에 갔을 때 막스와 같이 있었던 적이 있을 거예요. 싱클레어가 열여섯 살 때쯤이었을 거예요. 막스가 그 이야기를 해 주더군요."

나는 말을 끊었다.

"오, 막스가 그런 이야기까지 했었나요? 그땐 내가 가장 비참했던 시절이었는데요!"

"그랬죠, 막스가 이렇게 말했어요. 이제 싱클레어가 가장 힘든 시기를 마주하고 있다고요. 그리고 한 번 더 사람들과의 공동체로 도피하려 하고, 심지어 술주정뱅이가 되었다고. 하지만 그렇게 되진 않을 거라고. 그의 표식은 가려져 있지만 그것은 비밀스럽게 그를 불태울 테 니까. 그렇지 않았던가요?"

"네, 그랬어요. 정확해요. 그러고 나서 베아트리체를 만났고 그 이후 다시 한 사람의 인도자가 나타났어요. 피스토리우스라는 사람이었어 요. 어째서 나의 소년 시절이 그토록 막스에게 얽매여 있었는지, 어째 서 그에게서 벗어날 수 없었는지 그제야 분명히 알게 되었답니다. 사 랑하는 부인……, 아니 사랑하는 어머니, 나는 당시 죽으려고 생각했 죠. 인생이라는 게 누구에게나 그렇게 어려운 건가요?"

그녀는 손으로 공기처럼 가볍게 내 머리칼을 어루만졌다.

"태어나는 일은 언제나 어려워요. 새가 알을 깨고 나오려고 얼마나 씨름하는지를 싱클레어도 알 거예요. 자신의 지난날을 되짚어 보세 요. 정말로 길이 그토록 어려웠던가요? 오로지 어렵기만 했던가요? 혹시 아름답지는 않았던가요? 싱클레어가 그보다 더 아름답고 쉬운 길을 갈 수 있었을까요?"

나는 머리를 가로저었다.

"너무 어려웠어요."

나는 잠결에서처럼 말했다.

"꿈이 다가오기 전까진 어려웠어요."

그녀는 고개를 끄덕이고 나를 응시했다.

"그래요. 누구나 자신의 꿈을 찾아야 해요. 그러면 길이 쉬워지죠. 하지만 언제까지나 지속되는 꿈은 없어요. 새로운 꿈은 지난 것을 밀 어내요. 우리는 그 어떤 꿈에도 집착해서는 안 돼요."

나는 매우 놀랐다. 이것은 벌써 경고이자 방어인가? 하지만 상관없 어. 나는 그녀가 인도하는 대로 따라가기만 하고 목표에 대해서는 묻지 않을 거야.

"저는 모르겠어요."

내가 말했다.

"제 꿈이 얼마나 오래 지속될지. 그 꿈이 영원하기를 바라지요. 제 운명이 새 그림 아래서 저를 맞아 주었어요. 어머니처럼, 연인처럼 말이에요. 제 운명을 따르는 것은 저죠. 그 누구도 아니고."

"그 꿈이 싱클레어의 운명인 이상 그 운명을 좇아가도록 해요."

그녀는 진지하게 나의 말을 확인시켜 주었다.

어떤 슬픔 같은 것이 내게 밀려왔고, 이 마법의 순간에 죽고 싶다는 간절한 소원이 생겨났다. 눈물이 흐르고 있었다. 그 끝없이 긴 시간에도 울지 않았었는데! 눈물이 안에서 쉴 새 없이 솟구쳐 오르는 것을 주체할 수 없었다. 그녀에게서 격렬하게 몸을 돌려 창가로 가서 눈물이 그득한 눈으로 화분의 꽃 너머를 응시했다.

뒤에서 그녀가 부르는 소리가 들렸다. 그 목소리에는 여유가 담겨 있었다. 그러나 포도주가 넘치도록 들어 있는 잔처럼 다정함으로 찰랑거리고 있었다.

"싱클레어, 아직 어린애로군요! 싱클레어의 운명은 싱클레어를 사랑하고 있어요. 충실하기만 한다면 싱클레어의 운명은 자기가 꿈꾸는 대로 완전히 자기의 것이 된답니다."

마음을 가다듬고 나는 그녀 쪽으로 고개를 돌렸다. 그녀가 손을 내밀었다.

"내게 친구가 몇 있어요."

그녀가 미소를 지으며 말했다.

"얼마 안 되는 가까운 친구들이에요. 이 친구들이 나를 에파 부인이라고 불러요. 싱클레어도 원한다면 그렇게 부르도록 해요."

그녀는 나를 문 쪽으로 데리고 가서는 정원을 가리켰다.

"저 바깥에 막스가 있어요."

나는 멍한 채, 큰 충격을 받은 사람처럼 큰 나무들 아래에 섰다. 내가 평소보다 더 깨어 있는 상태인지, 아니면 더 꿈꾸는 상태인지 알수 없었다. 나뭇가지에서 빗방울들이 가볍게 떨어졌다. 나는 강변을 따라 넓게 펼쳐져 있는 정원으로 천천히 걸어 들어갔다. 마침내 데미안을 보았다. 그는 탁 트인 가든 하우스에서 웃통을 벗어젖힌 채 거기 매달린 샌드백 앞에서 권투 연습을 하는 중이었다.

나는 깜짝 놀라 그 자리에 멈추어 섰다. 데미안은 우람한 몸을 가지고 있었다. 넓은 가슴, 단단하고 남성적인 머리, 들어 올린 두 팔은 탄탄한 근육이 부풀어 올라 강하고도 튼실해 보였다. 허리와 어깨, 팔 관절에서 나오는 움직임이 유희하는 샘물처럼 솟아나고 있었다.

"데미안! 여기서 대체 뭘 하고 있어?"

내가 소리치자 그가 환한 표정으로 웃었다.

"연습하고 있어. 그 키 작은 일본 친구랑 권투 시합을 하기로 약속했지. 그 친구는 고양이처럼 날래고 더 말할 것도 없이 속임수가 뛰어나거든. 하지만 날 이기진 못할 거야. 그 친구에게 가볍게 망신당한 일이 있어서 복수해야 하거든."

그는 셔츠와 재킷을 걸쳤다.

"어머니를 벌써 만나 봤어?"

그가 물었다.

"응, 데미안. 네게 정말 멋진 어머니가 있었네! 에파 부인! 이름이 그분에게 딱 어울려. 그분은 모든 존재의 어머니 같다는 느낌이 들었어.”

데미안은 잠깐 무슨 생각을 하는 듯 나를 바라보았다.

“너 벌써 그 이름을 알게 되었어? 이 친구야, 자랑스럽게 생각해도 좋아! 우리 어머니가 만나자마자 그 이름을 알려준 건 네가 처음이라고.”

그날부터 나는 아들이자 형제, 나아가 연인처럼 그 집을 드나들었다. 내가 들어온 대문을 닫고 들어서면, 아니 정원에 있는 키 큰 나무들이 멀리서 보이기만 해도 벌써 마음이 벅차오르고 행복했다. 문밖에는 ‘현실’이 있었다. 그곳에는 거리와 집, 사람과 시설물, 도서관과 강의실이 있었다. 그러나 여기 안에는 사랑과 감성이 있었고, 이야기와 꿈이 살고 있었다. 그렇다고 우리가 세상과 절연한 채 살았던 것은 아니다. 우리는 자주 지식과 대화를 나누며 세상 한가운데서 살았는데, 다만 다른 차원에서 살았을 뿐이다. 우리는 어떤 경계가 아니라 오로지 세상을 보는 관점의 차이로 다른 사람들과 구분되어 있었다. 우리의 과제는 세상에 하나의 섬을 제시하는 것, 어쩌면 하나의 모델을 제시하는 것, 그것이 아니더라도 최소한 가능성을 보여 주는 것이었다. 오랫동안 외롭게 살아왔던 나는 완전한 고독을 경험한 사람들에게만 가능한 공동체를 알게 되었다. 나는 이제 다시는 행복한 사람들의 식탁으로, 유쾌한 사람들의 잔치로 되돌아가기를 열망하지 않았다. 다른 사람들의 공동체들을 보아도 더는 부러움과 향수가 느껴지지 않았다. 그리고 나는 천천히 ‘표식’을 받은 사람들의 비밀 속으로 들어가도 된다는 허락을 받았다.

표식을 받은 우리는 세상 사람들의 눈으로 보면 기이하고, 심지어 미쳤으며 위험한 사람으로 보일 수 있었다. 우리는 이미 깨우친 자들,

또는 깨우쳐 가는 자들이었다. 우리는 완전한 깨우침을 향해 나아갔다. 반면 다른 사람들은 자신들의 견해, 그들의 이상과 의무, 자신들의 삶과 행복을 점점 더 좁히면서 무리의 그것에 결부시키는 쪽으로 향했다. 그곳에도 지향이 있고 힘과 위엄이 있었다. 그러나 표식을 받은 우리는 자연의 의지가 새로운 존재를, 개별화된 존재를, 미래의 존재를 향해 간다고 여기는 데 반해서 다른 사람들은 기존의 것을 지키려는 의지 속에 살았다. 그들은 인류를(그들도 우리처럼 인류를 사랑했다.) 완성된 것, 즉 보존하고 지켜야 할 그 무엇이라고 보았다. 그러나 우리에게 인류는 아득한 미래였다. 우리 모두 그것을 향해 걸어가는 도중에 있으며, 그 모습이 어떨지 아무도 모르고, 그 법칙은 그 어느 곳에도 기록되어 있지 않을 것이다.

우리 모임에는 에파 부인, 막스 그리고 나 외에도, 때로는 가깝게 때로는 거리를 둔 매우 다양한 방식의 구도자 몇 명이 더 있었다. 그들 중에는 특별한 길을 걸어가며, 남다른 목표를 세우고, 특별한 견해와 임무를 신념으로 삼고 있는 이들도 있었다. 그들 중에는 점성술사와 카발라주의자 그리고 톨스토이 백작 추종자도 있었다. 여리고, 수줍어하고, 상처받기 쉬운 온갖 사람들, 새로운 종교의 추종자, 인도 요가 훈련가, 채식주의자 그리고 또 다른 사람들이 있었다. 이런 온갖 종류의 사람들과 우리는 상대방의 비밀스러운 삶의 목표를 서로 존중한다는 점 말고는 실제로 그 어떤 정신적인 공통점도 없었다. 우리는 과거에 인류가 신을 찾고 새롭게 빈 소원들을 연구하는 사람들과 가까이 지냈다. 그들이 연구한 것은 때때로 내가 알았던 사람인 피스토리우스를 상기시켰다.

그들은 다양한 책을 가져와서 우리에게 고대어로 된 텍스트들을 번역해 주고, 고대의 상징들과 의식들이 담긴 도판을 보여 주었다. 그러면서 지금까지 인류의 유산이 무의식적인 마음의 꿈들로 이루어진 이상들을 어떻게 보존해 왔는지, 이런 꿈들에서 인류가 어떻게 미래의 가능성에 대한 예측을 하나씩 따라갔는지를 설명해 주었다. 이런 식으로 우리는 기이하게 생긴, 천 개의 머리를 가진 신들의 무리에서부터 그리스도교의 여명기까지를 섭렵했다. 경건한 은자들의 고백에 대해 알았고, 이 민족에서 저 민족으로 종교가 이동하면서 변화하게 된 것도 알게 되었다. 그들이 수집한 모든 것에서 우리 시대와 현재 유럽에 대한 비판을 찾을 수 있었다. 이 유럽은 엄청난 노력을 기울여 인류의 새롭고 강력한 무기들을 만들었으나, 결국은 깊고도 소란스러운 정신의 수렁에 빠져들고 말았다. 즉 유럽이 전 세계를 얻은 것처럼 보이지만, 그 대신 혼은 잃어버렸다.

우리 모임에도 특정한 희망과 구원론을 펼치는 신도들과 성직자들이 있었다. 유럽을 개종시키려는 불교도들이 있었으며, 톨스토이 추종자들과 또 다른 종교를 가진 이들도 있었다. 우리 이너서클의 몇 사람은 그런 이론들을 귀 기울여 들었으나 그것을 비유의 의미 이상으로 받아들이지는 않았다. 장차 미래를 어떻게 구상할 것인가 하는 걱정은 표식을 받은 우리 같은 사람들이 할 일이 아니었다. 모든 종파, 모든 구원론이 우리가 보기에는 오래전에 이미 사멸한 쓸모없는 것이었다. 우리가 의무와 운명이라고 느낀 것은 오로지 우리 각자가 온전히 자기 자신이 되는 것, 자기 안에서 작용하는 자연의 배아에 온전히 부응하고 그 뜻에 맞게 사는 것, 불확실한 미래가 가져오는 무엇이든 받아들일 각오를 하는 것이었다.

이 모든 것은 입 밖으로 꺼냈든 꺼내지 않았든 우리 모두의 감정에 분명하게 드러났다. 새로운 탄생이 시작되고 현재가 붕괴하기 시작되었으며 그것을 체감할 수 있다는 것이었다. 데미안은 이런 말을 자주 했다.

"장차 무슨 일이 일어날지 상상할 수 없어. 유럽인들의 마음은 너무나도 오랫동안 사슬에 묶여 있던 짐승과 같아. 그 짐승이 풀려나면 충동적으로 날뛰게 될 텐데, 그게 고분고분한 행동은 아닐 거야. 그러나 사람들이 그렇게 오랫동안 반복해서 속이고 마비시킨 감정을 더참을 수 없게 되면, 그에 대한 방법과 대안들은 아무 소용없을 거야. 그러면 우리가 뜻을 펼칠 날이 올 거야. 우리가 필요하게 될 거야. 인도자나 새로운 입법자로서의 우리가 아니라(새로운 법이 만들어진다해도 우린 그걸 체험할 수가 없어.) 오히려 자발적인 사람으로서 말이야. 길을 같이 가다가 운명이 부르는 곳에서 멈춰 설 준비가 되어 있는 그런 사람들로서 말이야. 보라고, 누구나 자신의 이상이 위협받으면 믿을 수 없는 행동을 할 준비가 되어 있어. 그러나 새로운 이상, 어쩌면 새롭고 위험한, 무시무시한 성장의 충동이 다가올 때는 아무도 행동을 하지 않아. 그렇게 되면 거기 남아 같이 가는 소수들은 바로 우리가 될 거야. 그것을 위해 우리가 표식을 받은 거야(마치 카인이 표식을 받은 것처럼 말이야.). 두려움과 증오를 불러일으켜 당시의 인간들을 좁은 농경지에서 위험이 도사리는 더 넓은 세상으로 흩어 놓고자 했던 카인의 표식처럼 말이야. 인류의 행적에 영향을 미친 사람들은 누구나 운명을 받아들일 각오가 되어 있었기에 그럴 능력이 있었고 또 그렇게 할 수 있었지. 모세와 부처가 그랬고, 나폴레옹과 비스마르크[21]가 그랬어. 어떤 조류를 따를지, 어떤 극단에 의해 지배받는지는 스스로 선택할 수 없어. 만약 비스마르크가 사회민주주의자

192

들을 이해하고 그들의 요구를 들어주었다면, 똑똑한 지배자는 되었 겠지만 운명적인 사람은 되지 못했을 거야. 나폴레옹, 카이사르, 로 욜라, 이들 모두가 그랬어! 우리는 항상 생물학적, 발달사적 측면에 서 생각해야 해! 지구상의 격변이 수생 동물을 육지로, 육상 동물을 물속으로 몰아갔을 때, 운명을 받아들일 준비가 되었던 표본들만 유 례없는 일을 성취하고 새롭게 적응하여 자신들의 종을 구할 수 있었 어. 이 표본들이 이전 자신들의 종에서 기존의 것을 지키려는 보수성 으로 우월했는지 아니면 변종이자 혁명적인 것으로서 우월했는지는 알 수 없어. 그들은 준비가 되어 있었고, 그런 이유로 자신들의 종을 다음 진화의 과정에서 구할 수 있었지. 우린 그걸 알아. 그래서 우리 도 준비하려는 거야.”

에파 부인도 대화의 자리에 종종 동참했지만 우리처럼 직접 의견 을 표명하지는 않았다. 그녀는 각각 자기의 생각을 표명하는 우리 모 두에게 경청자요, 반향이었다. 그렇게 하면서 그녀는 무한한 신뢰와 이해를 보여 주었다. 이 대화는 마치 모든 생각이 그녀에게서 나와 그 녀에게로 돌아가는 것처럼 보였다. 그녀 가까이에 앉아서 가끔 그녀 의 목소리를 듣고 그녀가 발산하는 성숙한, 내면적 분위기에 동참하 는 것이 내게는 행복이었다.

에파 부인은 내게서 무슨 변화가 있거나 우울해하면 즉시 알아챘 다. 내가 전에 꾸었던 꿈들이 그녀의 계시가 아닌가 하는 느낌이 들 었다. 종종 에파 부인에게 내가 꾼 꿈 이야기를 했다. 그녀는 그 꿈을 잘 이해했고 자연스럽게 받아들였으며, 그녀가 분명히 이해하지 못

---

21 오토 폰 비스마르크는 프로이센(독일)의 수상으로, 독일 제국의 통일과 철혈 정책으로 유명하다.

할 특이한 것들은 존재하지 않았다. 한동안 나는 우리가 낮에 나눈 대화와 비슷한 꿈들을 꾸었다. 온 세상이 소용돌이에 휘말려 나 혼자서 아니면 데미안과 함께 긴장하며 강력한 운명을 기다리는 꿈이었다. 그 운명은 모습을 드러내지는 않았으나 어딘가 에파 부인 같은 모습을 하고 있었다. 에파 부인에게 선택받을 것인가 아니면 버림받을 것인가, 그것이 운명이었다. 그녀는 자주 미소를 띠며 말했다.

"싱클레어, 싱클레어가 꾼 꿈은 그게 전부가 아니에요. 싱클레어는 꿈에서 가장 좋은 것을 잊었어요."

이 말을 들으면 그 좋은 것에 대한 생각이 떠올랐고, 내가 어떻게 그걸 잊게 되었는지 도무지 이해하지 못할 때도 있었다.

나는 때때로 끓어오르는 성적 욕구 때문에 불만을 느꼈고 견디기 힘들었다. 부인을 바로 옆에 두고서도 껴안아 볼 수 없다는 사실을 더는 참을 수 없었다. 그녀는 이것도 즉시 알아차렸다. 한 번은 여러 날발길을 끊었다가 시큰둥한 표정으로 다시 찾아갔는데, 그때 그녀는 나를 따로 불러내 이렇게 말했다.

"싱클레어, 자신도 믿지 않는 소망에 매달려서는 안 돼요. 나는 싱클레어가 무엇을 원하는지 알고 있어요. 그 소망을 완전히 단념하든지, 아니면 세대로 소망할 수 있어야 해요. 싱클레어가 언젠가 소망이 성취될 거라고 마음속에서 확신한다면, 비로소 그것은 성취될 겁니다. 하지만 싱클레어는 소망하고 난 뒤 그것을 금방 후회해요. 그러면서 동시에 불안해하고 있어요. 그 모든 것을 극복하도록 해요. 내가 이야기를 하나 해 줄게요."

그녀는 별과 사랑에 빠진 청년에 대한 민화民話를 이야기해 주었다. 청년은 바닷가에 서서 두 손을 뻗어 별을 연모하고 그 별을 꿈꾸고 그 별만을 생각했다. 그러나 그는 인간이 별을 안을 수 없음을 알았다. 혹은 안다고 믿었다. 그는 이루어질 가망이 없는데도 별을 사랑하는 것이 자신의 운명이라 여겼다. 그리고 이런 생각으로 인해 체념하고, 고통만을 말없이 따르는 시적인 삶을 살았다. 그 고통이 자신을 더 나은 사람으로 승화시키고 정화하여 준다고 믿었다. 여전히 그의 모든 꿈은 별을 향해 있었다. 그는 어느 날 밤 또다시 바닷가의 높은 절벽 위에 서게 되었다. 그는 별을 바라보며, 별에 대한 사랑을 불태웠다. 그리하여 동경이 더없이 커지는 순간, 별을 향해 허공으로 몸을 날렸다. 몸을 날리는 순간에도 그는 번개처럼 생각했다. 아냐, 이 사랑은 불가능해! 해변에 떨어진 그의 몸은 산산이 부서졌다. 그는 사랑할 줄을 몰랐다. 허공으로 몸을 날리는 순간에 사랑이 이루어질 것이라고 굳게 믿는 마음의 힘만 있었더라면, 그는 높이 날아올라 별과 하나가 되었을 것이다.

"사랑은 구걸하는 것이 아니에요."

그녀가 말했다.

"그리고 사랑은 요구해서도 안 돼요. 사랑은 자기 자신 안에서 확신에 이르는 힘을 갖추는 것이에요. 그러면 사랑은 상대에게 끌려가는 것이 아니라 상대를 끌어당기게 돼요. 싱클레어의 사랑은 내게 끌려오고 있어요. 그 사랑이 언젠가 나를 끌어당기면, 그때 내가 갈게요. 나는 나를 선물로 주지 않아요. 나는 쟁취되길 바라지요."

다음에 부인은 또 다른 민화를 들려주었다. 희망 없는 사랑에 빠진 남자의 이야기였다. 그는 완전히 자신의 마음속에 은거하여 사랑 때문에 자신이 타서 없어질 것 같다고 생각했다. 그는 세계를 잃었다. 그의 눈에는 파란 하늘도 푸른 숲도 보이지 않았고, 졸졸거리는 시냇

195

물 소리도 들리지 않았고, 하프 소리도 들리지 않았으며, 모든 게 시들어 버렸다. 그래서 그는 결국 가엾고 비참해졌다. 그런데도 그의 사랑은 점점 커져, 그가 사랑했던 아름다운 여인을 포기하기보다는 차라리 죽어 없어지는 편이 낫다고 생각하게 되었다. 그리고 그는 그 사랑이 자신 안의 다른 모든 것을 태워 버렸다는 것을 알았다. 이제 사랑은 강한 힘으로 끌어당기고 또 끌어당겼다. 그 아름다운 여인은 따라갈 수밖에 없었다. 이제 그녀가 오자 그는 두 팔을 활짝 벌려 그녀를 안았다. 그런데 그녀가 그의 앞에 서자 완전히 다른 모습으로 변했다. 그는 전율을 느끼며 바라보았다. 자신이 잃어버렸던 세상 전체가 끌려온 것이었다. 그 세계가 그의 앞에 서 있었다. 그리고 그에게 굴복하였다. 하늘과 숲과 시냇물, 그 모든 것이 그에게 새로운 색깔로 덧입혀져 장엄하게 다가온 것이다. 그 세계는 그의 것이 되고, 그의 언어로 말을 했다. 그는 그저 한 여인을 얻는 대신 온 세계를 가슴에 품게되었다. 하늘의 모든 별이 그의 내면에서 빛났으며, 그의 마음에 기쁨의 빛을 반짝이게 했다. 그는 사랑했고, 그럼으로써 자기 자신까지 찾은 것이다. 그러나 사람들은 사랑하면서 대개 자기 자신을 잃는다.

　에파 부인을 향한 사랑이 내 삶의 유일한 일처럼 느껴졌다. 그러나 사랑의 모습은 날마다 그 모습을 바꿨다. 종종 내가 끌리는 대상이 그녀 개인이 아니라, 내 내면의 상징일 뿐이라는 느낌이 들었다. 그녀는 그저 나를 나의 내면으로 더욱 깊이 이끌고 갈 뿐이었다. 종종 그녀가 하는 말을 들을 때마다 이 말은 뜨거운 질문들에 대한 내 무의식의 답변처럼 들렸다. 그 후에 나는 다시 부인 곁에서 성적인 욕망이 생겨 그녀가 손을 댄 물건들에 입 맞추는 순간들이 있었다. 차츰 육체적인 사랑과 정신적인 사랑이, 현실과 상징이 겹치게 되었다. 그러다 집으로 돌아와 내 방에서 조용히 부인을 생각하노라면 부인의 손이 내 손 안에, 부인의 입술이 내 입술에 느껴지는 일이 일어났다. 혹은 부인의 집에서 부인의 얼굴을 바라보며 이야기를 나누고 목소리를 듣다 보면, 부인이 있는 것이 현실인지 꿈인지 알 수 없었다. 나는 사람들이 사랑을 어떻게 지속하고, 그것을 어떻게 불멸의 것으로 소유할수 있는지 알아 가기 시작했다. 책을 읽고 새로운 인식을 얻게 되면, 그것은 마치 에파 부인에게 키스를 받은 느낌이었다. 부인은 내 머리를 어루만지고 내게 따스하고 성숙하며 향기로운 미소를 보냈다. 그것은 내가 내면에서 어떤 진전을 이루었을 때와 같은 감정이었다. 내가 중요하게 여기고, 내게 계시였던 모든 것은 그녀의 모습을 받아들였다. 그 모습은 나의 모든 생각으로 바뀔 수 있었고, 나의 모든 생각은 그 모습으로 바뀔 수 있었다.

부모님과 같이 성탄절 휴가를 보내기가 싫었다. 두 주나 에파 부인과 떨어져 지내는 것이 분명히 고통스러울 것이라는 생각이 들었기 때문이다. 그러나 고통스럽지 않았다. 집에서 그녀를 생각하는 것도 참 좋은 일이었다. 하이델베르크로 돌아와서도 이틀 동안은 에파 부인에게 가지 않았다. 혼자서도 있을 수 있다는 확신과 그녀의 육체적 존재에 얽매이지 않는 자유를 누리고 싶어서였다. 나는 다시 꿈을 꾸었는데, 그 꿈에서 그녀와의 결합이 새로운 비유로 나타났다. 부인은 바다였고 나는 강물이 되어 그 안에 흘러들었다. 부인은 별이었고 나도 별이 되어 부인에게로 가고 있었다. 우리는 만나게 되었고 서로의 사랑을 확인했으며 서로 같이 살았다. 별이 되어 가까이에서 소리를 울리며 영원히 행복하게 서로의 주변을 돌게 되었다.

그 후에 내가 다시 부인을 방문했을 때, 나는 그녀에게 그 꿈 이야기를 했다.

"아름다운 꿈을 꾸었네요."

부인은 나지막이 말했다.

"그 꿈을 이루어 봐요!"

어느 이른 봄 결코 잊을 수 없는 날이 찾아왔다. 그날 나는 현관의 큰 거실 안으로 들어갔다. 창문은 열려 있었고, 포근한 공기가 들어와 히아신스의 짙은 향기를 방에 가득 흩어 놓았다. 인기척이 없기에 계단을 올라 막스 데미안의 공부방으로 향했다. 문을 두드리고는 대답을 기다리지 않고 곧바로 안으로 들어갔다.

방은 어두웠고 사방에 커튼이 쳐져 있었다. 옆에 딸린 조그마한 방으로 통하는 문은 열려 있었다. 이곳은 막스의 화학 실험실 설비가 있는 방이었다. 그 방에서 비구름 사이로 비친 봄날의 밝고 흰 햇빛이 스며들었다. 나는 아무도 없으려니 생각하고 커튼 하나를 열어젖혔다.

데미안이 스툴에 앉아 있었다. 커튼이 쳐진 창가에서 그는 몸을 웅크리고 앉아 기이한 모습을 하고 있었다. 순간 어떤 직감이 번개처럼 스쳤다! 그런 모습을 예전에 한 번 본 적이 있었다! 그는 두 팔을 힘없이 축 늘어뜨리고 두 손은 무릎 위에 올려놓았다. 크게 뜬 눈과 더불어 앞으로 살짝 내민 얼굴은 멍한 시선으로 인해 죽은 사람 같았다. 작고 날카로운 빛줄기는 흡사 유리잔 같은 데 비치듯, 눈동자에 힘없이 반사되고 있었다. 창백한 얼굴은 내면으로 가라앉았고, 사원 입구의 태곳적 동물 가면처럼 무시무시하게 노려본다고밖에 달리 표현할 길이 없었다. 그는 숨을 멈춘 듯 보였다.

기억이 나를 엄습했다. 그래, 저런 똑같은 모습을 전에 한 번 본 적이 있었어. 수년 전 내가 소년이던 때였다. 그때도 두 눈이 저렇게 내면으로 가라앉았고 두 손이 저렇게 힘없이 처져 가지런히 놓여 있었다. 파리 한 마리만 그의 얼굴을 기어가고 있었다. 아마도 한 육 년쯤 되었을까, 그때도 그는 저렇게 나이 들고 시간을 초월한 듯한 얼굴을 보였다. 얼굴의 주름살 하나 달라지지 않았다.

덜컥 겁이 나서 나는 조용히 방을 나와 계단을 내려갔다. 현관의 큰 거실에서 에파 부인을 만났다. 그녀는 안색이 창백했고 지쳐 보였다. 나는 그런 모습을 처음 보았다. 그림자 하나가 창문을 스쳐 지나갔다. 칼날같이 흰 햇살이 별안간 사라졌다.

"막스에게 갔다 왔어요."

나는 얼른 속삭이듯 말했다.

"무슨 일이 생겼죠? 막스가 자고 있는지, 아니면 명상에 잠겼는지 잘 모르겠어요. 옛날에도 저런 모습을 본 적이 있었어요."

"깨우지는 않았죠?"

부인은 급하게 물었다.

"네, 막스는 내가 들어가는 소리를 듣지 못했어요. 그래서 저는 얼른 되돌아 나왔어요. 에파 부인, 말해 주세요. 막스에게 무슨 일이 있는 거죠?"

그녀는 손등으로 이마를 훔쳤다.

"걱정하지 말아요, 싱클레어. 아무 일도 아니에요. 막스는 깊은 명상에 잠겼을 뿐이에요. 오래가진 않을 거예요."

때마침 비가 내리기 시작했으나 그녀는 일어서서 정원으로 나갔다. 부인을 따라가서는 안 될 것 같았다. 그래서 현관의 큰 거실을 오락가락했다. 취할 것 같은 강렬한 히아신스 향기가 났다. 문 위에 걸린 내 새 그림을 응시하며, 답답한 가슴으로 그날 아침 이 집에 드리워진 어두운 공기를 들이마시고 있었다. 이게 무엇일까? 무슨 일이 일어났던 걸까?

에파 부인이 곧바로 들어왔다. 그녀의 검은 머리칼에 빗방울이 묻어 있었다. 그녀는 안락의자에 앉았다. 온몸에 피곤함이 묻어 있었다. 나는 그녀 옆으로 다가가 몸을 굽혀 그녀의 머리카락에 있는 빗방울에 입을 맞췄다. 부인의 눈은 밝고 고요했으나 그 빗방울은 눈물 맛이 나고 있었다.

"막스를 한 번 살펴보고 올까요?"

내가 속삭이듯 물었다. 부인은 옅은 미소를 지었다.

"아이처럼 굴지 마세요, 싱클레어!"

부인은 마치 내면의 마법을 끊어 내기라도 하듯 큰소리로 나무랐다.

"지금은 돌아가요. 나중에 다시 와요. 지금은 이야기하고 싶지 않아요."

나는 조용히 걸어 나갔다. 그리고 집과 도시를 벗어나 산을 향해 걸었다. 나는 가늘고 비스듬히 날려 오는 빗방울을 맞으며 걸어갔다. 구름은 불안한 듯 무거운 하중을 견디며 낮게 떠다녔다. 산 아래는 바람 한 자락 없었다. 산 위에는 폭풍이 이는 듯 보였다. 잠깐씩이나마 햇빛이 강철 같은 잿빛 구름을 뚫고 창백한 빛을 자주 내비쳤다.

그때 하늘 저 너머에서 엷은 황금빛 구름 뭉치가 몰려왔다. 그 구름 뭉치가 잿빛 구름 벽에 막혔다. 그러자 갑자기 바람이 황금빛과 파란빛에서 하나의 형상, 거대한 새를 만들어 냈다. 새는 파란 흑암을 뚫고 나와 큰 날개를 펼치고 하늘 속으로 사라져 버렸다. 그러자 폭풍 소리가 들리고 타닥타닥 소리를 내며 우박 섞인 비가 내렸다. 물벼락을 맞아 파인 땅 위에는 하늘이 무너져 내릴 듯 무서운 천둥소리가 짧게 울렸다. 그러더니 곧바로 한 줄기 햇빛이 비쳤다. 갈색 숲 위로 보이는 근처의 산 위에는 하얀 눈이 흐릿하고도 꿈같은 모습으로 비치고 있었다.

비를 맞아 흠뻑 젖은 내가 두어 시간 후 돌아왔을 때 데미안이 직접 현관문을 열어 주었다. 그는 나를 자기 방으로 손수 데리고 올라갔다. 실험실에는 가스 불꽃이 일고 종이가 여기저기 흩어져 있었다. 그는 실험하고 있었던 것 같았다. 그가 친절하게 말했다.

"앉아. 피곤할 거야. 날씨가 고약하네. 밖을 실컷 돌아다닌 모양이군. 금방 차를 끓여 올게."

"오늘 무슨 일이 일어났던 거야?"

나는 망설이며 말을 꺼냈다.

"그냥 단순한 천둥과 번개가 아니었어."

그가 궁금한 듯 나를 바라보았다.

"뭔가를 본 모양이구나."

"응, 구름에서 한순간 뚜렷이 어떤 형상을 보았어."

"어떤 형상인데?"

"새였어."

"매? 그 새였어? 네가 꿈에서 본 새?"

"그래, 그건 매였어. 황금빛 거대한 새가 검푸른 하늘 속으로 날아갔어."

데미안은 한숨을 내쉬었다. 노크 소리가 들렸다. 나이 든 가정부가 차를 가져왔다.

"어서 마셔, 어서, 싱클레어. 그런데 네가 그 새를 본 것은 우연한 일이 아닐 거야.”

“우연히? 이런 일들을 우연히 볼 수도 있나?”

“물론 아니지. 그런 것들은 무슨 의미가 있어. 그런 것들이 뭔지 알겠니?”

“아니, 다만 그런 것들이 어떤 충격적인 일을 뜻한다는 것이고 운명의 한걸음이라고 생각돼. 우리 모두와 관계있는 것 같아.”

데미안은 불안한 듯 방 안을 이리저리 돌아다녔다.

“운명의 한걸음이라!”

그가 큰소리로 외쳤다.

“어젯밤에 나도 같은 꿈을 꿨어. 그리고 어머니도 어제 이상한 예감이 드셨대. 너와 같은 얘기를 하시더라고. 나는 사다리를 타고 나무인지 탑인지를 올라가는 꿈을 꿨어. 위에 올라가니까 사방이 훤히 보였어. 넓은 평원이었는데 이 도시, 저 마을이 불타고 있었어. 아직은 모두 이야기할 수 없어. 아직은 아무것도 분명하지 않아서 그래.”

“그 꿈이 너와 관계되는 일이야?”

나는 물었다.

“나와 관계되느냐고? 그야 물론이지. 누구든 자기와 관계없는 꿈은 꾸지 않아. 하지만 그 꿈이 내게만 관계되진 않아. 그건 네 말이 맞아. 나는 꿈들을 상당히 정확하게 구분하거든. 나 자신의 마음에 일어나는 욕동을 가리키는 꿈들이 있고, 아주 드물지만 인류의 운명을 암시하는 다른 꿈들이 있어. 내가 그런 꿈들을 꾼 적은 별로 없어. 지금까지 그게 예언이구나, 이게 성취구나, 하고 말할 수 있는 꿈은 단 한 번도 꾼 적이 없고. 해몽이 아주 모호해. 하지만 이것만은 분명히 알지. 내가 어떤 꿈을 꾸고 이 꿈은 나 혼자한테만 관계되는 꿈이 아니구나 하는 것은 말이야. 그런 꿈은 내가 꾸었던 다른 꿈들, 앞에 꾸었던 꿈들과 관계가 있고, 그 꿈들이 계속되는 것이거든. 이런 꿈들에서 나는 계시를 받아, 싱클레어. 내가 이미 너한테 말한 적이 있었지. 세상은 부패할 만큼 부패했어. 우리 모두 알고 있지. 그렇다고 해서 그게 종말이나 뭐 그런 걸 예언할 근거가 되지는 못할 거야. 하지만 내가 수년 전부터 꾸는 꿈들로 미루어 보아 결론을 낸다고 해야 하나 어떤 느낌이 있다고 해야 하나, 어떻게 표현해야 할지 모르지만, 내가 느끼기로는 낡은 세계의 몰락이 가까이 왔어. 처음에는 아주 흐릿한 멀리 있는 예감이더니 점점 더 분명하고 강해졌지. 아직은 나와도 관계되는 크고도 충격적인 일이 다가오고 있다는 것밖엔 몰라. 싱클레어, 우리가 전에 이따금 이야기한 그런 것들을 우리가 겪게 될 거야! 세계는 스스로 갱생하려고 하고 있어. 죽음의 냄새가 나고 있다고. 죽음 없이는 새로운 것이 올 수 없어. 다만 상황이 내가 생각했던 것보다 더욱 끔찍해."

나는 너무 놀라 그를 바라보았다.

"나한테 그 꿈 얘기를 계속해 줄 수 없어?"

내가 조심스럽게 부탁했지만 그는 머리를 흔들었다.

"안 돼."

문이 열리고 에파 부인이 들어왔다.

"여기들 있었네! 두 사람 설마 슬픈 일이 있는 건 아니겠지?"

부인은 유쾌했고 더는 피곤해 보이지 않았다. 데미안이 그녀에게 미소를 지어 보였다. 무서운 일을 겪은 아이들을 찾아온 어머니처럼 그녀가 우리에게 다가왔다.

"슬픈 일 같은 건 없어요, 어머니. 우린 그냥 이 새로운 징후가 무슨 뜻인지 그 수수께끼를 조금 풀어 보려고 했을 뿐이에요. 하지만 그건 중요하지 않아요. 무슨 일이든 일어난다면 갑자기 일어나죠. 그러면 우리가 알아야 했던 것들을 이미 다 겪었을 테니까요."

나는 기분이 우울했다. 작별을 고하고 혼자서 현관의 큰 거실을 지나갈 때 히아신스는 향기가 없고 맥이 빠져 시체처럼 보였다. 우리 위에 그림자 하나가 드리워졌다.

8장

종말의
시작

　어떻게든 여름 학기까지 하이델베르크에 남겠다는 나의 의지가 실현되었다. 우리는 거의 모든 시간을 집안에서 머무는 대신 강변의 초원에서 보냈다. 권투 시합에서 완전히 패한 그 일본인은 이 도시를 떠났고 톨스토이 추종자도 오지 않았다. 데미안에게는 말 한 마리가 있었는데, 그는 날마다 꾸준하게 말을 탔다. 그래서 나는 그의 어머니와 단둘이 있을 때가 잦았다.

　이따금 내 삶이 이렇게 평온하게 이어지는 것에 대해 스스로 놀라기도 했다. 나는 오랫동안 혼자 지내고, 체념하고, 나의 고통과 힘겨운 씨름을 하는 데 익숙해져 있었다. 그래서 하이델베르크에서 지낸 몇 달은 꿈속의 섬처럼 여겨졌다. 그 섬에서 나는 아름답고 쾌적한 일들과 감정에만 둘러싸여 편안하고 꿈같은 삶을 살 수 있었다. 이것이 우리가 생각했던 새롭고 더 고상한 공동체의 서막임을 예감했다. 그러나 순간순간 그 행복을 넘어 깊은 비애가 엄습하였다. 이 행복이 계속될 수 없음을 잘 알았기 때문이다. 나는 풍요와 안락함 속에서 살 운명이 아닌가 보다. 고통과 조급함이 나에게는 더 어울렸다. 어느 날 이 아름다운 사랑의 분위기에서 깨어나 타인들의 차가운 세계에서 홀로, 완전히 홀로 다시 서게 될 것 같다는 느낌이 들었다. 그곳은 오로지 고독이나 싸움만 있을 뿐 평화롭게 사는 일은 없는 곳이다.

이런 생각이라도 들면 나는 더욱 다정한 느낌을 받으며 에파 부인의 품으로 파고들었다. 내 운명이 아직까지 간직한 아름답고 고요한 모습을 기뻐하면서 말이다.

그 여름 몇 주간은 빠르고 순탄하게 지나갔다. 여름 학기도 천천히 종강으로 치닫는 분위기였다. 이별을 눈앞에 두고 있었지만, 나는 그 생각을 가능하면 안 하려고 했고 또 그렇게 하지도 않았다. 마치 꿀이 있는 꽃에 나비가 매달리듯이 나는 그 아름다운 나날에 매달렸다. 행복한 날들이었다. 내 삶에서 처음으로 뜻이 이루어지고 내가 공동체 안에 들어가는 시간이었다. 다음에는 어떤 일이 올 것인가? 이제 나는 자신과 처절한 씨름을 하고, 그리움을 견디고, 꿈을 꾸며, 외롭게 지내겠지.

그러던 어느 날, 이런 예감이 너무 강하게 나를 엄습하면서 에파 부인을 향한 나의 사랑이 갑자기 아프도록 불타올랐다. 이를 어쩌나. 이제 곧 그녀를 보지도 못하고, 집안에 울리는 그녀의 침착하고도 따뜻한 발걸음 소리를 듣지 못하고, 내 책상 위에 놓인 그녀의 꽃을 보지도 못하겠지! 대체 내가 이룬 건 무엇이었나? 그녀의 사랑을 얻기는커녕, 그녀를 얻기 위해 씨름하기는커녕, 그녀를 영원히 내 품 안에 품기는커녕, 꿈이나 꾸고 아늑한 요람에 흔들려 잠자고 있었다. 그녀가 때마다 참사랑을 이야기해 준 모든 것이 생각났다. 수백 가지의 섬세한 조언, 수없는 조용한 유혹들, 아니면 약속들이 생각났다. 나는 거기서 무엇을 얻었는가? 아무것도 얻은 게 없다! 아무것도!

내 방 한가운데 서서는 온 정신을 집중해서 에파를 생각했다. 그러고는 내 마음의 힘을 모아 그녀가 내 사랑을 느끼도록 했다. 그녀가 내게 오도록 했다. 그녀를 반드시 오게 하겠어. 내 포옹을 그리워하게 해야 해. 그녀의 성숙한 입술이 내 키스를 끝없이 탐하게 만들어야지.

나는 일어서서 정신을 집중하였다. 그러자 손과 발부터 차가워지기 시작했다. 나에게서 힘이 빠져나가는 것 같았다. 한순간 내 안에서 뭔가 점점 더 단단하게 뭉쳤다. 뭔가 밝은 것이면서도 차가운 것이었다. 한순간 나는 가슴속에 수정을 품은 것 같은 느낌을 받았다. 그것이 나의 자아임을 알았다. 냉기가 가슴까지 차올랐다.

이 무서운 집중에서 깨어났을 때 뭔가 다가오는 것을 느꼈다. 나는 힘이 빠져 죽을 것 같았지만 에파가 방으로 들어오는 것을 타오르는 열망과 황홀함으로 바라볼 준비가 되어 있었다.

그 순간 긴 도로를 따라 달가닥거리는 말발굽 소리가 울렸다. 그 소리가 점점 가까이서 요란하게 울리더니 갑자기 멈추었다. 나는 창으로 급히 다가갔다. 창밖 저 아래에서 데미안이 말에서 내리고 있었다. 나는 뛰어 내려갔다.

"무슨 일이야, 데미안? 설마 어머니한테 무슨 일이 생긴 것은 아니겠지?"

데미안은 내 말을 귀담아듣지 않았다. 그는 창백한 얼굴이었고, 이마에서 땀이 양쪽 뺨으로 흘러내리고 있었다. 거칠게 숨을 몰아쉬는 말의 고삐를 정원 울타리에 매고는 내 팔을 잡아 당겼다. 나는 그와 함께 거리를 따라 걸었다.

"무슨 소식 못 들었어?"

나는 아무것도 몰랐다.

데미안이 내 팔을 꽉 움켜쥐더니 내게 얼굴을 돌렸다. 무엇인지 알 수 없는, 마음 아파하는 기이한 눈길이었다.

"그래, 친구야, 이제 시작된 거야. 러시아와의 긴장이 심각하다는 건 알고 있었잖아."

"뭐야? 전쟁이 일어났어? 설마 거기까진 생각하지 못했는데."

주변에 아무도 없었지만 그는 나지막한 소리로 말했다.

"아직 선전포고가 있었던 것은 아니야. 하지만 전쟁이 터질 거야. 분명해. 얘기하면 네가 힘들어할까 봐 참고 있었어. 하지만 그간 세 번이나 새로운 징후들을 보았어. 그러니까 세계 멸망도, 지진도, 혁명 도 아니었던 거야. 전쟁이 벌어진 거야. 너는 그것이 어떤 결과를 초래할지 알게 될 거야. 사람들은 그걸 환호할 거야. 벌써 모두 공격하기를 고대하고 있어. 그만큼 삶이 지겨워진 거라고. 하지만 싱클레어, 이것은 시작에 불과해. 어쩌면 엄청난 규모의 전쟁이 벌어질 수도 있어. 대전이라고 할까. 하지만 그것도 그저 시작일 뿐이야. 새것이 시작되면, 옛것에 매달리는 사람들은 이 새것이 끔찍한 일이 될 거야. 넌 어떻게 할 생각이야?"

나는 당황스러웠다. 모든 것이 아직도 낯설고 실감이 나지 않았다.

"난 모르겠어. 그런데 넌?"

데미안은 대답하기 난감하다는 듯 어깨를 들썩였다.

"동원령이 내리는 대로 나는 입대해야 해. 나는 장교라고."

"네가 장교라고? 나는 그런 말을 들어 본 적도 없는데?"

"그래, 내가 장교가 된 건 내가 삶에 적응하는 한 방편이었어. 너도 알다시피, 나는 남들 눈에 띄는 것을 좋아하지 않아. 그래서 바른 삶을 살아보려고 늘 좀 더 많은 일을 해 두었어. 아마도 일주일 후면 나는 벌써 전쟁터에 있을 거야."

"말도 안 돼……."

"이봐, 친구야, 너무 감상적으로만 이 일을 받아들이지 말라고. 산 사람을 향해 총을 쏘라고 명령하는 것이 근본적으로 어떻게 편안한 일이 되겠어. 하지만 그것은 부차적인 문제야. 이제 우리 모두 커다란 수레바퀴 속으로 들어가게 될 거야. 너도 마찬가지야. 너도 틀림없이 징집될 거야."

"데미안, 그럼 너의 어머니는?"

이제야 십오 분 전에 있었던 일이 다시 생각났다. 세상이 순간적으로 얼마나 변했는가! 그 더없이 달콤한 모습을 주문으로 불러내는 데 얼마나 집중했는데. 이제 운명이 위협적이고도 기괴한 탈을 쓰고 갑자기 다시 나를 노려보고 있다니.

"어머니? 아, 어머니는 우리가 걱정할 필요 없어. 어머니는 강해. 오늘날 이 세상 그 누구보다도 탄탄해. 그런데 네가 어머니를 그렇게도 좋아하는 거야?"

"데미안, 어떻게 알았지?"

그러자 그는 크게 소리 내어 웃었다.

"이 어린 친구야! 물론 알고 있었지. 어머니를 에바 부인이라고 부르면서 어머니를 사랑하지 않은 사람은 지금까지 아무도 없었어. 그건 그렇고, 무슨 일이야? 어머니 아니면 나를 부른 거, 맞지?"

"응, 불렀어……. 에바 부인을 불렀지."

"어머니가 그 소리를 감지하셨나 봐. 느닷없이 너한테 가 보라고 하시더라. 그때 어머니에게 러시아 소식을 이야기하고 있었거든."

우리는 각자 갈 길을 갔으며 더는 말하지 않았다. 데미안은 말고삐를 풀고는 말에 올라탔다.

위층의 내 방에 갔을 때에야 비로소 내가 얼마나 피곤한지 느꼈다. 데미안이 말한 소식 때문이기도 했으나 그 전에 부인을 부를 때 집중했기 때문에 더 피곤했다. 에파 부인이 내가 부르는 소리를 들었다니! 내 가슴속의 생각이 에파 부인에게 전해진 것이다. 가능했다면 부인이 직접 왔을 수도 있지 않은가! 만약에 이런 일이…… 모든 것이 얼마나 기이한 일인가. 그리고 근본적으로 얼마나 아름다운 일인가!

이제 전쟁이 일어날 것이다. 우리가 자주 이야기했던 것들이 이제 일어나기 시작한 것이다. 데미안은 그런 일이 일어날 줄 미리 알고 있었다. 얼마나 기이한 일인가. 이제 세상의 조류가 우리 곁 어딘가를 흘러가지 않고 갑자기 우리의 심장 한가운데를 통과하다니. 모험과 거친 운명이 우리를 부르고 있다니. 지금 즉시 혹은 곧, 세계가 우리를 필요로 하는 순간이, 스스로 변화하는 순간이 온다니. 데미안의 말이 옳았다. 그것을 감상적으로 받아들여서는 안 된다. 다만 내가 그처럼 외롭게 생각했던 '운명'을 그렇게 많은 사람과, 온 세상과 함께 겪는다는 점만이 기이하다. 어쨌든 좋다!

나는 준비가 되어 있었다. 저녁에 시내를 걷는데 들끓는 분위기가 곳곳에서 뿜어져 나왔다. 사방에서 '전쟁'이라는 말이 터져 나왔다!

나는 에파 부인의 집으로 갔다. 우리는 가든 하우스에서 저녁을 먹었다. 내가 그 집의 유일한 손님이었다. 아무도 전쟁이라는 말은 꺼내지 않았다. 다만 나중에, 내가 그 집을 나서기 전에야 에파 부인이 말했다.

"사랑하는 싱클레어, 싱클레어가 오늘 나를 불렀어요. 내가 왜 직접 가지 않는지는 잘 알 거예요. 하지만 잊어서는 안 돼요. 싱클레어는 이제 언제라도 필요한 사람을 부를 수 있어요. 표식을 지닌 그 사람이 필요하면 언제든지 다시 부르세요!"

에파 부인은 자리에서 일어나 어스름이 내린 정원으로 앞장서 갔다. 비밀에 가득 찬 부인은 침묵하는 나무들 사이를 품위 있고 당당하게 걸어갔다. 그녀의 머리 위에서 수많은 작은 별들이 매혹적으로 반짝이고 있었다.

이제 내 이야기가 끝나 간다. 모든 일이 빠르게 진행되었다. 곧바로 전쟁이 터졌고, 데미안은 은회색 군복 차림으로 아주 낯선 모습을 한 채 떠났다. 나는 그의 어머니를 집까지 바래다 주었다. 얼마 지나지 않아 나도 그녀와 작별했다. 그녀가 나의 입술에 입맞춤하고 나를 잠시 그녀의 가슴에 꼭 안아주었다. 그녀의 커다란 두 눈은 가까이서 불타올랐고 확실하게 내 눈을 들여다보았다.

모든 사람이 형제가 된 것 같았다. 그들은 모두 조국과 명예를 생각했다. 그러나 그들 모두 한순간 운명의 민낯을 보았다. 청년들이 막사에서 나와 기차에 올라탔다. 나는 많은 얼굴에서 표식을 보았다. 우리의 표식과는 달랐으나 사랑과 죽음을 의미하는 아름답고 품위 있는 표식이었다. 나는 일면식도 없는 사람들의 포옹을 받았다. 그것이 무엇인지 알고 나도 그들을 기꺼이 포옹하였다. 그들을 그렇게 행동하게 한 것은 광기였다. 운명의 의지가 아니었다. 그러나 이 광기는 신성했으며, 그들 모두가 이 짧고도 흔들리는 시선을 운명의 눈에 투사하였기 때문에 감동적이었다.

내가 전장에 배치된 것은 겨울이 임박해서였다. 총탄이 날아와 난리가 난 전쟁 속에서도 나는 모든 것에 대해 아주 실망하고 있었다.

예전에는 이상을 따라 살 수 있는 사람이 왜 이토록 소수인가 하는 문제에 대해 많은 생각을 했다. 그런데 이제는 많은 사람이, 아니 모든 사람이 이상을 따르기 위해 죽을 수도 있다는 것을 알게 되었다. 그것이 개인적 이상, 자유로운 이상, 스스로 선택한 이상이 아니라 전해받은 공동체의 이상인 것은 틀림없지만 말이다.

시간이 지나면서 나는 과거에 인간을 과소평가하며 살았다는 것을 깨달았다. 군인의 의무와 모두가 겪는 위험이 사람들을 그토록 획일화하였음에도 나는 많은 이들, 살아 있는 이들과 죽어 가는 이들이 품위 있게 운명의 의지를 따르는 모습을 보았다. 많은 군인이, 정말 많은 군인이 공격할 때뿐만 아니라 평상시에도 꼿꼿한 자세로 먼 곳을 주시하며 홀린 듯한 눈빛을 하고 있었다. 그 눈빛은 목표가 무엇인지도 모른 채 무시무시한 것에 몰두하고 있었다. 이들이 무엇을 믿건 무엇을 생각하건 간에 그들은 무엇을 위해 쓰일 준비가 되어 있었고, 그들로부터 미래가 생겨날 것이었다. 세상이 전쟁과 영웅, 명예와 과거의 이상에 더 집착하는 것처럼 보일수록, 그리고 겉으로 드러나는 인간성을 향한 모든 목소리가 아주 멀고 비현실적으로 들리면 들릴수록, 그 모든 것은 단순한 외형에 지나지 않았다. 외적이고 정치적인 전쟁의 목적을 물어봐야 그저 피상적인 대답만 나올 뿐이다. 저 깊은 곳에서 무엇인가 새로운 것이 생성되고 있었다. 새로운 인간성 같은 그 무엇 말이다. 참으로 나는 많은 사람을 볼 수 있었다. 많은 이들이 바로 내 옆에서 죽었다. 증오와 분노, 살상과 파괴가 그 대상과 전혀 상관없다는 통찰이 그들에게 생겨났다. 대상이든 목표든 상관없이 전적으로 아주 우연에 의한 것이었다. 근원적인 감정들, 극히 야만적인 감정들까지도 적군을 향한 것이 아니었다. 그들의 잔혹한 행위는 그저 내면의 발산, 내적으로 분열된 무의식의 발산에 지나지 않았다. 그 무의식이 새로 태어나기 위해 미친 듯이 날뛰고, 죽이며, 파괴하고, 죽고 싶어 한 것이다. 거대한 새가 알을 깨고 나오려고 씨름하였고, 그 알은 세계였으며, 그 세계는 파괴되어야만 했다.

이른 봄 어느 날 밤에 나는 점령한 농가 앞에서 보초를 섰다. 미풍이 이쪽저쪽으로 대중없이 불고, 플랑드르 지방의 높은 하늘 위로 구름이 우르르 몰려 지나갔다. 그 뒤 어딘가에 달이 있을 것 같았다. 나는 이미 하루를 불안한 마음으로 지냈다. 어떤 알 수 없는 근심이 있어 마음이 불편했다. 어두컴컴한 초소에서 지금까지의 내 삶의 장면들과 에파 부인과 데미안을 곰곰이 생각해 보았다. 그리고 포플러나무에 기댄 채 요동치는 하늘을 응시했다. 비밀스럽게 빛을 발하던 밝은 하늘은 금방 커다랗고, 새로이 샘솟는 그림의 연속이 되었다. 맥박이 이상하게 느려지고, 피부는 바람과 비에 무감각해지고, 내면에서 빛을 발하는 의식을 감지하자 나는 내 주변에 인도자가 있음을 알아차렸다.

구름 속에서는 큰 도시가 보였다. 그 도시에서 수백만 명의 사람들이 쏟아져 나와 넓은 들판 위로 무리를 지어 흩어져 나갔다. 그들 아래 한가운데로 권세 있는 신의 얼굴이 나타났다. 머리카락에서는 별들이 반짝였고, 그 얼굴은 산맥처럼 거대하였다. 그 얼굴은 에파 부인의 모습을 하고 있었다. 사람들의 얼굴이 마치 거대한 동굴 속으로 사라지듯, 그 신 안으로 들어가 모습을 감추었다. 여신은 바닥에 웅크리고 앉아 있었는데, 여신의 이마에 있는 표식에서 밝은 빛이 깜빡이고 있었다. 어떤 꿈이 그 여신을 덮치는 것 같아 보였다. 여신은 눈을 감았고 그녀의 거대한 얼굴은 고통으로 일그러졌다. 그녀가 갑자기 날카롭게 비명을 지르자 그녀의 이마에서 별들이 튀어나왔다. 수천 개의 빛나는 별들이 멋진 아치와 반원을 이루며 검은 하늘 위로 날아올랐다.

그 별 중 하나가 날카로운 소리를 울리면서 곧장 나를 향해 돌진했다. 나를 찾아오는 것 같았다. 그 별은 굉음을 내며 수천 개의 불꽃이 되어 폭발했고, 그 바람에 나는 공중으로 치솟았다가 다시 바닥에 내동댕이쳐졌다. 세계가 내 머리 위에서 천둥소리를 내며 무너져 내렸다.

사람들은 포플러나무 근처에서 흙과 상처로 뒤덮인 나를 찾아냈다.

나는 지하실에 누워 있었다. 내 위에서 포성이 요란하게 울리는 소리를 들었다. 나는 차에 실려 빈 들판을 덜커덩거리며 지나갔다. 대부분 잠들어 있거나 의식 없이 지냈다. 그러나 잠이 깊이 들수록 무엇이 나를 끌고 간다는 것이, 나를 지배하고 있는 힘을 따라가고 있다는 것이 더욱 강하게 느껴졌다.

나는 외양간 짚 더미 위에 누워 있었다. 주변은 캄캄했고 누군가가 나의 손을 꽉 밟고 있었다. 그러나 나의 마음은 어딘가로 계속 가려 했고, 더 강하게 뭔가가 나를 끌고 갔다. 나는 다시 차에 누워 있었고 나중에는 들것인지 사다리인지에 누워 있었다. 어디론가 가라는 명령을 받은 것처럼 더 강한 느낌을 받았다. 결국은 그곳에 가야겠다는 충동 말고는 아무것도 느낄 수 없었다.

드디어 목적지에 도착했다. 밤이 되었다. 완전히 의식이 돌아왔으며 아직도 내 안에서 행군과 돌진에 대해 강한 느낌을 받고 있었다. 이제는 큰 건물 안에 있었다. 그리고 바닥에 깔린 매트에 누워 있었다. 누군가가 나를 불러서 그곳에 와 있다는 느낌이 들었다. 주위를 둘러

보니 내 매트 바로 옆에 다른 매트가 있었고, 그 매트 위에 누워 있던 누군가가 몸을 앞으로 숙이고 나를 보았다. 그의 이마에는 표식이 있었다. 막스 데미안이었다.

나는 말을 하려 했으나 말이 나오지 않았다. 그도 말을 할 수 없었거나 아니면 말을 하려 하지 않았다. 그는 나를 바라보기만 하였다. 그의 머리 위에 있는 램프가 그의 얼굴을 비추었다. 그는 내게 미소를 지었다.

그는 내 눈을 한없이 오래 바라보았다. 그러더니 천천히 얼굴을 내 쪽으로 들이밀었고 우리는 서로 거의 맞닿을 정도였다.

"싱클레어!"

그가 속삭이듯 말했다. 나는 눈짓으로 그의 말을 알아들었다는 표시를 했다. 그가 다시 미소를 지었다. 연민이 어린 미소였다.

"작은 친구야!"

그가 미소를 머금고 말했다. 그의 입은 이제 내 입 아주 가까이에 있었다. 그가 나지막하게 말을 계속했다.

"아직도 프란츠 크로머 기억나니?"

그가 물었다. 나는 그에게 눈을 깜빡이며 미소를 지을 수 있었다.

"내 작은 친구, 싱클레어, 잘 들어! 나는 이제 떠나야 해. 너는 어쩌면 크로머나 아니면 다른 어떤 일로 내가 다시 필요할지도 몰라. 그래서 네가 나를 부른다 해도 나는 말이나 기차를 타고 그냥 휭하니 달려올 수 없어. 그럴 때 이제 네 안의 소리를 들어 봐. 그럼 내가 네 안에 있다는 것을 알게 될 거야. 이해했니? 그리고 또 한 가지! 에파 부인이 말했어. 만약 너한테 무슨 나쁜 일이 닥치면 에파 부인이 나보고 자기가 해 준 키스를 너에게 전해 주라고 했어. 눈을 감아, 싱클레어!"

나는 순순히 눈을 감았다. 그가 내 입술에 가벼운 키스를 하는 것이 느껴졌다. 그의 입술에서는 그치지 않는 피가 아직도 조금 흐르고 있었다. 그 후 나는 잠이 들었다.

아침에 누군가가 나를 깨웠다. 내 몸에 붕대를 감아야 한다는 것이었다. 드디어 내가 완전히 정신이 들었을 때 재빠르게 옆에 있는 침상으로 시선을 돌렸다. 그곳에는 한 번도 본 적 없는 낯선 사람이 누워 있었다.

붕대를 감는 동안 몹시 아팠다. 그 이후 내게 일어난 모든 일이 아팠다. 그러나 이따금 열쇠를 찾아서 내 안의 깊은 곳으로 내려가면, 어두운 거울 속 운명의 얼굴들이 잠들어 있는 거기로 내려가면, 검은 거울 위로 몸을 기울이기만 하면 나 자신의 모습을 볼 수 있다. 그 모습은 이제 그와 완전히 닮아 있다. 나의 친구이면서 인도자인 그와.

역자 해설

데미안의 매력

'줄탁동시啐啄同時'라는 말이 있다. 새가 알을 깨고 나오기 위해 알 안에서 쪼는 것을 '줄啐', 알을 품는 어미 새가 밖에서 쪼아 깨뜨리는 것을 '탁啄'이라 하는데, 제자와 스승이 뜻이 맞아야 함을 의미하는 사자성어이다. 새가 알을 품고 새끼가 알을 깨고 나오는 일을 본 일이 없는 사람들에게는 어려운 메타포가 아닐 수 없다. 알을 품은 어미 새가 껍질을 '탁啄' 하는 데는 조건이 있다. 새끼 새가 '알을 깨고 나오려고 씨름할' 경우에만 도와주는 것이다. 새가 '줄啐' 하지 못하고 나오면 성장이 지체되듯, 아이 또한 자발적으로 자기가 꿈꾸는 것을 하지 못하고 부모의 욕심대로 따라가면 결과적으로 성장의 지체가 일어난다.

싱클레어는 경건한 분위기의 기독교 가정에서 자란다. 겉으로 보기에 그곳은 기도가 있고 선함이 있고 양심이 있는 밝은 세계이다. 그러나 이곳은 동시에 그의 성장을 가로막는 곳이기도 하다. 어느 날 그는 동네의 불량배 프란츠 크로머를 만나 악의 세계를 경험한다. 집에서 스스로 알을 깨고 나올 수 없었던 싱클레어는 그 악에 대처할 줄 몰랐다. 전학 온 데미안의 도움으로 크로머라는 악에서 벗어난 후에도 싱클레어는 다시 알 속의 세계인 부모의 집으로 되돌아간다. 데미안은 이런 싱클레어를 인도하여, 결국 자기 자신에 이르는 길을 가도록 한다. 데미안은 싱클레어가 고통 받는 순간, 절망하는 순간, 이것으로 끝났다 싶은 순간마다 그 상황에 대한 새로운 해석으로 힘을 주며, 자신을 극복하라고 말한다.

그러나 싱클레어는 이런 데미안이 크로머와 같은 종류의 악인은 아니지만, 그 또한 유혹자라는 것을 알게 된다. 데미안은 카인의 '표식'을 뛰어남으로, 성적 욕망을 인간에게 없어서는 안 될 것으로, 예수 옆 십자가에 못 박힌 강도의 저주를 자연스러운 것으로 보며 싱클레어를 유혹한다. 그로 인해 싱클레어는 아버지가 규정한 '밝은 세계'를 다르게 해석하는 힘을 얻는다. 이렇게 마음속에서 '저절로 우러나오는' 충동에 이끌려 소위 말하는 '어두운 세계'에 싱클레어는 발을 들여놓는다. 성적 충동에 휩싸이고, 아버지나 사회가 금지한 이교에 접근한다. 그러다가 다시 영적인 세계로 돌아와 베아트리체를 숭배하고, 피스토리우스를 만나 아브락사스 신을 숭배하고, 에파 부인에게서 영원한 모성을 구하기도 한다. 자기의 소원을 이루기 위해 천사와 씨름하는 야곱처럼, 싱클레어는 알을 깨고 나오기 위해 끊임없이 알과 씨름한다.

《데미안》은 19세기 말, 20세기 초에 선과 악이라는 이분법을 통해 사람들을 억압하는 사회를 비판한다. 헤세에 앞서 니체는 동정심으로 점철된 기독교 문화가 본질이 아니라며 비판하는 동시에 자기 시대를 비판하였다. 그는 차라투스트라라는 '초인(위버멘쉬)^{Übermensch}'을 창조해 그것을 극복한다. 헤세는 니체의 세계관에 열광하였다. 그는 《데미안》에서 싱클레어로 하여금 이 양극의 세계를 극복하고 그 자신의 세계, 아브락사스의 세계에 이르도록 한다. 싱클레어의 두 세계는 선이 악이 되고, 악이 다시 선이 되면서 두 세계를 초극超克하는 뫼비우스의 띠 같은 구조로 만들어져 있다. 우리의 성장은 선악을 온전히 포함하며, 그 성장은 또한 '선악의 저편'에서, 규범적 도덕이 아니라 힘의 의지로 이루어진다.

니체는 이렇게 말한다.

"춤추는 별을 탄생시키기 위해서는 우리의 마음속에 아직도 혼돈 ^{Chaos}을 지녀야 한다."

이 말은 《데미안》에서도 같은 방식으로 재현된다. 싱클레어가 겪은, 알을 깨고 나오기 위한 씨름은 성장의 원동력이다. 새싹을 틔우기 위해 겨우내 땅속의 혹독한 추위를 견뎌야 하고, 별빛이 빛나려면 주위가 어두워야 하듯, 알을 깨고 나오려는 새는 어둠과 추위와 씨름해야 한다. 《데미안》에서 보는 싱클레어의 독신瀆神, 술 취함, 근친상간의 꿈, 에파 부인을 향한 사랑의 제안, 이교(아브락사스) 숭배, 피스토리우스에게 보인 배은망덕, 전쟁과 몰락들은 모두 이러한 씨름에 대한 메타포이다.

이 작품은 단순히 심혼(마음) 세계 탐험에만 국한하지 않는다. 이 작품은 창조와 파괴의 연속이라는 아이러니적 구조를 갖고 있다. 독자들이 승리를 장담할 만한 상황이면 그것이 다시 실패가 되고, 고통이 멈추는가 싶으면 그 지점에서 새로운 고통이 시작된다. 헤세는 이런 지점마다 다시 읽고 싶게 만드는 시적인 언어들을 내뱉고 있다. 헤세의 언어는 우리가 외로울 때 더욱 외롭게 함으로써 스스로 일어나게 만들고, 우리가 고통스러울 때 우리를 더욱 절망하게 만들어 끝이 곧 시작이라는 것을 알려준다. 우리가 증오하는 것이 바로 자신이며, 우리가 사랑하는 것 또한 자신이라는 것도 알려준다. 그러므로 《데미안》은 선과 악, 쾌감과 고통, 만남과 이별, 코스모스와 카오스, 사랑과 불화라는 아포리아aporia로 가득하다. 이들은 우리가 피하고 싶지만 반드시 만나야 하는 것들이다.

《데미안》이해를 위한 심층심리학

이 소설은 독일의 전통적인 교양소설, 즉 성장소설로 분류된다. 그 이유는 이 소설이 에밀 싱클레어라는 열 살 소년이 성장해 나가는 과정을 다루고 있기 때문이다. 소년의 성장은 세 단계로 구성된다. 첫 번째 단계는 싱클레어가 악을 만나기까지의 과정이다. 여기서는 안전한 부모의 세계에서 크로머라는 소년 불량배를 만나면서 겪은 고통이 묘사된다. 싱클레어는 데미안의 도움으로 이 끔찍한 악의 세계에서 벗어난다.(제1-3장) 두 번째 단계는 에밀 싱클레어가 아버지의 집을 떠나, 다시 말해 첫 번째의 유년 세계를 떠나 슈투트가르트의 김나지움으로 가서 겪는 일탈들이다. 여기서 싱클레어는 삶의 의미에 대해 생각하고 자기 자신을 찾아가는 일에 매달린다.(제4-6장) 싱클레어가 김나지움을 졸업하며 이 두 번째 성장은 마지막 성장을 향한다. 세 번째 단계는 하이델베르크 대학에 진학한 후 데미안을 다시 만나고, 그의 어머니 에파 부인을 만나 사랑과 모성을 얻으려고 애쓰는 과정이다. 그러나 이 과정은 제1차 세계대전이 발발하면서 강제적으로 종말을 맞는다.^(제7-8장) 외적으로 변화하는 각 성장의 과정에는 심층심리학의 세계가 저변을 이루고 있다.

싱클레어의 정체성

소설 《데미안》이 말하는 자신에게 이르는 길, 즉 정체성 확립이란 우리가 없는 것으로 치부하고 무시하는 무의식적 욕동과 그 욕동의 억압을 인식하고, 인정하고, 그것을 인격에 통합하는 과정이다. 여기서 억압^{Verdrängung}이란 싱클레어의 무의식에 억압된 것을 말한다. 싱클레어는 아버지가 원하는 선한 세계(학교, 모범, 성직자나 공직자의 길)가 아니라 예술가의 길을 원했으나 그것은 억압되었다. 또한, 그의 내면에서는 모성이 억압된다. 그는 끝없이 성적이고 여성적인 것에 집착한다. 그런데 이런 것들은 자라면서 억압되거나 삶에서 추방된다. 하지만 이것들은 원만한 인격을 형성하기 위해 자아에 통합되어야 할 것들이다.

데미안은 이 내적 통합이 익숙한 것의 파괴를 통해서만 가능하다고 싱클레어를 설득한다. 자기 내면과의 씨름이다. 싱클레어는 이렇게 고백한다.

"나는 나의 마음에서 저절로 우러나오는 그런 삶을 살려 했을 뿐이다. 그런데 그게 왜 그렇게 어려웠을까?"

데미안은 싱클레어의 이 고백을 하나의 상징으로 설명하고 있다.

"새는 알을 깨고 나오려고 씨름한다. 알은 세계다. 태어나려는 자는 한 세계를 파괴해야 한다."

그리고 데미안은 싱클레어가 왜 크로머나 자기 아버지에 대한 두려움을 가지는지, 그에 대해 어떻게 대처해야 할지를 말해 준다.

"우리는 누구도 이유 없이 무서워하지 않아. 누군가를 무서워한다면, 그건 이 누군가에게 자신을 지배할 힘을 내주었기 때문이지."

개신교에서는 유아세례를 받고 14세가 되면 입교식을 한다. 성인식에 견줄 수 있는 통과의례이다. 그런데 싱클레어는 어린 아이처럼 자신의 모든 생각을 교회나 성경에 의지하고 있다. 아버지가 두렵기 때문이다. 그러므로 경건주의로 무장한 기존의 교회 권력에 '지배할 힘'을 내준 것이다. 인간이 두려움을 갖는 것은 알 수 없는 것, 즉 억압된 것과 차이가 있기 때문이다. 심층심리학에서는 자아에고와 자기이드의 근본적인 불일치가 불안의 근본이라 한다. 데미안은 싱클레어에게 우리가 누군가를 증오하는 감정은 우리 내면에 존재하지만, 우리 스스로 받아들일 수 없는 어떤 것이 다른 누군가(즉 나의 대리자)에게 나타날 때 생기는 것이라고 말한다.

싱클레어가 크로머에게 종속된 것은 곧 그가 아버지에게 종속되었기 때문이다. 그의 아버지는 그와 그의 주변을 지배했던 슈바벤 지방 개신교의 경건주의적 분위기를 의미한다. 그가 크로머에게서 해방된 것(물론 자신의 힘으로 이룬 것이 아니었지만)은 아버지로부터의 해방이다. 결국 데미안도 크로머 같은 유혹하는 악마이며, 싱클레어 내면의 무의식적 자기Self의 다른 이름이다. 오르간 연주자이자 철학자인 피스토리우스도, 에파 부인도 모두 마찬가지이다. 결국 다른 자아alter ego라고 할 수 있는 자기를 포함한 전체적 '나'가 바로 개인의 정체성이다.

싱클레어의 개성화 과정

칼 융에 따르면, 개성화는 "개별화하는 것, 우리가 개인을 우리의 마지막 내적 독특함이라고 이해하는 한 자기 자신에게 이르는 길을 말한다. 그래서 우리는 개성화를 '자기화' 또는 '자기실현'으로 이해할 수 있다."(칼 융 전집 7권, 404). 그런데 이 자기self는 외부로 보이거나 생각하는 것이 아니라 보이지 않는 자신의 그림자, 아니마, 페르소나, 원형 같은 것으로 만들어져 있다. 그래서 융은 개성화 과정을 알기 위해서는 꿈을 연구해야 한다고 말한다.

싱클레어의 꿈을 살펴보자. 먼저 프란츠 크로머로부터 시달리던 시기에 꾼 꿈이 있다. 싱클레어는 크로머에게 고통을 받는 중에도 가족들과 함께 소풍을 가서 배를 타는 평화로운 꿈을 꾼다. 그 후 크로머로부터 받는 고통이 심해지자 꾼 꿈이 있다. 크로머가 칼을 주면서 숨어 있다가 지나가는 사람을 찌르라고 명령하는데 그가 찌르라는 사람이 아버지인 꿈이다. 이런 꿈을 자주 꾸면서 데미안이 크로머의 역할을 대신하기도 한다. 억압하는 자가 크로머에서 이제 데미안으로 바뀐 것이다. 다음에 싱클레어가 꾼 꿈은 슈투트가르트에서 어느 날 우연히 데미안을 만나 술집에 들어갔다가 갈등을 겪고 헤어진 이후의 꿈이다. 그 당시 싱클레어는 베아트리체를 숭배하며 그녀의 그림을 그리고 있었다. 꿈에 데미안이 나타나 싱클레어가 그린 문장의 새를 먹으라고 강요한다. 그 새는 뱃속으로 들어가 꿈틀거리며 살아난다. 이 꿈을 꾼 싱클레어는 식은땀을 흘리면서 잠에서 깬다.

그리고 좀 더 결정적인 꿈은 문장의 새 그림을 데미안에게 부치고 난 뒤에 받은 답장과 더불어 꾼 꿈이다. 이 시기에는 특정한 꿈이 자주 반복된다. 싱클레어는 어느 날 꿈에서 집으로 돌아간다. 거기서 어머니가 자기를 따스하게 맞아주면서 포옹을 한다. 그때 싱클레어는 짜릿한 쾌감을 느낀다. 그런데 자세히 보니 그게 어머니가 아니라 데미안과 비슷한, 체격이 큰 여성이었다. 그 이후에 싱클레어는 사춘기의 성적인 꿈을 자주 꾼다. 아브락사스가 신인 동시에 악마라는 설명을 피스토리우스에게 듣는 시절에도 앞에서 꾼 어머니 꿈을 다시 꾸었다고 말한다. 이 꿈은 크나우어와 친하게 이야기를 나눌 때도, 불편한 관계가 되었을 때도 다시 반복된다. 그리고 에파 부인을 만나고 에파 부인의 집에 자주 들락거릴 때 꾼 꿈들이 있다. 하나는 데미안과 함께 긴장하며 강력한 운명을 기다리는 꿈이었고, 다른 하나는 에파 부인과의 새로운 결합이 비유로 나타나는 꿈이었다. 그리고 또 싱클레어는 인류의 운명과 관계되는 꿈을 꾼다. 사다리를 타고 나무인지 탑인지를 올라가는 꿈이다. 사방이 훤히 보이는데 마을이 불타고 있다. 데미안은 싱클레어에게 그 꿈은 자신의 욕동과 관계되는 꿈이 아니라 인류의 운명을 암시하는 계시나 예언 같은 꿈이라고 말한다. 아마 전쟁에 대한 계시인 듯하다.

이렇게 이 작품에 나타나는 싱클레어의 꿈들은 그가 개성화의 과정을 이루어가는 과정을 보여 주며 소설의 골격을 이루고 있다. 이렇게 반복되는 꿈은 패턴이 있고, 이 패턴이 마음을 조절하고 마음의 방향을 결정한다는 것을 알 수 있다. 이 조절 기능과 방향성이 바로 성장 과정, 개성화의 과정을 결정한다. 융은 이 마음의 중심에 의식적인 자아^{ego}와는 구별되는 자기^{self}가 마치 솟아오르는 샘처럼 존재한다고 설명한다. 이것을 그리스인들은 '다이몬'이라고 불렀다. 칼 융에 따르면 이 자기가 우리의 중심이고 자아는 보조 역할을 한다.

싱클레어의 유년은 밝은 세계에서 안주하고 있었다. 그러나 그의 고유한 개성은 예술가가 되는 데 있었다. 그림(베아트리체 그림)과 음악(피스토리우스의 오르간 음악)과 글쓰기(크로머에게서 거짓말로 지어낸 이야기)에 싱클레어는 자질을 보였다. 그리고 기독교적 경건함이 아니라 영원한 모성으로의 끌림이 자신만의 개성으로 인정받길 바라고 있었다. 그러나 그의 주변 세계는 공리주의적이고 교조주의적이어서 싱클레어의 자발적이고 자율적인 세계에는 매우 적대적이다. 외적인 문제, 즉 학교에서의 성적, 크로머의 구속을 벗어남, 베아트리체를 자기 여자로 만드는 데 성공함, 에파 부인과의 사랑에 성공함, 전쟁에 나가 승리를 함, 이런 것이 싱클레어에게는 중요하지 않다. 무의식에 자리 잡은 자기의 개성을 찾아가는 길이 곧 싱클레어의 꿈의 패턴이자 그의 개성화 과정이다.

원형 또는 원시심상

칼 융은 인간에게는 모든 시대, 모든 문화, 모든 개인을 넘어서 존재하는 원형상, 신화적 요소가 있다고 설명한다. 프로이트는 이것을 '고태의 잔재archaische Überreste'라고 명명하였다. 이 고태의 잔재는 개인의 삶으로서는 설명할 길이 없는 아주 원초적이고, 내재적이고, 유전적인 인간의 마음 바탕인 것이다. 융은 이것을 '원형archtypus' 또는 '원시심상Urbilder'이라고 부른다. 인간의 육체가 긴 진화의 역사를 지닌 여러 기관의 박물관임을 보여 주듯이 마음도 같은 양식으로 구조화되어 있다. 말하자면 아득한 옛날의 그 마음이 우리 정신의 바탕을 이루고 있다.

　이런 원형들과 구성된 집단무의식은 개별자들에게 다르게 나타나는 개인적 무의식과는 구별되며 의식과도 거리가 있기에 이 원형들은 의미 있고 특별한 꿈에 등장한다.

"우리는 개성을 늘 너무 좁게 생각하지! 우리는 항상 다른 사람과 구별되는 것만을 개인이라고 보고 있어. 하지만 우리는 세계의 구성 성분 전체로 이루어져 있어. 우리는 모두, 나아가 우리의 몸이 물고기를 지나 훨씬 더 멀리까지 거슬러 올라가는 계통 발달을 지니고 있듯이, 우리의 마음도 그때그때 인간의 심혼 안에서 경험했던 모든 것을 지니고 있어."라고 피스토리우스가 말한다. 인간이기 이전의 계통 발생적 요소까지도 집단무의식으로 우리 심혼(마음) 속에 존재한다는 뜻이다.

칼 융은 이 원형으로 구성된 집단무의식이 인간의 자기실현에 관여한다고 주장한다. 대개는 동기들을 통해 이 원형들이 발생하는데, 그 동기들 속에서 인간의 운명이 지닌 보편적 법칙인 원형들은 개인적 의식 속의 의도, 기대, 경험을 통과해서 불쑥 그 모습을 보인다. 그리고 그것은 우리의 마음을 교정하고 부족한 부분을 찾아 보상한다. 싱클레어가 내적인 곤궁에 처한 순간들에서 우리는 그런 동기들을 찾아볼 수 있다. 이를테면 아버지 살해의 꿈, 문장의 매 꿈, 아브락사스에 관한 꿈 그리고 공중을 나는 꿈들은 고태의 잔재에서 나온 것들이라고 할 수 있다.

아니마와 아니무스

생리학자들은 내분비선을 토대로 모든 인간에게 양성적 요소가 있다는 것을 밝혔다. 그러나 그것이 밝혀지기 전인 중세에 이미 모든 남성은 그 안에 여성을 지니고 있다는 믿음이 있었다. 융이 아니마라고 부르는 것은 모든 남성이 지닌 여성적 경향이다. 싱클레어의

228

아니마는 이 작품에서 막연한 느낌이나 기분, 계시적 육감(예감), 비이성적인 것에 대한 감수성, 즉 자연에 대한 감수성으로 다양하게 등장한다. 싱클레어는 여성과의 관계에서 열등한 위치에 선다. 그는 누이들, 어머니, 베아트리체나 또래 여자애들, 길거리에서 만난 여성들, 에파 부인, 그 누구 앞에서도 당당하게 서 본 일이 없다. 그러나 이런 측면은 싱클레어에게는 물론이고 책을 읽는 우리에게도 은폐되어 있어서 그것이 정상적으로 보이지는 않는다.

우리는 작품에서 싱클레어가 여성을 어색해하고, 두려워하고 있다는 것을 알 수 있다. 소풍 꿈을 꾸고 그 꿈에서 본 누이들의 자태, 어느 봄날 길거리에서 갑작스럽게 만난 베아트리체, 베크와 더불어 시작된 성에 대한 공상, 에파 부인에게 사랑을 구걸하는 것은 모두 그 전주에 불과하다. 싱클레어는 크로머를 대신하여 칼로 아버지를 찌르도록 종용하는 데미안 꿈을 꾸고, 그와 성관계 하는 꿈을 꾸고, 부드럽게 성적인 포옹을 하는 어머니 꿈을 반복하여 꾼다. 꿈은 자주 꾸지만, 현실에서는 여성에게 접근할 용기가 없다. 이 꿈의 의미는 '너는 조신한 여자처럼 행동하고 있다'라는 뜻이다.

이런 아니마의 특성은 대개 어머니로부터 받은 영향에서 온다. 어머니로부터 나쁜 영향을 받은 사람일수록 아니마는 조급하고, 우울하고, 불안정하다. 화를 잘 내는 성격의 소유자가 될 수도 있다. 반대로 좋은 영향을 너무 많이 받으면 반대 성격 아니마의 영향을 받는다. 그 아니마는 아들을 약하게 만들어 여성의 제물이 되게 하고, 고난과 투쟁하는 힘을 잃어버리게 한다. 이런 아니마는 남성을 감상주의자로 만들거나 신경과민이 되게 한다. 싱클레어는 후자의 경우라고 할 수 있다.

성경 비판을 통한 인격의 전체성

싱클레어를 알에서 깨어 나오게 하기 위해 데미안은 성경에 나오는 몇 가지 비유를 든다. 경건주의자인 싱클레어의 아버지나 기독교인들이 들으면 경악할 만한 이야기지만 데미안은 카인과 아벨의 이야기를 성경과 전혀 다르게 해석한다. 아담과 하와가 아들 둘을 낳았는데 형은 카인이고 동생은 아벨이다. 카인은 농사짓는 자였고, 아벨은 양 치는 자였다. 당연히 아벨은 양을, 카인은 곡식을 제물로 바쳤다. 그런데 엘로힘(하나님)께서는 아벨의 제사는 받으시고 카인의 제물은 받지 않으셨다. 그러자 화가 난 카인은 들판에서 동생 아벨을 쳐 죽였다. 그러자 좋으신 엘로힘이 그를 저주하고 땅에서 그를 내쫓는다. 그 후 카인은 사람들이 자기를 죽일까 두렵다고 엘로힘께 호소한다. 좋으신 엘로힘은 그에게 '표식'을 주고 그가 죽임을 당하지 않도록 한다는 것이 싱클레어가 들은 성경 이야기이다. 그러나 데미안은 이 이야기가 당시 사람들이 조작한 것이라고 말한다. 그 표식은 카인이 보통 사람과는 달리 힘과 담력, 영성을 가지고 있기에 붙은 일종의 '특별함(휘장)'의 상징인데, 사람들이 그를 두려워했던 나머지 살인자의 '낙인'으로 삼았다는 것이다.

  또 하나는 신약성서에 있는 이야기이다. 예수를 처형한 골고다 언덕 십자가에는 세 개의 십자가가 있었는데, 나머지 두 개의 십자가에는 강도들이 예수와 같이 매달려 있었다. 한 강도는 예수를 조롱하고 다른 강도는 조롱하는 강도를 꾸짖으며 예수께 당신의 나라가 임할 때 자기를 기억해 달라고 하였다. 데미안은 비겁한 강도보다는 예수를 조롱한 강도가 더 지조 있는 사람이며 이 사람이 카인의 후

예일 수도 있다고 말한다. 따라서 데미안은 이 이야기 역시 누군가가 기독교를 전파하기 위해 각색한 것이라고 싱클레어에게 말해 준다. 이 두 이야기를 통해 데미안은 하나님의 한 가지 모습, 즉 선하고 아름답고 숭고하고 감성적인 측면만 강조하되, 다른 모든 것은 악마의 모습으로 떠넘겨지고 있다고 비판한다.

데미안의 이 말은 인간이 온전히 자신에 이르려면 어두운 악의 측면도 세계 전체로서 같이 이해해야 한다는 것이다. 물론 강간, 살인 같은 것은 금지되어야 마땅하나 인간의 무의식의 욕동은 금지되어야 할 악이 아니라는 것이다. 다분히 니체의 사상에서 영향을 받은 것이라고 할 수 있는 이런 생각은 인간의 욕동이 그리스 문화에서는 오히려 신적인 것으로 섬겨지고 축제를 열어 숭상되었다는 데서 온 것이다.

프리드리히 니체와 《데미안》

헤세의 분신이라고 할 수 있는 싱클레어는 니체와의 관계를 이렇게 고백한다.

"그 책은 그전에 읽었던 어떤 책보다 나에게 강렬한 인상을 남겼다. 훗날에도 책을 읽었지만 니체 정도를 제외하면 그런 체험을 하지 못했다."

나중에는 니체에 탐닉한 자신의 모습을 이렇게 그려 내고 있다.

"나는 니체와 함께 살면서 그가 가졌던 마음의 고독을 느끼고, 쉴 새 없이 그를 몰아댄 운명을 추적하고, 그와 함께 고통을 나누며 […]."

이 작품 《데미안》은 겉보기에는 프로이트의 정신분석과 칼 융의 심층심리학에 영향을 받아 쓴 것처럼 보이지만, 작품의 구조와 세계관은 모두 니체의 철학에서 영향을 받았다.

싱클레어는 항상 혼자이고 고독하다. 이것은 산속에서 은거하는 차라투스트라의 모습과 같다. 물론 그 차라투스트라의 모습은 '겟세마네 동산에 있는 예수의 모습'에서 차용한 것이다. 고독은 니체가 말한 네 개의 미덕 '용기와 통찰과 공감과 고독(《선악의 저편》, 284절)'에 속하는 것이다. 작품 속 피스토리우스는 그 자신이 이 고독을 견딜만한 힘이 없어 자신의 세계에 이르지 못했다고 한다.

"오로지 계시만을 원하는 사람은 모델도 이상도 없어. 사랑도 위로도 필요 없다네!"

헤세의 거의 모든 소설은 이원론에서 출발한다. 교회와 학교와 모범, 충동과 모험과 범죄, 이 두 세계가 《데미안》의 주요 모티브들이다. 이것은 니체의 사상 '선악의 저편'을 따른 것이다. 데미안은 카인과 아벨의 이야기로 시작하여, 십자가 강도 이야기를 토대로 선악의 선택은 기독교의 모순이라고 역설한다. 교회와 학교, 사회가 선과 악이라는 이분법적 시각으로 사람들을 상대화한다며 비판한다. 이 카인과 십자가 강도는 바로 니체가 말하는 초인의 모습인데, 이 자신을 극복한 초인은 '선악의 저편'에 서 있는 인물이다. 이 이원론을 극복하기 위해 싱클레어는 자기보다 훨씬 성숙하고 거의 전능한 데미안을 아브락사스라는 신으로 본다. 아브락사스는 선과 악, 밝음과 어두움을 자기 속에 모두 포함하고 있는 신이다.

데미안은 카리스마가 있고 거의 완벽한 인격을 갖춘 니체의 초인을 그려내었다. 초인은 바로 신이 죽었다고 하면서 대낮에 등불을 들고 "나는 신을 찾는다! 나는 신을 찾는다!"라고 외치는 사람이다.

싱클레어나 데미안, 피스토리우스 모두 도덕화된 기독교를 신랄하게 비판한다. 그 대신 이 초인은 "네 운명을 사랑하라$^{Amor fati}$"(《즐거운 학문》, 276절)라고 외친다. 싱클레어가 바라본 초인인 데미안의 모습도 이와 유사하다.

"그가 낯설고, 고독하고, 조용하게, 그들 사이에서 별자리처럼 걸어가는 것을 본다. 자신만의 하늘에 둘러싸여 자신만의 법칙에 따라 사는 별자리처럼 말이다."

데미안의 모습은 니체가 그린 초인, "가장 고독한 자, 가장 깊이 숨겨져 있는 자, 가장 멀리 은일한 자, 선악의 저편에 있는 자, 자신이 주도적으로 미덕을 행하는 자, 의지를 전해 주는 자"(《선악의 저편》, 212절)인 것이다.

강한 자들, '표식을 받은 자들'은 새로운 것을 꿈꾼다. 그가 바로 창조자이기 때문이다. 창조적이지 않은 '어리석은 군중^{Herdenmensch}'은 옛것에 머물고 있으며, 현재에 닻을 내리고 있다. 싱클레어가 하이델베르크에서 발견한 대학생들, 연대와 공동체, 패거리를 만드는 그 시대 사람들은 대체로 이런 속물들이다. 그 대신 데미안과 싱클레어는 새로운 세계의 도래를 원한다. 새로운 세계를 도래하게 하는 전쟁에 대한 생각은 "위험하게 살라."라고 외친 니체의 생각에서 비롯된 것이다. 니체는 말한다. "전쟁까지도 성스럽게 만드는 것이 좋은 일이라고 말하려는가? 오히려 너희에게 말하거니와, 좋은 전쟁이 모든 일을 성스럽게 한다고 말하리라. 이웃 사랑보다는 전쟁과 용기가 위대한 일을 더 많이 해왔다."(《차라투스트라는 이렇게 말했다》제1부, 〈전쟁과 전사에 대해〉)

니체는 낡은 세계를 파괴하고 새로운 것을 창조하라고 한다. 자기를 극복하고 새로운 것을 창조하여 본래 인간이 되기, 그것이 곧 자기 자신이 되는 것이고, 자기를 초월하는 것이며 초인이 되는 것이다. 싱클레어가 초인 데미안(즉, 자신)에 이르기 위해 자기를 초월해 가는 과정은 니체의 생각에서 온 것이다. 니체는 《차라투스트라는 이렇게 말했다》 제2부, 〈자기 극복에 대해〉에서 이렇게 말했다.

"보라, 나는 끊임없이 자신을 극복해야 하는 그 무엇이다. 물론 너희는 이것을 생식에의 의지 또는 목적에의 충동, 좀 더 높은 것, 좀 더 멀리 있는 것, 좀 더 다양한 것에 대한 충동이라고 부른다. 그러나 이 모든 것은 하나이며 하나의 비밀이다. […]
아, 내가 말한 이런 의지를 알아듣는 자는 곧 그 의지가 어떤 굴곡진 길을 가야만 한다는 것도 알아들으리라! 내가 무슨 일을 하고 그것을 사랑한다고 치자. ―그 즉시 나는 내가 한 그 일, 내가 사랑하는 그 일의 적대자가 되고야 만다. 그것이 나의 의지라는 것이다."

다시 번역하는 《데미안》, 그리고 방탄소년단^{BTS}

2018년 교보문고는 지난 10년간 가장 많이 팔린 책 3권을 선정하였는데, 바로 《데미안》, 《위대한 개츠비》 그리고 《그리스인 조르바》였다. 그중 1위가 《데미안》이었다. 만약 독자를 30대 이하로 한정한다면 《데미안》이 단연코 압도적인 1위가 될 것이다. 우리나라 사람 누구나 청소년기를 학교에서 보냈다면 이 책의 이름을 들어보지 못한 사람은 없을 것이다. 이 책의 인기는 1970년대부터 시작되었다. 우리의 문학적 근대와 맞물리는 시기인 것 같다. 70년대는 출세나 사회적 신분이 아닌 개인의 존재, 내면적 가치에 눈을 뜨는 시기가 아니었던가. 독일 문학의 르네상스는 《데미안》으로부터 시작되었다고 해도 과언이 아니다. 그의 소설 《나르치스와 골트문트》,《청춘은 아름다워라》,《수레바퀴 아래서》 또한 많은 독자가 있다. 서양의 많은 사람이 궁금해 하는 것은 왜 《데미안》이 유독 한국에서 많이 읽히는 가 하는 것이다. 우리는 답을 알고 있다. 헤세가 겪었던 독일 경건주의의 도덕주의와 한국 유교의 도덕주의가 유사하기 때문이다. 그리고 헤세가 겪었던 당시 독일은 부권과 권위가 중요한 시기였다. 청소년들은 이런 점에서 싱클레어의 고통에 깊이 공감한다.

작가 헤르만 헤세는 1877년 독일 슈바벤 지방 그리고 슈바르츠발트 안에 있는 칼브Calw라는 작은 도시에서 태어났다. 아버지 요한네스 헤세는 발틱계 독일인으로서 인도에서 선교활동을 하다가 귀국한 후, 칼브에서 1873년부터 칼브 기독교 서적 출판협회에서 일하였다. 그리고 헤세의 할아버지는 독일에서 이민을 간 에스토니아의 상인이어서 헤세의 아버지는 러시아 국적이었고, 당연히 헤세도 러시아 국적이었다. 헤세의 어머니 마리 군데르트는 인도 서남부 말라바 해변에서 자랐고, 어릴 때부터 그곳의 노래와 그곳의 문물들을 보고 자랐다. 외할아버지인 헤르만 군데르트도 그곳의 선교사였기 때문이다. 어린 헤세는 외할아버지의 서재에서 모든 인도의 문화를 그림으로 또는 외조부의 행동과 가르침을 통해 보고 배웠다.

그러나 어린 헤세가 몸으로 겪은 현실 세계는 칼브의 프로테스탄트 경건주의 그리고 그 규범과 질서, 거기에 터를 잡고 사는 수공업자들의 성실함이었다. 이런 성장과정에서 헤세에게 강력한 도전으로 다가온 것은 현실과 내면의 충돌이었다. 12세 때 헤세는 이미 나아갈 길이 정해졌다. 그것은 라틴어학교와 신학교를 나와 뷔르템베르크주의 목사나 교사(기독교)가 되는 길이었다. 만약 그가 중간에 뛰쳐나오지 않고 마울브론 신학교를 마쳤다면, 그는 신학뿐만 아니라 라틴어, 그리스어, 히브리어, 프랑스어를 배워야 했고 교사나 목사, 공무원이 되어야 했다. 그런데 그는 작가가 되고 싶었다. 그는 이미 13세 때 "시인이 되지 않는다면 나는 아무것도 되고 싶지 않다"라는 말을 남겼다.

하지만 그는 칼브에서도, 마울브론에서도 작가가 되는 길을 찾을 수 없었다. 왜냐하면 다른 모든 직업은 학교에서 배울 수 있었지만, 시인(작가)이 되는 길은 배울 수 없었기 때문이다. 《데미안》에도 이런 상황을 서술하는 부분이 있다. 다른 아이들은 의사가 되고, 판사가 되겠다고 했지만, 싱클레어는 길을 찾을 수 없었다. 왜냐하면 시인이 되는 길은 드러내놓고 말할 수 없었기 때문이다. 당시 그런 말을 하면 다른 아이들이 조롱했으니까. 결국 헤세는 1892년 열 다섯 살되던 해, 마울브론 신학교를 뛰쳐나왔고 들판 건초더미에서 발견되었다. 아버지는 헤르만을 슈테텐에 있는 정신요양원에 입원시킨다.

헤세는 자신만의 길을 가고자 했고 자신의 고집을 꺾으려 하지 않았다. 그의 고집은 훗날 노벨문학상을 받으며 사람들에게 모범이 되었다. 대학을 가지 않고도 말이다. 그는 이렇게 말한다.

'네가 하고 싶은 일을 해라.', '너 자신의 길을 가라.' 특별한 것 같지만 이 말은 청소년들이라면 누구나 갖고 있는 고집을 뜻한다. 그런데 부모들은 이 고집을 부정적으로만 바라본다. 독일 말로 '고집Eigensinn'은 '자기만의 생각'을 뜻하는 'eigener Sinn'과 같은 내용이다. 헤세는 이 고집을 긍정적으로 생각하고 소위 '자기만의 생각'을 따라간 것이다.

사실 헤세의 부모는 우리가 《데미안》을 읽으며 추론하는 그런 엄격한 부모는 아니었다고 한다. 헤세에 따르면 어머니는 상상력이 풍부하며 음악성이 있는 인물이었다. 아버지는 고통을 감내하고 구도하는 성품이었고, 훈육 방법은 엄격했으나 실제로는 기사도적이고, 세심하고, 온화한 사람이었다고 한다. 엄격한 것은 아버지가 아니라 교회였고, 경건주의적 원칙이었다. 그 원칙은 인간이 자신의 의지를 꺾고 하나님만 바라보고 나아갈 때 구원을 얻을 수 있다는 가르침이었다. 그러므로 아이들은 당연히 그 아이들이 가진 천성이나 취향, 특성, 욕구에 따라 교육할 것이 아니라 고난을 당한 예수처럼 십자가를 지고 하나님께 봉사하고 희생하는 길을 가도록 교육해야 했다. 어린 헤세가 반항한 것은 인간이 본성상 악하다는 이런 기독교-프로테스탄트-경건주의 교리였던 것이다.

음악적 조성과 리듬은 헤세의 모든 작품에 스며들어 있다. 그래서 우리는 《데미안》을 프로테스탄트적 음악 분위기로 읽을 수 있어야 한다. 어느 외국 번역가가 나단조$^{H-moll}$나 라단조$^{D-moll}$라고 설명한 바 있는 이 분위기는 예수의 십자가 고난을 전제로 하고 있다. 싱클레어가 즐겨 들었던 바흐의 〈마태수난곡〉, 〈나단조 미사〉, 북스테후데의 〈파사칼리아〉 같은 곡에서 들을 수 있는 분위기이다. 그가 자연을 노래할 때나 고통을 호소할 때, 베아트리체를 숭배할 때나 크나우어에게 욕을 얻어먹을 때, 아버지와 기독교를 비난할 때나 전장에 나가 환상을 볼 때, 어느 곳에서든 이 음악적 분위기를 감지하고 번역에 반영하고자 했다. 그에 맞게 종전 번역본에서 가톨릭 용어로 번역된 몇몇 표현들을 헤세 시대의 종교적 유산인 프로테스탄트-경건주의의 언어로 바꾸는 작업이 꼭 필요하였다. 또한 무의식 세계를 서술하는 대목들에서도 정신분석학적 개념이 좀 더 보완될 필요를 느꼈다. 한국에서 예민한 문제인 성과 관계되는 서술도 구체적으로 표현할 필요가 있었다.

이런 자유를 열망한 헤세의 작품 《데미안》이 최근 BTS라는 세계적인 보이그룹을 통해 다시 조명되고 있다. BTS는 내면적이고, 계시적인 《데미안》의 메시지를 현대를 살아가는 청소년의 삶으로 아주 멋지게 재생산해 내었다. BTS의 작품이 정체된 우리나라의 헤세 해석보다 훨씬 더 자유롭고 상상력이 풍부하다. 이것 또한 내가 이 책을 번역하게 된 동기 중 하나이다. BTS가 표현해 내듯이 싱클레어의 솔직한 내면세계를 좀 더 쉽게 풀어 독자들과 다시 읽고 싶었다. 2016년 BTS는 쇼트필름 〈WINGS〉이라는 앨범을 발표하였는데 여기에 실린 <피, 땀, 그리고 눈물>의 뮤직비디오와 영상들은 데미안을 그들만의 언어로 21세기 청소년들에게 새롭게 소개하고 있다.

세상에 발표된 지 100여년이 지난 지금, 제1차 세계대전이 발발하던 유럽의 현상과 완전히 다른 시대를 사는 젊은이들의 피를 다시 끓게 하는 무엇을 BTS는 이 작품 《데미안》 속에서 발견한 것일까? 선과 악, 유혹, 타락, 극복, 춤추는 별, 이것이 그 시대 젊은이와 현대의 젊은이를 연결하는 것이 아닐까?

"새는 알을 깨고 나오려고 씨름한다. 알은 세계다. 태어나려는 자는 한 세계를 파괴해야 한다."

이 말을 들을 때 그들의 가슴 속에는 불꽃이 타오르는 것이 아닐까?

옮긴이 **변학수**

《데미안》의 줄거리

제1장

에밀 싱클레어는 어른이 되어 자신의 유년 시절에 겪었던 성장 과정을 되돌아보고 있다. 열 살 때 그는 부유하고, 경건한 집안에서 자랐다. 싱클레어는 삼 남매 중 중간이고 위로 누나, 아래에 여동생이 있다. 그의 집은 '맑고 깨끗하고 아름답고 정돈되어 있는' 세계였다. 그곳에는 "찬송가가 울려 퍼졌고, 의무와 책임, 양심의 가책과 고백 […] 성경 말씀과 지혜가" 있었다. 그런데 또 다른 세계가 싱클레어의 집 한가운데 있었는데 그것은 이런 밝고 맑은 세계와는 완전히 다른 세계였다. 그곳은 무서운 이야기, 유혹하는 이야기, 마법이나 살인, 강도와 같은 거친 일들과 관련된 세계였다. 아마도 싱클레어가 하녀에게 들었음직한 거친 이야기 속 세계였을 것이다. 가정에서 보자면 누이들과 부모님은 기독교적 선을 행하는 밝은 세계에 속했고, 이들은 천사와 같았다. 그러나 싱클레어는 그 밝은 세계보다는 충동질하는 어두운 세계가 더 마음에 들었다.

싱클레어는 라틴어 학교를 다녔다. 당시에는 공립학교도 있었지만 라틴어 학교는 좀 더 부유한 사람들이 자녀를 보내는 곳이었다. 오늘날로 치면 사립학교와 같은 곳이었다. 어느 날 수업이 없는 오후 싱클레어는 친구 둘이랑 집 근처를 돌아다니다가 공립학교에 다니는 프란츠 크로머라는 아이를 만난다. 그런데 이 아이는 싱클레어보다 세 살 정도 많았을 뿐인데 어른 티를 내고 공장 직공들처럼 행동하는 불량배였다. 싱클레어는 프란츠 크로머의 무리에 끼게 되고 그곳에서 어쩔 수 없이 도둑질 얘기를 꾸며 냈다. 말하자면 방앗간 집 과수원에서 커다란 자루 한 가득 사과를 훔쳤다는 이야기였다. 이 이야기는 파국을 몰고 왔다. 크로머가 기회를 놓치지 않고 그에게서 돈을 갈취하기 시작하고 괴롭힌 것이다. 이제 싱클레어는 불안과 공포에 떨어야 했다. 싱클레어는 이렇게 말한다. "세계가 내 주위에서 무너졌다. […] 모든 혼돈의 공포가 나를 위협하고 있었다." 싱클레어는 크로머에게 갖은 고초를 다 당한다.

제2장

그러던 어느 날, 도둑질했다는 거짓말 때문에 크로머의 노예가 된 싱클레어에게 구원이 찾아왔다. 데미안이 나타난 것이었다. 그는 다른 학교에서 전학을 왔는데 공부도 잘하고 어른 같은 분위기의 성숙한 인물이었다. 싸움도 잘하는 괴력의 존재였으나 부드러운 성품을 가지기도 했다. 싱클레어는 입교식 준비를 하던 어느 날 상급 학년과 같은 교실을 쓰게 되었는데, 그때 데미안은 싱클레어 반의 그날 주제인 성경의 카인과 아벨 이야기를 같이 듣게 된다. 카인이 동생 아벨을 죽인 후에 자신의 죄를 깨닫고 살해당할까 두려워하자 하나님이 그를 죽이지 못하도록 표식을 주었다는 내용이다. 수업을 마친 후 데미안은 싱클레어에게 접근하여 카인과 아벨에 관한 황당한 이야기를 한다. 사실은 카인이 살인자가 아니라 비범하고 큰 능력을 가진, 힘이 센 인물이라는 것이었다. 카인이 무섭고 그에게 대놓고 말하기가 거북해서 그가 악인이며 하나님의 표식을 받았다고 지어냈다는 것이다.

기독교인의 상식과 지식에 반하는 이런 데미안의 해석이 싱클레어를 혼란에 빠뜨린다. "혼자 남은 나는 이제껏 한 번도 경험해 본 적이 없을 정도로 혼란에 빠졌다. 카인이 고귀한 인간이고 아벨은 비겁자라니!", "우물 안에 돌이 떨어졌고 그 우물은 나의 어린 마음이었다." 이 해석을 시작으로 싱클레어는 기존의 규범과 세계를 다르게 해석할 수 있는 계기를 얻게 된다. 말하자면 비판적 사고를 할 수 있게 된 것이다. 그러던 어느 날 크로머가 다시 휘파람 소리를 내며 싱클레어를 불러내더니 이번에는 누나를 데려오라고 협박한다. 싱클레어는 고민에 빠진다. 이내 데미안이 나타나 그의 고민을 물어보자 싱클레어는 자신의 고민을 털어놓는다. 크로머에게 말하지 말아 달라는 부탁과 함께. 데미안과의 이 만남 이후 이상하게 더 이상 크로머가 그를 불러내지 않았고 협박도 없었다.

이제 싱클레어는 부모님의 따뜻한 품안으로 돌아온 것이 좋았다. 밝은 세계의 안전과 평화를 처음으로 인식한 것이다. 그런데 싱클레어는 데미안 또한 크로머와는 다르지만 금지된 세계로 유혹하는, 또 다른 악마라는 것을 느낀다. 그 후 싱클레어는 데미안과도 거리를 두게 된다. 데미안의 성경 해석이 매우 비판적이고 위험하기 때문이

기도 하지만 자신의 수치스러운 내면을 들켰다는 수치심 때문이기도 했다.

제3장

몇 년 후 사춘기에 이른 싱클레어 안에서 다시 어두운 충동이 일어난다. 데미안의 도움으로 되돌아간 평온한 부모님의 밝은 세계는 싱클레어에게 아무런 도움이 되지 않는다. 파괴적이고 금지된 본능이 꿈틀대기 시작한다. 그리고 비의적인 데미안의 모습에 관심이 더 많이 간다. 냉정하고 예술가적이며, 침착하고, 의지에 가득 찬 데미안의 모습은 남자인 듯 여자 같고 시간을 초월한 듯하여 그의 마음에 점점 더 매혹적으로 다가온다. 이런 데미안과 가까워지며 싱클레어는 그에게서 관심법을 배우고 다른 사람의 마음과 행동을 바꾸는 법을 배우게 된다. 그러자 데미안은 싱클레어에게 다른 화두를 꺼낸다. 바로 십자가에 못 박힌 강도 이야기다. 데미안은 싱클레어가 성경 학습 시간에 배운 예수와 같이 처형되기 전의 십자가 강도가 한 말을 아주 비판적으로 해석한다.

"무지한 강도가 등장하여 신학 논문 같은 이야기를 떠들고 있다고! 무엇보다 그는 범죄자로 뭐가 되었든 범죄를 저질렀어. 그런 그가 이제 마음이 누그러져서 그토록 울며 개심하고 회개하는 향연을 벌이다니! 무덤을 두 걸음 앞두고 그런 회개를 하는 것이 대체 무슨 의미가 있지? 설명해 줄 수 있어? 이거야말로 성직자 이야기의 전형이라 할 수 있지. 입에 발린 듯, 충직하지 못한 이야기야. 버터 바른 감동이

자 극히 교훈적인 배경이 깔린 이야기란 말이야." 그는 선하고 고귀한 것들은 세상의 절반일 뿐이고, 나머지 악한 것들을 그저 악마에게 떠넘긴 하나님이 불완전한 신이라며 하나님을 비판적으로 해석한다. 이 세상을 단순하게 양분하여 반쪽만을 공식적으로 인정하고 금지된 나머지 세계(충동과 감정의 심혼 세계)는 악이라고 치부해 버리는 신이야말로 불완전하고 거짓되다는 것이다.

데미안의 이 말은 싱클레어의 가슴에 강력하게 각인된다. 그 결과 싱클레어는 허용된 세계와 금지된 세계가 자신만의 문제가 아니라 전 인류가 가지고 있는 보편적인 문제이며, 두 세계를 포괄하는 완전한 신을 만들어야 한다는 데미안의 생각을 따른다. 이제 싱클레어는 데미안이 명상의 세계(신적인 세계)에 함몰되는 기이한 모습을 보게 된다.

제4장

입교식이 끝나자 싱클레어는 다른 도시(슈투트가르트)의 김나지움으로 전학을 간다. 데미안도 다른 도시로 이사를 갔기 때문에 만나지 못한다. 아주 단호하고 냉정하게 집과 이별한 싱클레어는 이 도시에서 상급 학년들과 술에 빠지기 시작한다. 더구나 알폰스 베크라는 방탕한 청년으로부터 성에 대한 지저분한, 동시에 호기심을 유발하는 이야기를 들으며 드디어 거칠고 충동적이고 어두운 세계에 눈을 뜬다. 특히 베크는 그의 성적 호기심에 불을 붙인다. 싱클레어는 술을 먹고 여자에 대한 호기심으로 방탕한 생활에 빠지며 쾌감에 사로잡힌다.

그런 생활을 이어가던 그는 결국 학교와 부모로부터 퇴학시킬 것이라는 경고를 받는다. 이제 사춘기의 성징이 뚜렷해지고 반항기가 극에 달한 싱클레어는 집과는 점점 더 멀어진다. 그러던 어느 날 싱클레어에게 첫사랑이 다가온다. 길거리에서 가슴 두근거리는 첫사랑을 만나지만 이름은 모른다. 그리고 사랑의 고백도 하지 않는다. 짝사랑이다. 다만 그녀를 단테의 연인인 베아트리체라고 이름 붙인다. 사랑에 빠진 사람이 그렇듯이 이제 싱클레어는 방황을 마치고 사랑과 내면으로 빠지게 된다. 그는 책을 읽기 시작한다. 특히 니체의 작품에 심취한다. 그러던 어느 날 싱클레어는 우연히 데미안을 길거리에서 만나 술집에 들어간다. 술에 취하고 방탕한 싱클레어에게 데미안은 충고하지만 이에 대해 싱클레어는 반발하고 헤어진다. 데미안은 떠나면서 자기 말을 오해하지 말라며 그에게 "모든 것을 알고 있는 누군가가 우리 안에 있다는 것을" 알아 두라고 한다.

어느 날 싱클레어는 베아트리체를 화판에 남기기 위해 그녀의 얼굴을 그리기 시작한다. 무심코 그린 이 그림이 괴상하게도 절반은 남자이고 절반은 여자로 그려진다. "나이가 없고 의지가 굳세면서도 몽상적이며 굳어 있으면서도 남모르게 생명력이 있어 보였다." 그리고 뭔지는 모르겠지만 이 그림이 그 누군가와 비슷하게 보였다. 그건 바로 데미안의 얼굴이었다. 이 얼굴은 잊을 수 없는 그의 어린 시절 로망이었던 것이다. 그리고 싱클레어는 꿈을 꾸게 된다. 어떤 새가 하늘을 날기 위해 퍼덕이는 꿈을 꾼 것이다. 생생한 꿈이었다. 기이하게 생각한 그는 이것을 데미안에게 물어보기로 하고, 이제 어디 있는지도 모르는 데미안의 옛 주소로 이 그림을 보낸다.

제5장

얼마 후 그는 이 편지에 대한 답장을 받는다. 그 안에는 이런 글이 있었다. 우리가 앞에서 언급한 글이다. "새는 알을 깨고 나오려고 씨름한다. 알은 세계다. 태어나려는 자는 한 세계를 부수어야 한다. 새는 신에게로 날아간다. 그 신의 이름은 아브락사스다." 아브락사스? 싱클레어는 아브락사스가 무엇인지 모른다. 우연히 수업 중에 폴렌 선생님이 아브락사스에 대해 설명하는 것을 듣는다. 아브락사스 신이야말로 신적인 것과 악마적인 것을 포함하는 온전한 신이라고. 아브락사스에 대한 관심으로 싱클레어는 이제 베아트리체 숭배를 그만둔다. 그리고 아브락사스 신에 대해 알기 위해 온 도서관을 찾아다닌다. 그러면서 이 신이 자신의 성적인 꿈과 베아트리체 숭배 같은 모든 것을 포함하고 있음을 알게 된다. 이것이 그에게 계시로 다가온다. 이런 내면적인 일에 골몰하지만 미래에 무엇을 해야 할지는 막막하다. 다른 친구들은 판사나 의사나 교수가 된다고 하는데 정작 자신은 막연하다. 그러면서 그는 이렇게 고백한다.

"나는 나의 마음속에서 저절로 우러나오는 그런 삶을 살려 했을 뿐이다. 그런데 그게 왜 그렇게 어려웠을까?"

싱클레어는 이런 계시와 같은 아브락사스 신을 갈망한다. 그리고 거리에서 여성적인 것, 신적인 것을 찾아 불안하게 헤맨다.

그러던 중 그는 슈투트가르트에서 어떤 교회 앞을 지나가다 그 교회에서 새어나오는 파이프 오르간 소리를 듣는다. 그 소리를 따라 교회 안으로 들어가 피스토리우스라는 오르간 연주자를 만난다. 이 사람은 목사의 아들로서, 신학을 공부했으나 이제는 세속을 따르며 오르간만을 연주하는 사람이다. 싱클레어가 아브락사스가 무엇인지 묻고 자신의 고민을 털어놓자 그는 이렇게 말한다.

"자네를 날게 만든 추진력은 우리 모두가 가진 인류의 위대한 자산이지. 모든 힘의 뿌리와 연결되어 있다는 느낌. 하지만 동시에 곧 걱정거리이지! 그건 빌어먹을, 아주 위험한 일이거든! 그래서 사람들은 대부분 나는 것을 포기하고 규범이 정하는 대로 평범한 사람들처럼 걷는 편을 더 선호한 거야. 하지만 자네는 그렇지 않아. 씩씩한 젊은이라면 당연히 그렇듯 자네는 계속 날아가고 있네."

나아가 싱클레어는 그에게서 인류의 기원, 인간의 마음(심혼)이 가지는 속성에 대해서도 많은 이야기를 듣는다. 한마디로 그는 싱클레어의 멘토가 된다. 피스토리우스는 말한다. 아브락사스를 믿는다면 우리는 우리의 심혼이 발산하는 그 어떤 것도 두려워해서는 안 되고 금지되었다고 생각해서도 안 된다고.

제6장

피스토리우스는 싱클레어에게 사람들이 선의 세계라고 말하는 기독교와 자신이 어떻게 결별하게 되었는지, 그가 왜 아브락사스와 음악에 경도되었는지를 말해 준다. 그에게서 싱클레어는 피난처를 찾고 그의 음악에서 안식을 얻는다. 피스토리우스는 싱클레어에게 완전한 스승이자 멘토가 된다. 싱클레어는 피스토리우스의 모든 충고가 데미안의 그것과 같다는 것을 알게 된다. 피스토리우스는 싱클레어에게 충동적으로 이성을 좇지 말고 자신 안에 있는 아브락사스의 길을 찾아가는 것에 충실하라고 말해 준다. 그러던 어느 날 동급생인 크나우어가 싱클레어에게 찾아와 그가 비의적 종교의식을 하느냐고 묻는다. 싱클레어는 대답하지 않는다. 크나우어는 자신이 금욕을 하고 있다고 말하며 여성과 성에 대해 질문하지만, 끝내 싱클레어는 대답하지 않는다. 그러자 크나우어는 그를 비난하고 욕하며 그에게서 떠나간다.

이제 싱클레어는 꿈에서 본 새 그림과 영적인 씨름을 한다. 야곱이 천사와 씨름하며 축복해 주지 않으면 가게 하지 않겠다고 한 말을 기억하면서. 그러자 이제 그림이 그에게 계시를 한다. 싱클레어는 격렬한 소리를 듣고 한밤중에 뭔가를 찾아나선다. 그러고는 어떤 힘에 이끌려 자기도 모르게 친구 크나우어가 자살하려는 어두운 공터를 찾아간다. 크나우어는 놀라 자살 시도를 그만둔다. 피스토리우스는 싱클레어가 자신의 내면에 좀 더 가까이 다가가도록 도와준다. 자신의 외피를 벗고 머리를 들고 더 자유롭고 더 자신 있는 삶을 살도록 도와준다. 하지만 싱클레어는 작은 말실수 하나로 그동안 절실하게 의존했던 피스토리우스와 결별하게 된다. 피스토리우스가 지나치게 과거의 것에 안주한다고 비판한 것이 화근이 된 것이다. 이런 과정에서 싱클레어는 모든 사람이 자신만의 고유한 소명, 자신만의 운명을 찾아내어 끝까지 그 길만을 따라가야 한다는 것을 깨닫는다.

제7장

김나지움을 마치고 쉬는 기간에 싱클레어는 옛집으로 막스 데미안을 찾아 나선다. 그러나 그들을 찾을 수 없었던 싱클레어는 막연하게 에 파 부인을 찾아 이곳저곳으로 여행한다. 그러나 이 모든 것은 허사였 다. 싱클레어는 대학에 입학해서 하이델베르크로 간다. 그리고 길에 서 아주 우연히 데미안을 만난다. 싱클레어를 만난 데미안은 이제 유 럽의 정신에 대해 이야기하면서 온 유럽이 패거리와 동맹의 문화, 공 동체 문화에 빠져 있다고 말한다. 싱클레어도 직접 거리나 술집에서 노래하고 연대하는 학생들 문화를 보고 있을 뿐이다. 데미안은 싱클 레어를 만난 것을 기뻐하며, 강변에 있는 자기 집으로 날이 밝으면 놀 러오라고 한다. 데미안의 어머니를 본다는 생각에 행복한 밤을 보낸 싱클레어는 이튿날 날이 밝자 데미안을 찾아간다. 그리고 그 집 거실 에 자기가 그려 보낸 문장의 새 그림이 걸려 있는 것을 본다. 다음 순 간 그는 진짜 사랑의 이상을 만난다. 바로 데미안의 어머니 에파 부 인이다. 진정한 사랑을 만난 그는 진짜 심장이 무너지는 것만 같았다.

"나는 아무 말도 할 수 없었다. […] 이 아름답고 기품 있는 여인이 내게 친절한 미소를 보냈다. 그녀의 눈길은 성취이고 그녀의 인사는 귀향을 뜻했다."

그녀의 목소리는 깊고도 따스했고 싱클레어는 그 목소리에 젖어들 었다. 그것은 단순한 이성적인 사랑을 넘어선 존경과 거룩한 경외의 사랑이었다. 에파 부인과 그림에 대해, 데미안의 어린 시절 자기와의 관계에 대해 이야기한다. 그리고 싱클레어는 자신의 성장의 고통에 대해서도 이야기한다. 에파 부인은 싱클레어가 아직 내면은 아이라 는 것을 말해 준다. 이제 싱클레어는 데미안의 집을 자기 집처럼 드나 든다. 그리고 그 집에 드나드는 소위 '표식'을 받은 사람들과 교제한 다. 그들은 고대의 신에 대해, 유럽의 정신에 대해 다양한 취향을 갖고 있는 사람들이다. 에파 부인도 싱클레어가 두려움과 불안 없이 자기 자신을 믿고 그 길을 따르도록 그에게 힘과 용기를 북돋아 준다. 에파 부인을 향한 싱클레어의 사랑은 깊어 가고 급기야 사랑의 충동을 느끼기 시작한다. 하지만 에파 부인은 사랑은 누군가에게 애걸하는 것이 아니라, 자기 자신 안에 확신의 힘을 가지는 것이라고 함으로써 사실상 싱클레어의 사랑을 거절한다. 그러던 어느 날 싱클레어는 언젠가 학교에서 본 데미안의 명상하는 모습을 본다. 그리고 데미안은 명상을 통해 깨달은 계시, 즉 유럽의 운명에 대해 이야기한다.

제8장

데미안은 어느 날 싱클레어에게 다시 알 수 없는 말을 한다. 아마 곧 커다란 변혁이 일어날 거라고. "세계 멸망도, 지진도, 혁명도 아니었던 거야. 전쟁이 벌어진 거야. 너는 그것이 어떤 결과를 초래할지 알게 될 거야. 사람들은 그걸 환호할 거야. 벌써 모두 공격하기를 고대하고 있어. 새것이 시작되면, 옛것에 매달리는 사람들은 이 새것이 끔찍한 일이 될 거야." 그것은 바로 제1차 세계대전이었다. 싱클레어는 그라나트 포탄을 맞고 부상을 당한다. 그 순간 그는 환영을 본다. 여신인 에파 부인이 보인다. 꿈이 여신을 강간하고, 여신은 고통으로 날카로운 소리를 지르며, 여신의 이마에서 별이 튀어나왔다.

"수천 개의 빛나는 별들이 멋진 아치와 반원을 이루며 검은 하늘 위로 날아올랐다. 그 별 중 하나가 날카로운 소리를 울리면서 곧장 나를 향해 돌진했다. 나를 찾아오는 것 같았다. 그 별은 굉음을 내며 수천 개의 불꽃이 되어 폭발했고, 그 바람에 나는 공중으로 치솟았다가 다시 바닥에 내동댕이쳐졌다.”

그는 정신을 잃는다. 그리고 어떤 강렬한 힘에 이끌려 어디로 이송된다고 느끼는데 다다른 곳은 병원이었다. 매트리스 위에 있다고 느끼는 싱클레어는 바로 옆에(환상인지 실제인지) 데미안이 누워 있음을 느낀다. 데미안이 이렇게 말한다.

“내 작은 친구, 싱클레어, 잘 들어! 나는 이제 떠나야 해. 너는 어쩌면 크로머나 아니면 다른 어떤 일로 내가 다시 필요할지도 몰라. 그래서 네가 나를 부른다 해도 나는 말이나 기차를 타고 그냥 휑하니 달려 올 수 없어. 그럴 때는 네 안의 소리를 들어 봐. 그럼 내가 네 안에 있다는 것을 알게 될 거야. 이해했니?” 그러면서 데미안은 또 이렇게 말한다. “만약 너한테 무슨 나쁜 일이 닥치면 에파 부인이 나보고 자기가 해 준 키스를 너에게 전해 주라고 했어. 눈을 감아, 싱클레어!”

그리고 데미안은 그에게 입을 맞춘다. 눈을 떠 보니 다음 날이었다. 이제 데미안은 없고 다른 환자가 그곳에 있었다. 선의 세계를 살면서 악의 세계를 궁금해한 싱클레어! 데미안과의 만남을 통해 끊임없이 성장한 싱클레어! 그는 이렇게 말한다.

“붕대를 감는 동안 몹시 아팠다. 그 이후 내게 일어난 모든 일이 아팠다. 그러나 이따금 열쇠를 찾아서 내 안의 깊은 곳으로 내려가면, 어두운 거울 속 운명의 얼굴들이 잠들어 있는 거기로 내려가면, 검은 거울 위로 몸을 기울이기만 하면 나 자신의 모습을 볼 수 있다.”

데미안은 사실 싱클레어의 다른 자아였던 것이다.

헤르만 헤세
연보

헤세의 장편《데미안》은 작가 스스로 서문에서 밝혔듯이 허구가 아니라 실제 그의 체험에서 나온 것이 많다. 그래서 이 작품을 이해하는 데 도움을 주기 위해 그의 유소년 시절과 청년기에 이르는 부분을 자세하게 서술하였다.

1877년 7월 2일 독일 뷔르템베르크 공국의 칼브에서 태어남. 아버지는 요한네스 헤세, 어머니는 마리 군데르트로, 아버지 요한네스 헤세는 발틱계 독일인으로서 인도에서 선교 활동을 하다가 귀국한 후, 1873년부터 칼브 기독교 서적 출판협회에서 일함(당시 헤세의 외조부 헤르만 군데르트(1814-1892)가 이 출판협회의 이사장이었음.). 헤세의 조부는 독일에서 이민을 간 에스토니아의 상인이었으므로 헤세의 아버지는 러시아 국적이었고 그때 태어난 헤세도 러시아 국적을 취득함. 어머니 마리 군데르트는 인도의 선교사 출신 찰스 이젠베르크와 결혼했다가 사별하였고, 헤세는 두 사람 사이에서 태어난, 나이 많은 이복형들(테오도르와 카를)과 같이 성장함. 이들 둘 말고도 원래 헤세의 형제는 5명이 더 있었으나 셋은 어려서 죽고, 누나 아델레와 여동생 마룰라가 있음.

1881년	이후 5년간(1885년까지) 스위스 바젤에 거주함. 아버지가 '바젤 선교회'에서 강의.
1882년	아버지가 스위스 국적을 얻고, 이후 가족 모두 스위스 국적을 취득함.
1886년	7월에 가족이 다시 칼브로 돌아옴. 헤세는 칼브의 라틴어 학교(레알리체움) 2학년에 편입함.
1890년	주정부 시험 준비를 위해 괴핑겐의 라틴어 학교로 전학(뷔르템베르크 사람이 이 시험에 합격하면 학비 없이 공무원이나 목사가 되는 교육을 받을 수 있었음). 아버지는 헤세 혼자만 뷔르템베르크 국적을 얻게 해줌 (동시에 스위스 국적은 상실).
1891년	슈투트가르트에서 실시된 주정부 시험에 합격함. 목사가 되기로 방향을 정하고 마울브론 신학교(개신교)에 입학.
1892년	3월 소위 말하는 '반항적인' 성격 때문에 학교에서 도망친 후, 들판에서 발견됨. 부모와 심한 갈등을 겪으며 요양원과 학교를 전전하기 시작함. 3월 자 그의 편지에는 우울증을 겪었다고 적혀 있음("석양처럼 저물고 싶다."). 5월에는 신학자인 크리스토프 프리드리히 블룸하르트 목사가 운영하는 바트 볼 요양원에서 자살을 기도함. 곧바로 부모는 헤세를 슈투트가르트 근교에 있는 렘스탈의 슈테텐 신경치료요양원에 입원시킴. 여기서 헤세는 정원 일과 정신장애 아동 교육을 보조하는 일을 함. 사춘기 반항심과 부모에게 이해받지 못하는 괴로운 심정이 정점에 달함.(《데미안》 4장(베아트리체)에서 알폰스 베크를 만나고 방탕한 생활을 하며, 학교로부터 퇴학 처분을 할지도 모른다는 통지를 받고 아버지가 학교로 올 때의 상황임.) 1892년 말 결국 헤세는 바트 칸슈타트/슈투트가르트의 김나지움으로 전학함.
1893년	김나지움 중퇴. 네카 강변 에슬링겐의 한 서점에서 수습사원으로 일하지만 사흘 만에 그만둠.

1894년	칼브의 페로트 시계 공장에서 견습공으로 일함(문학에 대한 열망이 다시 꿈틀거림.).
1895년	튀빙겐의 헤켄하우어 서점에서 다시 수습사원으로 일을 시작하여 1899년까지 계속함.
1898년	첫 시집 《낭만적 시》를 출간.
1899년	산문집 《자정이 지난 뒤의 한 시간》을 출간. 9월에 스위스 바젤로 이주, 바젤의 라이히 서점에서 일하기 시작해 이듬해 1월까지 근무함.
1900년	스위스의 일간지 《알게마이네 슈바이처 차이퉁》에 기고문과 서평을 쓰기 시작함(자신의 이름을 알리는 데 크게 기여함.).
1901년	3월에서 5월 사이에 이탈리아 여행을 함.
1902년	어머니 마리 헤세(군데르트) 사망. 《시들》을 출간.
1904년	《페터 카멘친트》를 출간. 이 소설로 문학적 성공을 거두고 전업 작가가 됨. 마리아 베르누이와 결혼하여 보덴제 호숫가 가이엔호펜의 빈 농가로 이사함. 《보카치오》, 《아시시의 프란체스코》를 출간.
1906년	소설 《수레바퀴 아래서》를 출간.
1907년	《친구들》을 포함한 단편집 《이편에서》를 출간.
1908년	단편집 《이웃들》을 출간.
1910년	소설 《게르트루트》를 출간.
1911년	시집 《방랑》을 출간. 9월에서 12월 사이에 친구인 화가 슈투르체네거와 인도를 여행함.
1912년	단편집 《우회로》를 출간. 가족과 함께 스위스 베른으로 이주함. 로맹 롤랑과 친분을 맺음.
1913년	여행기 《인도에서. 인도 여행 수기》를 출간.

| 1914년 | 소설 《로스할데》를 출간. 제1차 세계대전에 자원입대함. 고도 근시로 복무 부적격 판정을 받음. 이후 베른의 독일포로후원센터에서 근무함. 헤세는 11월 3일 자 《노이어 취리허 차이퉁》에 〈오 벗들이여, 이 곡조는 말고〉를 기고하며 국수주의자들의 논쟁에 휘말리지 말 것을 호소함. 독일 신문은 그를 매국노라고 공격함. 그의 집으로 증오의 편지가 날아들었으며, 오랜 친구들이 그에게 결별을 선언함(베토벤 교향곡 9번 〈합창〉 4악장의 첫 문장이기도 한 제목 〈오 벗들이여, 이 곡조는 말고〉는 베토벤이 직접 쓴 것이고, 나머지는 프리드리히 실러가 쓴 〈환희의 송가〉를 텍스트로 하고 있다.). |

1914년 소설 《로스할데》를 출간. 제1차 세계대전에 자원입대함. 고도 근시로
복무 부적격 판정을 받음. 이후 베른의 독일포로후원센터에서 근무함.
헤세는 11월 3일 자 《노이어 취리허 차이퉁》에 〈오 벗들이여, 이 곡조
는 말고〉를 기고하며 국수주의자들의 논쟁에 휘말리지 말 것을 호소
함. 독일 신문은 그를 매국노라고 공격함. 그의 집으로 증오의 편지가
날아들었으며, 오랜 친구들이 그에게 결별을 선언함(베토벤 교향곡 9번
〈합창〉 4악장의 첫 문장이기도 한 제목 〈오 벗들이여, 이 곡조는 말고〉는
베토벤이 직접 쓴 것이고, 나머지는 프리드리히 실러가 쓴 〈환희의 송가〉
를 텍스트로 하고 있다.).

1915년 소설 《크눌프》, 단편집 《길에서》, 시집 《고독한 자의 음악》을 출간.

1916년 아버지 요한네스 헤세 사망. 이어 아들이 뇌막염에 걸리고, 아내 마리
아 베르누이와 결혼 생활이 위기를 맞으면서 헤세는 정신적 위기에 봉
착함. 스위스 루체른 근교에서 칼 융의 친구인 요제프 베른하르트 랑
박사에게 정신분석치료를 받게 됨.(이 시기의 경험이 그대로 《데미안》에
반영됨. 텍스트에 나오는 폴렌 박사는 칼 융을, 피스토리우스는 랑 박사를
상징함).

1917년 소설 《데미안》을 3주 만에 탈고.

1919년 에밀 싱클레어라는 가명으로 《데미안》 출간(소설이 자전이라는 것을 숨
기기 위해 연관되는 두 도시 슈투트가르트(St.)와 하이델베르크(H)를 머리
글자로 처리함). 이 작품으로 폰타네 상 수상. 정치 팸플릿 《차라투스트
라의 귀환》을 출간. 정신병원에 들어간 아내와 별거하고 자녀는 친구
들에게 보냄. 5월 스위스 테신의 몬타뇰라로 혼자 이주하여 1931년까
지 거주. 그림을 그리기 시작함. 《동화》를 출간. 잡지 《비보스 보코》를
창간.

1920년 시화집 《화가의 시》, 표현주의 단편집 《클링조어의 마지막 여름》을 출

간. 수필집 《걷기》를 출간.

1921년	《시선집》을 출간. 취리히 근처 칼 융의 거주지인 퀴스나흐트에서 융으로부터 정신분석치료를 받음.
1922년	소설 《싯다르타》를 출간.
1923년	산문집 《싱클레어의 수첩》을 출간. 마리아 베르누이와 이혼.
1924년	스위스 국적 재취득. 스위스 작가 리자 벵어의 딸인 스무 살 연하의 루트 벵거와 재혼.
1925년	자전적 소설 《요양객》을 출간.
1926년	《그림책》을 출간. 프로이센 예술원 회원으로 선출(1931년 사퇴).
1927년	《뉘른베르크 여행》, 《황야의 이리》를 출간. 루트 벵거와 이혼.
1928년	《관찰》, 《위기. 일기 한 편》을 출간.
1929년	시집 《밤의 위로》, 《세계문학 도서관》을 출간.
1930년	《나르치스와 골트문트》를 출간.
1931년	미술사가 니논 돌빈과 세 번째 결혼. 화가 친구 한스 보드머가 지어 둔 몬타뇰라의 새집으로 이사함. 단편집 《내면으로 향한 길》을 출간.
1932년	소설 《동방순례》를 출간. 《유리알 유희》 집필 시작.
1933년	단편집 《작은 세계》를 출간.
1934년	시선집 《생명의 나무》를 출간. 나치스의 문화정책을 막기 위한 스위스 작가연합 회원이 됨.
1935년	《환상 단편집》을 출간.
1936년	《정원에서 보낸 시간》을 출간.
1937년	《회고록》, 《신시집》을 출간.
1939년	나치스에 저항하는 활동으로 인해 《수레바퀴 아래서》, 《황야의 이리》,

《관찰》,《나르치스와 골트문트》,《세계문학 도서관》 등이 불온서적으로 낙인 찍혀 독일에서 인쇄되지 못함. 전집이 취리히에서 출간.

1942년 《시집》을 출간.

1943년 소설 《유리알 유희》를 출간.

1945년 소설 《베르톨트》를 출간. 단편과 동화집 《꿈의 여행》을 출간.

1946년 노벨 문학상 수상. 프랑크푸르트 시에서 괴테상을 수상함. 《전쟁과 평화》를 출간.

1947년 베른 대학에서 명예박사 학위를 수여함.

1950년 빌헬름 라베 문학상을 수상함.

1951년 《후기 산문》,《서간집》을 출간.

1954년 동화 《픽토르의 변신》,《헤르만 헤세와 로맹 롤랑의 서신 교환》을 출간.

1955년 후기 산문 《주술》을 출간. 독일서적협회 평화상을 수상함.

1956년 헤르만 헤세 문학상이 제정됨.

1957년 80세 생일을 맞아 《헤세 전집》을 출간.

1962년 8월 9일, 스위스 몬타뇰라에서 영면함.